홍대감댁
여인들

# 홍대감댁
# 여인들

이지원 지음

바른북스

## 목차

홍대감댁 여인들 · 6
윤성당 · 11
성산댁 · 21
권생원 · 27
모과나무 · 38
보수주인 · 50
이팝나무 · 63
수용사 · 72
삼향주 · 81
편지 · 97
신임 현감 · 111
밀회 · 124
좌수 영감 · 132
영소 · 150
보선 스님 · 160
타개 · 170
김도령 · 188
홍시량 · 200
이별 · 215
늦반디 · 231
팔월대보름 · 245
노씨 부인 · 256
봄 · 269
목심재 · 277

# 홍대감댁 여인들

　홍대감댁 가문은 오래전부터 성주목에 터를 잡고 살았다. 한동안 높은 벼슬을 지낸 인물을 배출하지 못한 탓에 어찌저찌 양반의 품위를 유지하는 정도로 명맥을 이어오던 한 지방 가문이었지만, 사헌부 대사헌에 오른 홍창서가 이름을 떨치면서 집안이 다시 일어서는 계기가 되었다.

　홍창서 대감은 강직하고 온화한 성품을 지닌 인물이었다. 왕의 신임 속에 종이품까지 오른 그는 어느 순간 당파 싸움에서 벗어날 수 없는 조정 관료로의 삶에 깊은 염증을 느꼈고, 결국 주변의 만류에도 한양에서 이루어 온 모든 것들을 뒤로하고 낙향의 길을 택했다. 성주목으로 돌아와서는 윤성당이라는 집을 지어 후학 양성에 힘썼는데, 그가 타계한 후에도 그의 외아들 홍류현이 자연스레 아버지의 뜻을 물려받아 학문 연구와 후학 양성에 매진했다. 이때부터 고을 사람들은 대사헌 홍창서를 기리는 의미에서 윤성당을 홍대감댁이라 일컬었다.

홍류현, 일찍이 진사시에 합격하여 홍진사라 불린 그는 벼슬자리에는 전혀 관심이 없었다. 반면 그의 부인 청주 한씨는 남편이 평생 홍진사라는 호칭에 머무는 것이 내키지 않았다. 과거를 치를 역량이 충분했음에도 사내로서 벼슬자리를 향한 야망은 일절 없이 유유자적 자녀들과 고을 아이들 글공부나 가르치는 모습이 여간 답답한 것이 아니었기 때문이다. 홍진사와 한씨 부인은 금실이 좋은 편이었지만 입신 문제에 있어서는 뜻을 달리한 것이다. 그들은 아들 하나와 딸 셋을 두었는데, 한씨 부인은 장남 시량만은 중앙 관리로 만들겠다는 포부를 슬그머니 품게 되었다.

하지만 시량은 조부와 부친의 명석함을 이어받지 못한 듯 자기 능력을 발휘하여 벼슬에 오르기에는 태부족이었다. 초시 합격이라도 한번 했다면 가능성을 열어두었을 테지만, 여지없이 조부의 공덕으로 음과 자리에 올라 지방 수령직을 맡는 것이 최선이었다. 한씨 부인의 기대감 속에 자라온 시량은 지방 수령이 되어서도 중앙 관직에 나아가겠다는 꿈을 잃지 않았고, 시간이 지나며 더욱 그 꿈에 사로잡히기 시작했다. 한씨 부인은 아들의 권세욕이 모두 자신에게서 비롯된 것이라는 생각에 그가 중앙 관리들에게 온갖 특산물을 바칠 때마다 친정에서 받은 토지까지 팔아가며 물심양면 도왔다. 그러나 숱한 노력에도 시량에게 좋은 기회가 오지 않자 한씨 부인은 아들의 중앙 관직 진출을 단념할 수밖에 없었다.

시량 밑으로는 예임, 예흔 그리고 예도까지 세 명의 손아래 누이들이 있는데, 어느 하나도 부모 속 썩이는 일 없이 세상이 정해놓은 정도대로 순탄한 삶을 살진 못했다.

장녀 예임은 모두의 축복 속에 알맞은 혼처를 찾아 시집을 갔지만, 모든 면에서 완벽했던 남편은 혼례를 치른 지 얼마 지나지 않아 학질을 앓기 시작했고, 한 해를 넘기지 못한 채 목숨을 달리했다. 예임은 오랜 시간 시댁의 눈초리를 받다 아버지 홍진사의 도움으로 친정에 돌아올 수 있었다. 불행과는 거리가 먼, 맑고 깨끗한 물 같았던 소녀는 처음치고는 너무나 크게 자신을 덮쳐버린 시련을 겸허히 받아들이기 위해 애썼다. 자신을 보듬어 줄 수 있는 친정이 있다는 것과, 그들의 지지 속에 그림을 그리는 것으로 위안을 얻었다.

둘째 딸 예흔은 한씨 부인이 아닌, 오래전 언양 현감을 지낸 이의 서녀 정씨 부인을 소실로 맞아 태어났다. 시량과 예임을 낳고 몸이 허약해진 한씨 부인이 아이를 생산할 소실을 직접 물색해 집에 들인 것이다. 하지만 정씨 부인은 해산 후 갓난아기를 안아보지도 못한 채 나흘째 숨을 거두었다.

예흔은 홍진사와 한씨 부인 밑에서 적서 차별 없이 명랑하고 어여쁜 여인으로 자랐다. 그러다 그녀가 열다섯 되던 해에 홍진사의 제자였던 김도령과 정인 사이로 발전하면서 집안을 발칵 뒤집어놓았다. 어쩔 도리 없이 홍진사는 그들의 혼인을 추진했지만, 김도령의 어머니 자인댁은 혼례일을 앞두고 돌연 혼사를 물렸고, 크게 좌절한 예흔은 비구니의 삶을 선택하며 가족을 떠났다.

막내딸 예도는 예흔이 태어나고 바로 이듬해 한씨 부인에게서 태어났는데 어려서부터 총명하고 당돌하여 홍진사의 애정이 각별했다. 아들, 딸 할 것 없이 어린 나이부터 한글과 한문을 깨우치게 하여 독서를 장려한 홍진사는 형제들 사이에서도 식견과 자질이 뛰어났던 예도와의 대화를 가장 즐거워했다. 자연스럽게 아버지의 실학사상에 영향을 받은 예도는 규방의 여자로 태어난 것을 갑갑하게 여기며 규범에서 벗어난 언행을 종종 보였는데, 이는 홍진사와 한씨 부인 사이에 크고 작은 마찰을 불러일으키곤 했다.

특히 예도는 과부와 비구니가 된 언니들을 지켜보며 혼인 제도에 대한 의문과 막연한 두려움을 가지고 있었기에 여러 집안에서 혼담이 들어올 때마다 이 핑계 저 핑계를 대며 미루었다. 한씨 부인은 막내딸이 규방 여인으로서 의무를 다하지 않고 끝내 원녀가 되는 것이 두려워 적극적으로 혼처를 찾았지만, 예도가 전혀 뜻에 따라주지 않아 골머리를 앓았다. 모든 부분에서 예도의 의사를 존중해 왔던 홍진사마저 딸의 혼기가 다가오자 심각성을 인지한 듯 예도의 혼인 문제만큼은 한씨 부인의 뜻을 따르기로 했다.

어느 봄날, 홍진사는 모처럼 경주에서 열리는 계회에 참석하기 위해 가족들의 배웅을 받으며 집을 떠났다. 그는 가족에게 언질을 주진 않았지만, 그곳에서 경주 부사를 만나 진지하게 예도의 혼례에 관한 이야기를 나눌 참이었다. 인품과 장래가 뛰어나기로 소문난 경주 부사의 아들을 신랑감으로 낙점했기 때문이다. 하지만 성주로 돌아오는 길, 순조롭게 이루어진 혼담이 모두 물거품이 되는 사고가 일어났다. 바로 홍진사가 낙마 사고로 사경을 헤매다 사망한 것이다.

그의 허망한 죽음은 누구도 예상치 못한 일이었기에 가족들의 상심은 더욱 깊었다. 그들은 모든 일을 제쳐두고 홍진사를 애도하고 그리워하며 상을 치르는 데 집중했다. 시간이 흘러 담제와 길제를 올리며 삼년상이 마무리되었고, 가족들은 마음속에 남편, 아버지를 묻어두었다.

# 윤성당

 일상으로 돌아온 한씨 부인은 지금까지 미루어 왔던 중요한 일을 하려고 마음먹었다. 바로 며느리 심씨 부인에게 안방과 곳간 열쇠를 물려주는 것이다. 몇 해 전 심씨 부인이 손자 재경을 낳았을 때 곧바로 이를 실행하려 했지만, 남편이 갑작스럽게 운명하며 계획을 유보할 수밖에 없었다.
 심씨 부인은 역관을 지낸 심태평의 딸로 심성이 나쁘진 않으나 셈이 빠르고 실속을 잘 챙기는 편이다. 몰락한 가문 출신이었던 심태평은 사행사의 일원으로 청나라를 드나들며 많은 부를 축적했고, 이를 바탕으로 여느 권문세가 못지않은 생활을 향유할 수 있었다. 한씨 부인은 부와 권세, 두 부분에서 크게 웃도는 심씨 집안과의 혼사를 매우 환영했고, 명망 높은 홍대감댁 가문과의 결합은 심씨 부인에게도 꽤나 만족스러운 결정이었다. 한 가족이 된 그들은 무난한 고부 관계를 유지했으며, 시량의 창창한 앞날을 성원하는 간절한 마음만큼은 똑 닮아 동질감을 느낄 때가 많았다.

한씨 부인은 아침 일찍부터 종들에게 일러 시량 내외와 두 딸을 불러 모았다. 어머니가 문안 인사를 드리기도 전에 모두를 불러들이는 일은 흔치 않았기에 모두 의아하게 여기며 내실에 모여 어머니의 말씀을 기다렸다.

"어머님, 긴히 하실 말씀이라도 있으신지요?" 시량이 물었다.

"상도 모두 끝이 났으니 이 어미에게 할 일이 하나 남아 있지 않겠느냐. 이제 건넌방으로 갈 때가 된 것 같구나. 경아어미에게 안방과 곳간 열쇠를 물려주려 한다. 경아가 태어나고 진작에 해야 했는데, 아버님이 돌아가시고 이리 시간이 흘렀구나."

시량과 심씨 부인이 소식을 듣고 기뻐할 것이라는 한씨 부인의 예상과 달리 어쩐지 우물쭈물하며 다소 불편한 기색을 비쳤다.

"어찌 아무런 말이 없느냐?" 한씨 부인이 물었다.

"어머님, 그것이…." 시량이 망설이며 말을 이어갔다.

"사실 저도 어머님께 드리고 싶은 말씀이 있습니다. 미리 말씀 못 드렸지만, 장인어른께서 한성부 주부 자리에 저를 추천하셨습니다. 그리고 며칠 전 제가 임명될 것이라는 기쁜 소식을 들었습니다. 어머님도 아시겠지만, 한성부는 쉽게 들어갈 수 있는 곳이 아닙니다. 장인어른께서 힘을 써주신 덕분이겠지요. 제가 잘만 하면 훗날 승정원 승지도 못 할 것 없다고 하셨습니다. 어머님, 돌아가신 아버님께서 제게 이런 좋은 기회를 주신 것이 아니겠습니까?"

"그게 정말이더냐? 그래 아버지가 너에게 선물을 주신 것 같구나." 한씨 부인은 잠시 생각하고 다시 말했다.

"허나 장남인 네가 한성으로 간다면 윤성당은 어찌 되는 것이고, 아버지가 남겨 주신 토지의 경영 또한 어렵지 않겠느냐?"

한씨 부인은 아들이 바라고 바라던 중앙 관직에 나아갈 기회가 주어진 것이 기뻤지만, 남편을 여의고 집안에 사내는 시량 하나뿐이기에 마냥 축복할 수 없는 소식이었다. 아들이 떠나버리면 과부가 된 예임과 원녀를 자처하는 예도 두 딸과 남겨진 채 산속에 들어간 서녀 예혼까지 챙겨야 하는 처지에 놓이는 것이니 사람들이 집안을 어떻게 볼지 무척 걱정스러웠다. 더군다나 아들이 없는 상황에서 집과 토지는 누가 관리를 할 것인가. 한씨 부인의 시아버지인 홍대감은 죽기 전 그녀에게 집과 토지는 주인이 직접 지켜야 하는 것이라 신신당부했었다. 그런 그녀의 근심을 알아차린 듯 시량은 침착하게 대답했다.

"어머님, 제가 이제 이 집의 가장이지 않습니까? 저만 믿으시면 됩니다. 일단 집과 토지는 모두 처분을 할까 합니다. 할아버님께서 공들여 지으신 이 집을 다른 이에게 판다는 것이 마음에 걸리지만, 요즘 세상에 한양에 갈 수 있는 기회를 마다하는 이가 어디 있겠습니까? 아무도 저희 집안을 욕하지 못할 겁니다. 오히려 제게 잘 보이려 애쓰겠지요. 그것이 요즘 세상이 돌아가는 이치입니다. 물론 어머님은 저희와 함께 가셔야지요. 한양 이모님 댁 근처에 집을 마련하여 이모님과 자주 왕래하며 지내시면 적적하시지 않을 겁니다. 이모님을 뵙는 것이 어머님의 평생소원 아니셨습니까?" 시량이 말을 마치자 심씨 부인이 말을 거들었다.

"어머님, 중앙 관직에 오르면 지방의 집과 토지를 팔아서라도 한양에 꼭 집을 마련해야 한답니다. 그 연유를 아십니까? 녹봉을 제하고도 매일 같이 집에 귀한 선물들이 도착한답니다. 그것을 어디에 쌓아두겠어요. 집이 없는 자들은 그 선물을 지방 본가에 보내거나, 주변 이들에게 다 나누어 주는데, 지방에 보내는 삯은 또 얼마나 비싼지 그것만 해도 나라에서 받는 녹봉보다 많답니다. 그러니 모두 눈에 불을 켜고 한양에 집을 마련하려 한다지요."

"놀랍구나. 허나 그리 많은 선물을 받는 것은 법도에 어긋나는 것이 아니더냐?" 한씨 부인이 놀란 얼굴로 물었다.

"녹봉만으로 어찌 살겠습니까? 조정에서도 모두 알지만 쉬쉬하는 일입니다. 어머님도 아시다시피 조정 관리들에겐 그것이 일상이기 때문이지요." 시량이 말했다.

"그렇다면 네 누이들도 함께 가는 것이지? 윤성당과 토지를 팔면 한양에 큰 집을 구할 수 있는 것이냐? 십 년 전에는 윤성당을 팔면 사대문 안의 집 한 채를 구할 수 있었는데, 지금은 한양의 집값이 터무니없이 비싸다고 들었다…."

"어머님, 저도 그 부분에 대해 깊은 고민을 해보았습니다. 지금 당장은 한양에 올라가 어찌 집은 구하겠지만 제가 자리를 잡기 전까지는 집에 방이 넉넉하지도 못하겠거니와 주머니 사정도 녹록지 않을 것 같습니다. 조속히 자리를 잡도록 애써야지요. 하여 제가 생각한 방안이 있는데, 예임이와 예도가 당분간 고령 고모님 댁에서 지내는 것이 어떻겠습니까?" 시량이 말을 마치자 심씨 부인이 잽싸게 끼어들었다.

"어머님과 저희 모두 떠나버리면 고모님이 얼마나 적적하시겠어요. 수용사에 계신 예흔 아가씨도 지금처럼 예도 아가씨가 종종 찾아가 봐야 할 것이고…. 고모님과 고모부님이 항상 말씀하셨는데, 큰 집에 두 분만 계시니 너무 적적하시다고 자주 와달라고 하셨습니다. 아가씨들이 함께 지낸다면 아주 반가워하실 겁니다. 아가씨들도 고모님 댁에 지내면 수용사와 더 가까워지니 이동하기에 편리하지 않겠어요?"

"그래 너희 고모님은 아주 반가워하실 게지…. 나 또한 한양에서 언니와 재회한다니 벌써 감격스럽구나. 허나 예도가 몹시 걱정된다. 삼년상을 치르느라 제때 시집을 들지 못하였는데 어미와 오라비 그늘에서 벗어난다는 것이…. 물론 너희 고모님과 고모부님이 인덕이 깊어 잘 보살펴 주시겠지만, 워낙 자유분방하시니 예도가 그곳에서 경거망동하지 않을까 염려되는구나. 스무 살, 가장 몸가짐을 조심해야 할 때인 것을…. 네 누이를 시집보내는 것이 우선이 아니겠느냐?"

"어머님, 그 점 또한 염려 마십시오. 지금도 저희 집안이 어디 내놔도 부끄럽지 않은 명망 있는 집안인데, 제가 한양에서 자리를 잘 잡으면 조선 팔도 내로라하는 집안과 사돈지간이 되는 것은 시간문제일 것입니다. 조급해하실 필요 없습니다. 그저 잠시 떨어져 지내는 것뿐입니다." 시량은 예도를 날카로운 눈빛으로 바라보며 말을 덧붙였다.

"예도는 항시 행동거지를 조신하게 하여라. 알겠느냐?"

예임과 예도는 시량의 일방적인 통보에 마음이 편치 않았으나 아무 말 없이 듣고 있었다. 하지만 예도는 시량의 채근에 더 이상 못 참겠다는 듯 목소리를 가다듬고 이야기했다.

"오라버니, 아직 정해진 일이 아니지 않습니까? 오라버니와 새언니의 뜻은 잘 알겠으나 너무나 갑작스러운 결정인 듯합니다. 윤성당은 할아버님께서 심혈을 기울여 지으신 우리 가족의 소중한 터전입니다. 아버님이 생전 이 집을 얼마나 소중히 여기셨는지 잊으셨습니까? 아버님이 계셨다면 이 결정에 반대하셨을 겁니다. 오라버니가 한성부에 가게 되신 것은 축하드릴 일이나, 꼭 이 집과 대대로 내려오는 토지를 팔아야 하는 것입니까? 어머님을 저와 언니가 모시며 이곳을 지킬 수 있을 것입니다. 그렇다면 염려하시는 일은 일어나지도 않을 테지요."

"어머, 아가씨! 어찌 그런 말씀을…. 어머님은 장남이 모셔야지요. 만약 아가씨 두 분이 남아 이 집에서 어머님을 모신다면 고을 사람들이 어떻게 생각하겠어요. 오라버니도 깊이 생각하시고 드리는 말씀이에요. 아가씨 뜻이 그렇다 하여도 가장 중요한 건 어머님의 뜻이지요. 어머님 생각은 어떠하십니까?"

예도는 심씨 부인의 말에 바로 대꾸하려 했지만 예임이 한 손을 포개며 그녀의 행동을 제지하는 탓에 그저 한씨 부인의 대답을 기다리는 수밖에 없었다. 고심하던 한씨 부인이 천천히 입을 떼며 말했다.

"모두의 뜻에 일리가 있다. 허나 이제 아버지가 안 계시니 이제 늙은 어미로서 장성한 아들의 말에 따르는 것이 도리 아니겠느냐. 물론 예임이와 예도를 함께 데려가는 것이 가장 좋겠다마는 고모님이나, 예흔이를 생각하여 천천히 때를 기다려 보자꾸나."

"어머니!" 예도가 소리쳤다.

그녀는 실망한 눈빛으로 한씨 부인을 바라봤다. 한씨 부인의 뜻이 확고해 보이자, 예도는 눈물을 흘리며 먼저 일어나겠다는 말과 함께 자리를 박차고 나갔다. 예임은 그런 예도를 따라나서며 말했다.

"제가 잘 타이르겠습니다. 정든 집을 떠나는 것이 섭섭하여 그러는 것이니 너무 꾸짖지는 마세요."

시량은 처음에는 돌아가신 아버지의 뜻을 받들어 한성부 주부 자리를 마다할 작정이었으나, 심씨 부인이 세밀하게 짜놓은 계획에 어느새 동조하여 자신 또한 뜻을 굳건히 하게 되었다. 이에 두 사람은 예도가 약간의 반기를 들긴 했지만, 한씨 부인이 자신들의 뜻에 순순히 따라주니 일이 일사천리로 진행될 것이라 확신했다.

사실 심씨 부인은 여섯 달 전 친정아버지를 통해 시량이 한성부 주부 자리로 임명될 것이라는 소식을 듣고, 미리 한양의 이름난 집 주름을 통해 괜찮은 집까지 봐놓았다. 하지만 홍진사의 삼년상이 끝나지 않았기에 시량에게 선뜻 소식을 전하지 못하다가 열흘 전 그에게 모든 것을 털어놓은 것이다. 시량은 지방 수령으로서 중앙 관리들의 친인척들까지 챙겨가며 그들에게 잘 보이는 것에 신물이 나 있었기에 높은 자리에 오르고 싶은 마음이 간절했다. 그렇기에 윤성당, 집안의 토지, 누이들에 대한 책임감은 조금 뒷전으로 미뤄 두고 심씨 부인과 뜻을 함께하게 된 것이다. 그는 적어도 아버지의 삼년상을 아무 탈 없이 치렀고, 어머니에 대한 책임은 끝까지 다한 다는 사실에 가책은 느끼지 않았다.

한편 한씨 부인은 홍진사의 부인으로서, 또 홍대감이 신임한 며느리로서 자신의 의무를 다하지 않는다는 죄책감이 들었지만, 아들 내외의 말에 따를 수밖에 없는 노릇이었다. 아들이 오랜 꿈을 희생한 채 성주에 남게 된다면, 모든 책망의 화살이 자신에게 향할 것 같아 두려웠기 때문이다. 홍진사의 죽음으로 상황이 달라지긴 했어도 어쨌든 자신 또한 오랜 기간 염원했던 일이 아닌가. 게다가 평생 만나지 못할 것 같았던 친정 언니와 가깝게 지낼 수 있다는 것은 뿌리칠 수 없는 제안이었다. 아들이 빠른 시일 내로 예임과 예도를 데려올 것이라 믿어 의심치 않았기에 딸들과 잠시 떨어져 사는 것을 사소한 불편함 정도로 여기기로 했다.

예임은 조심스럽게 예도의 방에 들어가 이불을 덮은 채 흐느끼고 있는 예도를 토닥이며 말없이 기다렸다. 예임은 사실 시량의 통보가 거북하지 않았다. 친정에 돌아온 후 마음이 한결 편안해진 것은 사실이나 시간이 흐를수록 자신이 군식구가 된 것만 같았다. 예도는 당장은 아니지만 언젠가 시집을 갈 테고, 자신은 평생 시량의 보호 아래 살아가야 하는 운명이니 말이다. 물론 고모님 댁에서도 신세를 지는 처지는 마찬가지이지만, 적어도 이따금 자신에게 쏟아내는 심씨 부인의 신세 한탄에서 당분간 벗어날 수 있다는 점이 다행스러웠다.

그 순간 예도가 벌떡 일어나 예임을 바라보며 말했다.

"언니는 화나지 않소? 어떻게 그 자리에서 말 한마디 안 하고 있을 수 있소? 비록 아버님의 육신으로의 삶은 멈췄지만, 이 집에 아버님의 인생과 신념이 깃들어 있는 것인데 오라버니는 무엇이 가장 중요한지 모르는 게 틀림없소."

"예도야, 나도 이 상황이 믿기지 않는다. 허나 우리가 뭘 어찌하겠느냐? 오라버니의 그 굳은 의지를 말이다…."

"분명 새언니의 생각일 겁니다. 한양에서 이곳으로 시집온 것을 항상 아쉬워했잖소. 언니와 내가 같이 사는 것도 탐탁지 않아 했고."

"그래, 오라버니가 우리에게 아무런 이야기 없이 모든 것을 계획할 분은 아니지. 새언니의 영향도 있었을 것이나, 둘은 부부이니 한뜻이라고 봐야 한다. 그리고 다 틀린 말은 아니다. 너와 내가 이 집에 남아 살 수 있는 명분이 없으니 말이다. 예흔이를 두고 한양에 따라가는 것 또한 내키지 않으니, 고모님 댁에 가는 것이 지금으로선 가장 최선인 듯하구나."

"나도 압니다. 우리의 뜻은 중요하지 않다는 거. 나도 사실 고모님 댁에서 작은언니와 더 가깝게 지낼 수 있다는 게 반갑기도 하오. 하지만 모든 추억이 담겨 있는 윤성당이 더 이상 우리집이 아니라는 생각을 하니까 마음이 너무 아픈 걸 어쩌겠소. 우리가 아끼는 윤성당의 살구나무, 아버님과 함께 공부하던 서각 그리고 우리 자매가 함께 가꾼 후정까지 더 이상 우리 것이 아니란 게 믿기지 않소….”

예임은 흐느끼는 예도를 안아주며 대답했다.

"예도야, 오라버니와 새언니를 너무 미워하진 말자. 그저 우리와 생각하는 바가 다를 뿐이다. 우리에겐 이 집과 추억이 소중하지만, 그 둘에겐 높은 자리에 올라 집안을 빛내는 것이 더욱 중요한 것이지. 자유롭게 생활하시는 고모님, 고모부님과 함께 지내는 것을 항상 꿈꾸지 않았느냐….”

# 성산댁

윤성당은 그 수려한 자태가 소문이 자자하여 예전부터 근방의 지체 높은 양반 중 눈독을 들이는 이가 많았고, 토지 또한 비옥한 편이어서 집과 토지의 매매는 속전속결로 이루어졌다. 까다로울 것이라고 예상한 관의 입안까지 받은 시량은 심씨 부인이 점찍어 둔 북촌에 쌀 백 섬과 이천오백 냥을 내고 작지만 정갈한 집을 구할 수 있었다. 장인 심태평에게 돈을 조금 빌리긴 했지만, 모든 과정이 물 흐르듯 순조롭게 진행된 터에 떠나는 날은 더욱 앞당겨졌다. 그러나 북촌에 구한 집은 윤성당에 비하여 매우 작아 비복들을 함께 양도하는 일이 불가피했기에 한씨 부인과 시량의 가족은 최소한의 비복들과 짐을 꾸려 한양으로의 긴 여정을 떠났다.

같은 날, 예임과 예도 또한 여종 벼울과 서랑을 동행하여 고령 고모님 댁으로 출발했다. 그들은 정든 집과 가족의 품을 떠나는 것이

서운한 만큼, 태어나서부터 가족처럼 지냈던 비복들과 헤어지고 아끼는 물건들을 모두 챙겨가지 못하는 점 역시 애석하여 발걸음이 떨어지지 않았다.

홍진사의 손아래 누이인 홍류희는 제주 판관을 지낸 무관 출신 박운남과 그의 고향인 고령으로 일찍이 낙향하여 고을 중심에서 벗어난 한적한 곳에 집을 지어 살았다. 고을 사람들은 그곳을 홍류희의 출신지를 따 성산댁이라 불렀다. 성산댁은 사람들이 모여 사는 번화한 거리에서 떨어져 있지만 꽤나 웅장하고 산세가 좋아 운치가 빼어났다. 산으로 둘러싸인 성산댁 바로 옆에는 작은 개울이 흐르는데, 그 개울을 따라 작은 가옥이 두어 채뿐이어서 인적이 드물고 고요했다.

항상 한산하고 조금은 적막했던 성산댁 사람들은 예임과 예도를 맞이하기 위해 분주하게 움직였다. 성산댁과 운남 또한 날이 밝기도 전에 기상하여 두 자매를 기다리고 있었다. 점심 식사를 마쳤을 무렵 멀리서 시끄러운 수레바퀴 소리와 말발굽 소리가 들려왔다. 성산댁과 운남은 급히 일어나 대문 앞으로 향했다. 그들의 시야에는 자신들이 보내준 말에 올라탄 예임과 예도, 그리고 미리 윤성당에 보내놓았던 성산댁의 가노들과 차부 두 명이 우차를 끌고 오고 있는 모습이 들어왔다.

"아이고 야들아, 고생 많았제?" 성산댁이 예임과 예도를 안으며 걱정스럽게 물었다.

"고모님, 강녕하셨습니까? 덕분에 말을 타고 편히 올 수 있었습니다. 차부와 우차를 보내주신 것도 진심으로 감사드립니다." 예임이 성산댁과 운남을 번갈아 보며 이야기했다.

"야야, 감사는 무슨. 당연히 보내줘야지. 우리 홍주부는 어찌 여자들만 달랑 보낼 생각을 했는고. 아무리 한성에 속히 가는 것이 중해도 너거들을 직접 데려다주는 것이 오라비로서의 도리인 것을." 성산댁이 속상한 듯 말했다.

운남이 성산댁의 말을 가로막으며 이야기했다.

"어허, 부인. 홍주부가 다 사정이 있었을 것이오. 또 우리집에 보내는 것이니 그만큼 마음이 놓였다는 뜻 아니겠소?" 운남은 예임과 예도를 바라보며 말을 이어갔다.

"우리 조카들 얼굴 보소. 이리 고운 거 보면 고단하지 않게 편히 온 거 아니겠소? 그럼 된 거요. 자, 윤달아 너거는 어서들 짐 풀고, 예임이랑 예도는 별당에 한번 가보거라. 부인이 몇 날을 공들여서 꾸며놓았다."

"고모부님, 먼저 저희가 절 한번 올려야지요. 이리 반겨주시니 어쩔 줄 모르겠나이다." 예임이 말했다.

"네, 고모님, 고모부님. 사랑채로 드셔서 저희 절 먼저 받으십시오. 못 뵌 지 여섯 달은 족히 넘은 거 같습니다."

예도는 밝게 웃으며 성산댁과 운남을 집 안으로 이끌었다.

"허허. 그러자꾸나."

운남은 소탈하게 웃으며 사랑채로 향했다.

"아이고, 야들아. 우리가 이리 정신이 없데이. 어서 들어가자."

성산댁도 민망한 듯 웃으며 사랑채로 향했다.
　　사랑채에 들어 성산댁과 운남에게 문안 인사를 마친 예임과 예도는 성산댁이 단장해 놓은 별당으로 들어섰다. 성산댁의 별당은 아담하지만, 볕이 잘 들어 밝은 기운이 가득했다. 그곳엔 일반적인 쪽마루 대신 넓은 대청마루가 인상적인 건물이 중심에 서 있고, 대청마루에 앉아 뒤편을 바라보면 담장 너머에 대나무숲이 울창하게 자리 잡고 있었다. 예임과 예도는 어린 시절부터 별당 공간을 특히 좋아했기에 성산댁이 별당에 그들의 거처를 마련한 것이다.
　　"이곳에 오니 소온 언니 생각이 나오. 내가 열다섯일 때 언니가 떠났으니 벌써 오 년이 흘렀소." 예도가 대청마루에 올라 주변을 둘러보며 말했다.
　　"벌써 그리되었구나. 소온이와 이곳에서 즐겁게 뛰놀았던 것이 엊그제 같은데…. 이것 보아라. 고모님께서 들꽃을 꺾어 병에 담아 두셨구나. 참으로 송구스럽고 또 감사하구나. 여기 있는 동안 두 분께 소온이를 대신하여 좋은 말벗이 되어드리도록 하자꾸나."
　　성산댁과 운남의 장녀 박소온은 홍대감댁 세 자매와 어릴 때부터 매우 친밀한 사이였다. 소온은 예임과 동갑이었는데, 예임이 먼저 시집을 가고 이듬해 안동으로 시집을 갔다. 그러나 이 년 뒤 아이를 낳고 석 달을 누워 크게 앓다가 끝내 일어나지 못하고 사망했다. 예임은 당시 남편을 잃고 친정으로 돌아온 지 일 년이 넘어가는 시점이었는데, 그녀에게 소온의 부고는 혼절할 만큼 그 충격이 이루 말할 수 없이 컸다.

성산댁은 일생 동안 네 번의 출산을 했는데, 장녀 소온을 제외한 자녀들은 모두 돌 전에 사망했기에 소온을 더욱 애지중지하며 길렀다. 어여쁜 여인이 된 소온은 열아홉에 혼인하여 큰 어려움 없이 아이를 가졌으나 결국 다른 형제들 품으로 가버린 것이다. 자식 셋을 먼저 보내고 겨우 자신들의 운명을 받아들이기로 한 부모가 마지막 남은 자식마저 잃었을 땐 형용할 수 없는 비통함이 온 세상을 덮은 듯 눈앞이 깜깜했다.

성산댁 부부는 처음 몇 년간은 딸을 시집보낸 자신들을 자책하고 운명을 통탄하며 은둔 생활을 했다. 그때 유일하게 소통하고 의지할 수 있었던 이들이 성주에 사는 홍진사와 한씨 부인, 그리고 조카들이었다. 홍진사가 떠난 뒤에는 홍대감댁 사람들도 상을 치르느라 자주 왕래하지 못했으나 간간이 편지와 선물을 주고받으며 서로의 빈자리를 채워줬다. 서서히 기운을 차린 성산댁과 운남은 평범한 일상을 보내는 듯했지만, 그들의 가치관은 소온을 떠나보내기 전과 많이 달라져 있었다. 일반 양갓집과 다르지 않은 생활 방식을 가졌던 그들은 삶에 큰 변화를 맞이한 후 규범에 얽매이지 않고 자신들이 추구하는 행복을 위해 살기 시작한 것이다.

그 대표적인 예로 그들은 안채와 사랑채를 거리낌 없이 들락거렸고, 장날이 설 때면 사람들의 이목을 신경 쓰지 않고 부부가 함께 거닐며 구경했다. 기생을 불러 술을 마실 때는 함께 풍류를 즐겼고, 유람을 떠날 때도 운남은 성산댁을 꼭 함께 데려갔다. 일부 사람들은 그들을 가리켜 '자식들을 먼저 앞세우고 정신이 온전치 않다.' 수군거렸지만, 그들은 개의치 않고 자식들과 함께 해보지 못한 것들을 자유로이 경험하며 상실감을 채워나갔다.

 한씨 부인과 시량은 성산댁과 운남의 행보에 반기를 들지는 않았지만 조금은 탐탁지 않은 마음을 가지고 있었다. 반면 예임과 예도는 그들의 자유분방한 삶을 선망하며 그들과 오히려 더 자주 편지와 선물을 주고받았다. 그렇기에 예임과 예도는 윤성당을 영영 떠난다는 사실에 아쉬움이 가득하면서도 흠모하던 성산댁에서의 생활을 고대하는 마음을 가진 것이다. 게다가 예흔이 기거하고 있는 수용사와 십 리 거리밖에 되지 않는다는 것은 기쁜 소식이지 않은가. 그들은 산란한 마음과 설레는 마음을 동시에 품은 채 새로운 일상을 맞이했다.

# 권생원

 예임과 예도가 성산댁에 도착하고 여러 날이 밝았다. 그들은 많은 짐을 들고 오진 않았지만, 며칠간 물건을 정리하느라 고단함이 쌓였는지 늦잠을 잤다. 느지막하게 조반을 들고 사랑채에 딸린 누마루에서 성산댁 부부와 다과 시간을 가졌는데, 대화 중 부부는 예임이 화폭에 담은 윤성당의 살구꽃을 몹시 궁금해하며 보여주기를 요청했다. 이에 예임은 직접 그림을 가지러 가기 위해 잠시 자리를 비웠다.
 그때 성산댁의 가노 윤달이 허겁지겁 달려와서는 말했다.
 "마님, 훈장님께서 오셨습니더. 장지랑 백지를 갖고 오셨는데 작은 사랑채에 갖다 놓으면 되겠습니꺼?"
 "그리하거라. 그리고 권생원은 이곳으로 모셔 오거라." 운남이 대답했다.

"아이고, 훈장님 오셨는갑네. 고생스럽게 또 선물을 챙겨오시고." 성산댁이 반가운 기색으로 말했다.

"고모님, 권생원이라는 분이 누구십니까?" 예도가 물었다.

"요 밑으로 조금 가면 냇가 쪽에 집 두 채 있는 거 알제? 그중 하나가 효재 서당이다. 거기서 애들 글공부 가르치는 훈장님인데, 그분이 옛날에 그 터에서 부모님이랑 살다가 떠난 뒤에 얼마 전 혼자 돌아오셨다. 예도는 잘 모르제? 너거 언니는 니 태어나기 전에 우리집에 와서 일 년 살았을 적에, 훈장님이랑 아주 가깝게 지냈었다."

그때 생원 권정윤이 사랑채로 들어섰다. 때마침 예임도 그림을 들고 누마루로 향하고 있었기에 서로 마주 보는 상황이 만들어졌다. 정윤과 예임은 당황한 표정으로 엉거주춤 서 있다가 황급히 누각 위를 올려다보며 누군가 먼저 말을 꺼내주길 기다렸다.

"권생원, 오셨는가? 장지랑 백지는 참으로 고맙소다. 거기 옆에는 우리 조카인데 기억하시오? 성주 홍대감댁 예임이, 어릴 적 우리집에 잠시 지냈던 그 아이요. 일단 올라오십시오. 예임이도 올라오거라." 운남이 말했다.

정윤과 예임은 서로 양보하며 상대방이 먼저 올라가길 바랐지만 둘 다 선뜻 움직이지 않자 예임은 계단에서 멀찍감치 물러났다. 정윤은 어쩔 수 없이 먼저 계단을 올라갔다. 그제야 예임은 조용히 누마루에 올라 예도 옆에 자리 잡고 긴장 어린 표정으로 두 손을 무릎 위에 포갰다. 정윤은 그런 예임을 빤히 쳐다보며 옛 기억에 잠긴 듯 자신을 바라보는 운남의 시선을 반쯤밖에 의식하지 못하다, 이내 눈을 껌뻑이며 운남 쪽으로 고개를 돌려 말을 시작했다.

"…두 분 다 강녕하셨는지요? 보름 전 경상감사로 계신 종형님을 뵈러 대구에 갔다가 그곳에서 꽤 오래 유숙하고 돌아왔습니다. 형님께서 장지와 백지를 많이 챙겨주셔서 갖고 오던 참인데, 손님이 계신 줄은 몰랐습니다. 폐를 끼치는 게 아닌지 모르겠습니다."

"폐라니요, 오랜만에 뵈니 어찌나 반가운지예. 안 그래도 훈장님께도 소식을 전하려고 했습니다. 우리 조카들이 우리집에서 당분간 지내게 되어서, 워낙 갑작스럽게 정해진 기라 미처 말씀을 못 드렸네예." 성산댁이 예임과 예도를 바라보며 말을 이어갔다.

"야들아, 인사드리거라. 훈장님, 우리는 원래 이렇게 허물없이 지내는 거 아시지예? 우리 조카들이 편하게 인사드려도 괜찮으실지 모르겠네예."

"당연히 괜찮습니다. 저도 몹시 반가운 마음입니다. 처음엔 몰라뵀었지만, 자세히 보니 옛 얼굴이 보입니다. 나주에 시집을 가셨다는 소식은 전해 들었습니다." 정윤은 호칭을 어찌해야 할지 몰라 망설이다가 덧붙였다.

"부인…."

예임은 뜻밖의 만남에 당혹감을 감추지 못하고 대답 없이 눈을 내리깔았다. 예도는 그런 예임의 옷깃을 살짝 잡아당기며 대답하라는 눈빛을 보냈다. 이에 예임은 목소리를 가다듬고 말했다.

"강녕하셨는지요. 시간이 오래되어 기억은 흐리지만 알아보겠습니다."

사실 예임은 정윤과 마주친 즉시 알아봤다. 일곱 살 무렵 정윤과 함께 어울렸던 시간은 그녀에겐 너무나 소중한 추억이었기 때문이다. 그를 못 본 지 대략 이십 년이 되었지만, 그는 몸집만 커졌을 뿐 얼굴 생김새는 거의 그대로였다.

예임이 일곱 살이 되던 해, 홍대감댁은 예도의 출산을 앞둔 한씨 부인의 앓는 소리와 갓 돌을 지난 예흔의 칭얼거림, 그리고 부모의 관심을 빼앗긴 시량의 소란으로 집안이 매우 어수선했다. 이에 홍진사는 당시 둘째, 셋째 아이를 연이어 잃고 침울해 있던 성산댁에 예임을 보내 홀로 남은 소온과 어울리게 하는 동시에, 여러 소동 속에 풀 죽어 있던 예임 또한 안정을 취했으면 하는 마음이었다. 예임은 천성이 따뜻하고 맑은 아이였기에 삭막했던 성산댁에 밝은 기운을 북돋아 주었다. 마찬가지로 예임도 윤성당에서 시량에게 화풀이 대상으로 어린 마음에 상처를 많이 받아왔었는데, 결이 잘 맞는 동갑 사촌 소온과 어울리며 생기가 돌기 시작했다.

그 시기에 예임은 이웃에 살던 정윤을 만났다. 정윤은 당시 열 살밖에 되지 않았지만, 또래보다 성숙하고 친절하여 아이들이 많이 따랐다. 소온과 예임은 집 안에서 소소한 놀이를 즐겨 했는데, 그때마다 정윤은 그들 곁에서 글과 그림을 가르쳐 주며 다정한 놀이 상대가 되어주었다.

정윤은 증조부가 '세자 저주 무고 사건'에 연루되어 억울하게 돌아가신 뒤로 온 가족이 폐족 신세가 되어 사람들의 시선을 피해 시골에 정착하여 살았는데, 어울릴 사람이 없어 외로웠던 그 역시 편견 없이 자신을 대해주는 성산댁 가족들과 함께하는 시간이 가장 즐거웠다. 특히 아버지가 돌아가신 후로는 어머니가 밤낮 없이 바느질하며 근근이 생활을 이어왔기에 소온과 예임의 존재가 큰 위안이 되었다.

 예임이 정윤을 한눈에 알아본 것과 달리 정윤은 한참 생각한 뒤에 예임을 알아볼 수 있었다. 그녀의 얼굴이 많이 달라졌기 때문이다. 예나 지금이나 한결같이 고운 얼굴이긴 했지만, 어릴 적 예임은 얼굴에 활력이 넘치고 웃음이 가득한 아이였다. 하지만 현재의 예임은 안색이 어둡진 않지만, 예전의 생기와 밝은 기운을 잃어버린 탓에 다른 사람처럼 느껴진 것이다. 그는 그녀가 시집을 갔다는 소식을 들었기에 이렇게 성산댁에서 그녀를 마주한 것이 매우 의아했다. 하지만 이내 그녀의 옷차림을 보고 그녀가 과부가 되었다는 것을 직감했다. 비단 저고리와 다홍색 치마를 입은 예도와 상반되게 예임은 무면 저고리와 어두운 청색 치마를 입고 있었기 때문이다. 그는 사람들의 말소리가 들리긴 했지만, 온 신경이 온통 예임을 향해 있었다.

 "허허. 권생원이 우리 큰 조카를 오랜만에 본 것이 참으로 반가운가 보오. 이 그림을 한번 보시지요. 예임이가 윤성당의 살구나무를 화폭에 담았다고 하오." 운남은 그림을 건네며 다시 말을 이어갔다.

 "윤성당은 대사헌을 지내신 우리 장인어른께서 직접 공을 들이시어 지은 집입니다. 성주목에서 손에 꼽을 만큼 이름이 난 곳인데, 예임이가 윤성당의 그 유명한 살구나무를 손수 그렸다는 것이 아니겠소."

운남의 말에 놀란 정윤은 정신을 차리고 그림을 건네받았다. 그림 속엔 활짝 만개한 살구나무가 중심을 지키며 우뚝 서 있었고, 주변엔 작은 들꽃들과 바람을 타고 나는 나비가 완연한 봄을 나타내고 있었다. 정윤은 그림 속 장면이 눈앞에 펼쳐지는 듯, 전혀 예상치 못한 예임의 섬세한 붓질에 강렬한 인상을 받았다. 한참을 그림에 시선을 빼앗긴 채 말이 없던 그는 반짝이는 눈으로 예임을 바라보며 입을 뗐다.

"예로부터 아무리 빼어난 화가라도 아름다운 자연을 그대로 베낄 수는 없는 것이라 하였거늘, 부인의 그림은 그 말을 무색하게 만들 정도입니다. 꽃들은 곧 웃음을 터뜨릴 듯하고, 나비는 날아와 제 손가락에 사뿐히 내려앉을 듯 생생하여 절로 감탄이 나옵니다."

"허허. 역시 생원시에서 장원을 받은 분의 문장은 달라도 다른 것 같소." 운남이 호탕하게 웃으며 말했다.

"우리 원님의 말씀이 맞습니더. 우리는 예임이의 그림을 보고 그저 '우째 이래 잘 그렸노.'라는 말밖에 하지 못했는데, 훈장님의 말씀은 마치 시 한 편 읊어주시는 듯하네예." 성산댁이 말했다.

예임은 정윤의 극찬에 몸 둘 바를 모르고 쑥스럽게 미소 지었다. 그녀도 모르게 볼은 발그스름해졌고, 이를 감추고 싶은 모양인지 손으로 삐져나온 머리칼을 쓸어 넘기며 고개 숙였다. 예도는 부끄러워하는 예임과 그녀를 바라보며 감탄하고 있는 정윤을 번갈아

보며 흥미로운 듯 웃음이 났다.

"예도는 뭐가 그리 즐거운고?" 운남이 물었다.

"아무것도 아닙니다. 그저 이리 경치가 좋은 마루에 둘러앉아 도란도란 이야기를 나누는 것이 참으로 좋습니다."

"그래, 맑은 날씨까지 더해져 마음이 상쾌하구나." 운남은 불현듯 무언가가 떠오른 얼굴로 말을 이어갔다.

"그러고 보니 조카들에게 꼭 보여주고 싶은 장소가 있소. 예전에 칠곡부에 사는 종아우와 뒷산을 넘어 고탄지라는 작은 못에 낚시를 다녀오는 길이었소. 헌데 그 길에 전에는 보지 못했던 옛 사찰 터가 있는 것이 아니겠소. 종아우가 이르길 정평사라는 사찰이 있었지만, 불에 타 없어지고 그 터만 남았다 하였는데, 글쎄 일백 년이 넘은 모과나무가 불타지 않고 남아 있다는 게 아니겠는가. 안에 들어서니 모든 것이 소실되었거늘, 거대한 모과나무 하나만이 우두커니 그 자리를 지키고 있었소. 마침 그때가 봄꽃이 활짝 피어나던 때인지라, 그 늠름한 모과나무에 석죽색 꽃이 가득 피어 있었으니, 눈을 떼지 못하였소."

"기억납니다. 원님께서 어느 날 집에 돌아오셔서 제게 모과나무 이야기를 해주셨습니다. 꼭 한번 보고 싶네예. 우리 예임이가 보았으면 썩 멋들어지게 그렸을 것인데…. 이참에 한번 가보면 어떻겠습니까?" 성산댁이 말했다.

"그리 해주고 싶다만 내 발에 종기가 생겨 당장은 이동이 어렵지 않겠소?" 운남이 발을 주무르며 말했다.

"참으로 아쉽습니다. 고모부님의 설명을 들으니 만개한 꽃이 수놓은 모과나무를 보고 싶은 마음이 간절합니다. 예임 언니는 분명 그 아름다운 자태를 화폭에 고이 담을 수 있을 터인데…." 예도가 다소 실망한 표정으로 말했다.

그리고 곧 정윤을 바라보며 물었다.

"훈장님은 고모부님께서 말씀하신 사찰 터에 가보신 적이 있으십니까?"

"제 기억이 맞다면 지난겨울 그곳을 지난 적이 있습니다. 사람들이 자주 지나는 길이 아니라 평탄하진 않았으나, 날이 좋을 때 한 번 방문하시기에는 괜찮으실 겁니다." 정윤이 대답했다.

"아이고, 그렇습니까? 저는 요즘 무릎이 좋지 않아 험한 길이라면 직접 방문하는 것은 무리겠네예. 쯧, 요즘같이 맑은 날씨에 우리 조카들이라도 가서 보고 오면 참 좋을 것인데." 입을 삐쭉거리던 성산댁은 순간 좋은 생각이라도 떠오른 양 운남을 바라보며 말을 이었다.

"원님, 훈장님께서 우리 애들이랑 동행하시어 다녀오는 것은 어떨까예?"

"권생원께서 그리만 해준다면 나도 안심하고 보낼 수 있겠지만, 서당을 오래 비워서 일이 바쁘지 않겠소?" 운남이 미안한 표정으로 정윤을 바라봤다.

"저는 괜찮습니다. 조카분들께서 허락하신다면 제가 동행해 드리지요. 제게 하루이틀 시간만 주신다면 속히 밀린 일을 처리하고 다시 방문하겠습니다."

"아이고, 참으로 감사합니다." 성산댁은 예임과 예도를 바라보며 말을 이어갔다.

"예임아, 예도야. 훈장님은 어렵게 생각할 필요없데이. 예임이는 특히 어릴 적에 친오라비처럼 따르던 분이었으니 아무런 염려 말고 다녀오거라. 여기는 이러쿵저러쿵 이야기할 사람들도 없으니, 편히 다녀오면 된다. 가서 실컷 구경하고, 그림도 그리고, 천천히 노닐고 오너라."

"고모님, 정말입니까? 너무 기대됩니다. 훈장님께는 어찌 이 감사함을 전해야 할지 모르겠습니다." 예도가 들뜬 얼굴로 대답했다.

"고맙소, 권생원. 내 말을 꺼내 놓고 함께 가지 못하여 퍽 미안할 뻔하였는데, 권생원께서 이리 시간을 내주신다니 마음이 편안하오." 정윤에게 감사 인사를 전한 운남은 예임과 예도를 바라보며 말했다.

"권생원은 향교에 못 들어간 사정이 딱한 아이들에게 글공부를 시켜주시는 인정이 깊고 소탈한 분이시니, 믿고 편히 따르면 될 것이다."

"과찬이십니다. 허나 저를 편히 대하셔도 된다는 말씀은 저 또한 드리고 싶습니다." 정윤이 쑥스러운 얼굴로 말했다.

"저희에게 이리 친절하게 대해주셔서 감사합니다. 훈장님의 방문을 고대하고 있겠습니다."

예도는 밝은 얼굴로 정윤에게 감사한 마음을 전했다. 예임은 그들의 기약을 지켜보기만 할 뿐 아무런 말도, 표정의 변화도 없었다.

그렇게 자리가 파하고 예임과 예도는 별당으로 돌아왔다. 바닥에 앉아 싱글벙글 웃으며 어린아이처럼 어깨를 들썩이던 예도는 순간 눈을 가늘게 뜨고는, 바늘집을 펼쳐 바늘을 고르는 둥 마는 둥 생각에 잠긴 예임의 얼굴을 빤히 바라봤다. 그리고 익살스러운 표정을 하고 예임에게 물었다.

"무슨 생각을 그리 골똘히 하오?"

"아무것도 아니다." 예임이 대답했다.

다시 침묵이 흐르고, 예도는 머뭇거리다 예임에게 말을 건넸다.

"나는 오늘 남녀가 서로 애정할 때 어떤 표정을 짓는지 알았소."

"그게 무슨 말이냐?"

"권생원과 언니 말이요. 권생원은 언니를 뚫어져라 쳐다보고, 언니는 부끄러워 아무 말 못 하고. 이야기책에서만 보던 그 광경을 내가 직접 보았다는 것이오. 특히 언니의 그림을 평하실 때, 생원의 눈빛을 못 보았지요? 어찌나 반짝거리던지!" 예도는 새어 나오는 웃음을 손으로 막았다.

"어디 그런 망측한 말을 하는 것이냐." 예임은 예도 쪽으로 자리를 고쳐잡고 강한 어조로 이야기를 시작했다.

"고모님 댁에 온 것이 너에게 독이 될 것만 같구나. 오라버니의 말씀대로 조신하게 행동해야 한다. 아무리 이곳에 우리를 보는 눈이 없다 할지라도, 우리가 잘못된 행실을 하면 필시 그것은 사람들의 입방아에 오를 것이니…. 권생원이라는 호칭도 무례한 것이니 바로 고치도록 하여라."

"알았소…. 난 그저, 언니가 어릴 적 많이 따랐던 분과 재회한 것이 기쁜 마음에…."

예도는 웃음기를 거두고 의기소침한 표정으로 말했다.

"훈장님을 만났을 때 언니의 얼굴에 화색이 도는 것 같아 내 너무 들떴나 보오. 괜한 이야기를 하여 기분을 상하게 했다면 미안하오."

"휴…. 내 어찌 어린 네 마음을 모르겠느냐. 허나 우린 규방 여자들이다. 더군다나 나는 서방님은 안 계시지만 부녀의 몸이고. 그러니 말을 아끼고 행동거지를 조심해야 한다는 것을 너에게 상기시키고 싶었다."

예임은 미안해하는 예도의 손을 감싸주며 온화한 말투로 이야기했다. 예도는 그런 언니의 마음을 헤아리듯 고개를 끄덕였다. 예임은 말은 그렇게 했지만, 근심 가득한 마음 한편 묘한 감정이 들끓었다. 그 마음을 통제하려는 듯 서둘러 곁에 두었던 바늘과 색실을 집어 들고는 수를 놓기 시작했다.

# 모과나무

정윤이 성산댁에 방문한 지 닷새가 지났다. 예도는 꽃이 질 것이 걱정되어 정윤에게 재차 물어보고 싶은 마음이 굴뚝 같았지만, 그저 기다릴 수밖에 없었다. 예임에게 한 번 야단을 맞은 탓에 언니에게는 아무런 내색을 못 하고 성산댁에게 하루에도 몇 번씩 정윤에게 아무런 기별이 없었는지 물어볼 뿐이었다.

예임은 평소와 다를 바 없이 생활했지만, 예도는 그녀가 평정심을 유지하는 것 같으면서도 다소 들떠 있다는 느낌을 받았다. 예를 들어 본래 부지런하여 그 누구보다 일찍 기상하여 정갈하게 씻고 옷을 갈아입었지만, 지난 며칠간은 기상 시간이 더욱 앞당겨지고, 자신을 단장하는 시간이 길어진 까닭이다. 또, 그들은 매일 점심 식사 전 뒷산에 올라 나물을 캐곤 했는데, 그때마다 예임은 효재 서당 쪽을 힐끔힐끔 내려다봤다. 아무 일 없는 듯 행동했지만,

예임을 유심히 살피던 예도는 그녀의 변화를 쉽게 알아차릴 수 있었다.

예임과 예도가 평소처럼 아침 일과를 마치고 별당 대청마루에 앉아 바느질하고 있던 그때, 여종 벼울이 빠른 걸음으로 별당을 들어서며 말했다.

"아가씨, 훈장 나리가 오셨어요. 강호라는 노와 함께 오셨는데, 아가씨들이 채비를 마치는 대로 저와 서랑이가 모셔 오라고 이르셨어요."

벼울은 들뜬 모습으로 서랑을 찾아 나섰고, 예임과 예도는 서둘러 나갈 준비를 했다. 예도는 다홍색 댕기를 멘 머리가 허전한 것인지 연꽃 모양의 뒤꽂이로 머리를 단장했다. 그리고 비교적 험한 길을 오래 걸어야 하므로 폭이 좁고 길이가 너무 길지 않은 연분홍 치마로 갈아입었다. 예임은 분주하게 움직이는 예도를 기다리며 자신의 옷차림을 확인하니 항상 입던 무면 저고리가 무척 초라하게 느껴졌다. 그런 예임의 기분을 알아차린 듯 예도는 비취로 장식된 뒤꽂이를 예임의 머리에 꽂아주며 말했다.

"아무리 그래도 꽃구경을 가는 날인데 뒤꽂이 하나 정도는 아무도 무어라 할 이 없소. 그리고 저고리도 갈아입는 게 어떻겠소?"

예도는 머뭇거리는 예임에게 비단으로 된 흰 저고리를 가져다주었다. 극구 사양하는 예임에게 예도가 손수 옷을 갈아입혀 줄 듯 다가가자, 예임은 마지못해 저고리를 갈아입었다. 흰 비단 저고리를 입은 예임의 피부는 더욱 밝게 빛나고 이목구비가 한층 더 또렷해 보였다. 만족한 예도는 벼울과 서랑이를 불러 함께 사랑채로 향했다. 누마루에 앉아 이야기를 나누던 성산댁 부부와 정윤은 그녀들이 모습을 보이자 서둘러 내려와 맞아주었다.

"요 며칠 안녕하셨습니까? 제가 너무 늦게 온 것은 아닌지 걱정됩니다. 생도들이 많진 않으나 그간 못했던 강습과 시험을 보느라 시간이 지체되었습니다. 오늘은 시간이 되어 이리 갑작스럽게 방문하였는데, 괜찮으시다면 지금 갔다 오시는 건 어떻겠습니까?"
정윤이 말했다.

정윤과 예임, 예도 그리고 그들의 비복인 강호, 벼울, 서랑은 성산댁 부부의 배웅을 받으며 길을 나섰다. 고을을 지나지 않고 뒷산을 통해 가는 길이었기에 그들이 지나는 길은 산뜻한 아침을 알리는 새소리와 산들거리는 바람 소리뿐이었다. 불과 며칠 전만 해도 아침 바람이 쌀쌀했지만, 그들의 꽃구경을 반겨주기라도 하듯 새벽안개가 개고 맑고 화창한 날씨를 뽐냈다. 일각 정도 아침 기운을 맞으며 걷다 보니 일찍부터 나와 나물을 캐는 아낙네들이 보였다. 그들은 정윤 일행을 흘끔 쳐다보고는 이내 무심한 얼굴로 하던 일에 집중했다. 예임과 예도는 아직 녹음이 무성하진 않지만, 형형색색의 봄꽃이 가득한 산길을 그 누구의 시선도 신경 쓰지 않고 자유로이 걷는 것이 무척이나 즐거웠다. 그때 서랑이가 고요함을 깨며 말했다.

"아가씨, 이것 좀 보셔요."

서랑은 나뭇가지에 묶인 하얀 면실을 가리켰다.

"저희가 가는 길마다 이 면실이 묶여 있어요. 참으로 신기합니다."

"그거, 참 신기하구나. 누군가 길을 헤매지 말라고 표시해 놓은 것 같구나." 예도가 대답했다.

예도의 말이 끝나자 강호가 무언가 말하기 위해 입을 떼려 했지만, 정윤은 헛기침하며 먼저 말을 시작했다.

"주변 산길이 험하진 않으나 길을 잃는 이들이 많아 누군가 매어둔 듯합니다." 정윤은 주제를 바꾸고 싶은 듯 말길을 돌렸다.

"이 잣나무를 보십시오. 잎이 아래로 처지는 모양을 한 잣나무는 보기 드문 것인데, 가까이서 한번 보시지요."

예임은 정윤이 어딘가 난처한 얼굴로 화제를 바꾸는 것에 흠칫했다. 평소 눈썰미가 뛰어난 그녀는 출발 전 정윤의 옷자락에 붙은 면실을 발견했지만 차마 떼어주지 못했는데, 그 찰나의 순간이 머릿속을 스쳐 지나갔다. 그러한 이유로 그녀는 혹시나 정윤이 먼저 산에 올라 정평사로 가는 길목마다 실을 매어놓은 것은 아닌지 의문을 품은 것이다. 만약 그녀의 짐작이 사실이라면 밀린 일을 처리하느라 바빴을 그가 수고롭게 산을 두 번 오른 것에 퍽 미안한 마음이 들었다. 다른 한편으로는 정윤이 자신과 예도처럼 오늘을 몹시 기다렸다는 생각에 잔잔했던 마음이 일순 일렁이는 것 같았다.

조금 뒤떨어져 걸으며 혼자 여러 생각을 거듭하던 예임은 여전히 일행들에게 이야기하고 있는 정윤을 물끄러미 바라봤다. 그는 소나무와 잣나무를 구별하는 법을 설명한다든가 양지꽃, 제비꽃 등을 손수 꺾어 이들의 명칭을 알려주며 여유롭게 길을 가고 있었다. 그 모습을 지켜보던 예임은 순간 자신이 부푼 마음에 큰 착각, 아니 말도 안 되는 상상을 한 것만 같아 수치스러움이 몰려왔다. 그녀는 스스로 질책하듯 머리를 흔들고는 서둘러 다른 곳으로 시선을 돌렸다.

어느새 그들은 사찰 터에 다다랐다.

그곳은 이전에 사찰이 있었던 곳이란 것을 알아차리기 힘들 만큼 훼손되어 있었다. 불에 탄 돌탑과 돌담만이 한때는 이곳이 사찰이었다는 것을 가늠하게 해주었다. 돌담 안으로 들어서자, 운남이 이야기했던 모과나무가 우두커니 서 있었다. 모든 것이 불에 타 사라졌는데 오래된 모과나무만이 홀로 살아남아 터를 지키고 있는 것이 신기할 따름이었다. 하지만 나무에는 모과꽃이 들쑥날쑥 피어 있긴 했지만 이미 대부분의 꽃이 떨어진 후였다.

"송구합니다. 조금만 더 일찍 왔더라면 만개한 꽃을 볼 수 있었을 것인데, 제가 시간을 지체한 탓에 먼 길을 걸어온 것이 헛걸음이 된 것 같습니다." 정윤은 몹시 미안한 표정으로 말했다.

그는 꽃이 피어 있지 않을 것이라고는 생각지 못했다. 사실 그는 예임의 추측대로 동이 트자마자 일찍이 산을 찾아 최대한 고른 길을 표시해 두었다. 하지만 시간이 충분치 않은 탓에 미처 꽃이 핀 것을 확인하지 못하고 먼발치에서 사찰 터를 확인하고 돌아온 것이다. 그는 매우 당황한 기색으로 일행의 표정을 살폈다.

"…그런 말씀 마십시오." 오는 길 말이 없던 예임이 정윤을 조심스럽게 쳐다보며 말했다.

"꽃이 진들 홀로 불길을 이겨내고 이리 꿋꿋이 제 모습을 한 모과나무의 아름다움을 해칠 수 없을 것입니다."

예임은 만개한 나무를 보지 못한 것에 전혀 실망하지 않았다. 오히려 홀로 자리를 지키고 있는 모과나무의 단단한 자태에 감격할 뿐이었다. 예임의 이야기를 들은 다른 일행들도 그녀의 말에 동의할 수밖에 없었다. 그들은 나무에 가까이 다가갔다. 정윤은 나무를 이리저리 둘러보며 감탄하는 이들의 모습을 확인하자 안도하는 마음이 밀려들며 오는 내내 긴장했던 몸과 마음이 한결 편안해졌다. 그리고 이내 울퉁불퉁한 나무줄기를 손끝으로 만지며 유심히 관찰하는 예임이 눈에 들어왔다. 그는 그녀에게 다가가 말했다.

"옹이라고 합니다."

"네?" 예임이 되물었다.

"지금 만지고 계신 것을 옹이라고 합니다. 나무는 해를 입거나 병이 들면 스스로 그것을 치유하지요. 긴 시간이 필요하지만 언젠가는 치유되어 이렇게 아문 흔적을 옹이라고 합니다. 이 나무는 유독 옹이가 많은 것 같습니다. 그만큼 긴 세월과 여러 풍파를 견뎌내었다는 것이겠지요."

정윤의 말을 들은 예임은 울퉁불퉁한 줄기가 모나 보이지 않고 귀하게 여겨졌다. 다정스레 나무를 바라보며 어루만지던 예임의 눈에 눈물이 차오른 것은 순식간의 일이었다. 그녀는 누가 볼 새라 서둘러 눈물을 스치듯 닦아내고는 목소리를 가다듬고 말했다.

"참으로 귀한 나무입니다. 제가 이 나무를 그림에 담아도 되겠사

옵니까? 밑그림을 조금만 그리면 될 것 같습니다. 나머지는 집에 돌아가서 할 수 있으니, 시간이 크게 지체되지는 않을 것입니다."

"물론이지요. 아직 시간이 넉넉하니 개의치 마시고 편히 그리십시오." 정윤이 미소 지으며 대답했다.

정윤은 예임이 편히 그림을 그릴 수 있도록 자리를 피해주었다. 예임은 나무가 잘 보이는 곳에 자리를 잡고 벼울을 불러 그림 그릴 준비를 했다. 그 사이 예도와 서랑은 주변을 걸으며 곳곳에 핀 들꽃을 구경했다. 정윤은 먼발치에 앉아 작은 서책을 꺼내 읽기 시작했지만, 글에 집중하지 못하고 자신도 모르게 예임을 이따금 쳐다봤다. 그때 강호가 말을 꺼냈다.

"마님, 뭐 하나 여쭈어도 되겠습니까?"

"무엇이냐?" 정윤이 강호를 처다보며 물었다.

"아까 오는 길에 말입니다. 어찌 마님이 미리 길을 찾아놓으셨다는 것을 말씀하지 않으셨습니까? 말씀하셨다면 모두들 썩 고마워했을 것인데요."

"허허. 사내가 되어 길 하나 제대로 찾지 못한다는 것을 알려 무엇 하겠느냐."

정윤은 오늘의 여정을 기약한 날부터 이상하리만큼 집중력이 흐트러진 것을 느꼈다. 어젯밤도 늦은 시각까지 강습하고 잠자리에 들었지만 쉽게 잠을 청할 수 없었다. 주변 지리를 잘 아는 까닭에 길을 잃을 일은 없겠지만, 혹시나 험한 길을 만나 일행을 고생시킬 것이 염려되어 일찍감치 집을 나섰다. 강호는 정윤이 집을 비운 사실을 몰랐으나, 식사 시간이 다 되어서도 기척이 없는 것을 이상하게 여길 무렵 그가 지친 기색으로 집에 돌아온 것을 보았고, 그제야 정윤이 산에 다녀온 사실을 들은 것이다. 다시 서책에 눈길을 돌린 정윤은 자신의 수선스러웠던 마음을 누구에게도 들키지 않은 것 같아 다행이라 생각했다.

일행은 해가 지기 전에 고을에 돌아가야 했기에 해가 밝을 때 간단하게 요기하고 사찰 터를 빠져나왔다. 아직 햇살이 밝게 비추고 있었기에 그들은 크게 서두르지 않고 찬찬히 주변을 구경하며 대화를 나누었다.

"짧은 여행이었지만 마음속 근심이 모두 사라지는 듯 가뿐합니다. 훈장님께 진심으로 감사합니다." 예도가 밝은 표정으로 말했다.

"제가 동행한 것이 조금이나마 기쁨을 드릴 수 있었다니, 오히려 제가 감사해야지요." 정윤이 말했다.

"윤성당에 있을 때는 상상치 못한 일입니다. 일 년에 두어 번 오라버니와 함께 수용사에 있는 예흔 언니를 보러 가는 것이 전부였습니다. 보는 눈이 많으니 집 밖을 나서는 것이 쉽지 않았지요. 헌데 앞으로는 수용사를 비롯하여 여러 장소를 유람할 수 있겠다는 생각이 듭니다. 비록 자유로이 조선 땅 곳곳을 유람하는 제 꿈은 이룰 수 없겠지만 이렇게 가까운 곳이라도 구경할 수 있다는 것에 만족해야겠지요." 예도가 다소 아쉬운 표정으로 말했다.

"예로부터 어진 사람은 산을 좋아하고, 지혜로운 사람은 물을 좋아한다 하였지요. 훌륭한 꿈을 가지신 겁니다. 저 또한 유람을 통해 눈으로 산의 거대함을 보고, 마음으로 사물의 많음을 경험함으로써 식견을 넓힐 수 있다고 생각합니다. 규중에 깊이 있어 그 뜻을 펼치지 못한다면 그것은 매우 애석한 일입니다. 하늘이 이미 낭자께 어질고 지혜로운 성품을 주신 것이니, 꿈을 성취할 기회가 꼭 오리라 믿으십시오." 정윤이 예도의 아쉬운 마음을 달래주듯 말했다.

"철딱서니 없는 저를 이리 혜량하여 주셔서 실로 든든한 마음입니다." 예도는 예임의 눈치를 한번 보고 다시 말을 이었다.

"…하나 더 여쭈어도 되겠습니까?"

"물론이지요." 정윤이 웃으며 대답했다.

"전부터 홀로 답을 찾지 못한 고민이 있었습니다. 어려서부터 전국을 유람하고 싶다는 소망을 간직하였는데, 이 소망이 무엇에서부터 기인한 것인지 도통 모르겠습니다. 훈장님 말씀처럼 제가 유람을 통해 큰 깨달음을 얻고 싶은 것인지, 혹은 규문 밖을 나서지 못하고 그저 바느질이나 술 빚는 일을 의논해야 하는 처지를 벗어나고 싶은 것인지 헷갈립니다. 참된 이치를 따르는 것과 현실을 도피하는 것, 언뜻 보아서는 관련이 없어 보이지만 이상하게 매우 비슷한 결을 지닌 것 같기도 합니다."

"…저 또한 그 물음에 대해 깊이 생각한 적이 있지요. 낭자께서도 들으셨겠지만, 저는 몰락한 집안에서 자랐습니다. 집안 어른께 양자로 입적되어 폐족의 신분을 면하게 되었지만, 그 꼬리표는 쉽게 떨어지지 않았습니다. 그런 제가 생원시를 합격하였을 때 낭자와 비슷한 고민을 하였습니다. 과연 내가 하는 일은 스스로 현달하기 위함인가, 혹은 몰락한 집안의 위신을 세우기 위함인가…. 아직 이에 대한 명확한 대답을 얻지 못하여 무안한 마음입니다."

"아닙니다. 모든 것을 다 꿰뚫고 계실 것 같은 훈장님도 저와 비슷한 고민을 하신다니 위안이 됩니다. 이 세상엔 헤아릴 수 없는 것들이 참 많은 것 같다는 생각이 듭니다." 예도는 잠깐 생각에 잠겼다가 말없이 땅을 보고 걷는 예임에게 고개를 돌리며 물었다.

"언니의 의견은 어떻소?"

예도와 정윤은 궁금한 표정으로 예임을 바라봤다. 예임은 한참을 생각하다가 천천히 입을 열었다.

"…저는 원대한 꿈은 없습니다. 가령 그리는 것에 있어서 말입니다. 그림을 그릴 때면 모든 잡생각이 사라지고 제게 온전히 집중하고 있다는 마음이지만, 그렇다고 그것이 현실을 도피하는 방편은 아닌 것 같습니다. 한 가지 확실한 건 그림을 그릴 때 큰 행복을 느낀다는 것이지요. 행복으로 나를 채우는 것, 그것이야말로 내가 추구해야 하는 것이 아닐까 하는 얕은 소견을 가지고 있습니다."

예임은 자신의 의견을 내비치는 것이 쑥스러운 듯 자신 없는 목소리로 말했다. 예임의 이야기를 들은 예도와 정윤은 정신이 상쾌해지는 느낌이 들었다. 둘은 기쁨의 눈빛을 주고받았다.

"그렇소, 행복이야말로 모든 것이 통하는 길이 아니겠소? 물은 본래 만 갈래로 흐르지만 결국에는 하나로 모이는 것과 같이 인생 또한 행복을 좇는 것으로 귀결되는 것이오." 예도는 들뜬 얼굴로 정윤에게 물었다.

"훈장님은 어찌 생각하십니까? 언니의 대답이 참으로 명쾌하지 않습니까?"

"그렇습니다. 오랫동안 가지고 있던 의문이 체기가 사라지듯 해답을 찾은 것 같습니다." 정윤은 경의에 찬 눈빛으로 예임을 바라봤다.

"두 사람의 체증을 가시게 해주셔서 감사합니다, 부인."

정윤은 집에 돌아와서도 여운이 가시지 않았다. 그의 기억 속 어린 소녀였던 예임은 그저 밝고 귀여운 아이였지만 현재의 예임은 너무나 달랐다. 그녀는 말수가 적고 표정의 변화가 없어 생각을 읽기 어려웠지만, 한 가지 명확한 사실은 그녀는 또래보다 성숙하고 사려가 깊다는 것이다. 정윤은 그녀의 성격이 변한 까닭이 궁금했다. 분명 그 계기가 좋은 일은 아닐 것이라는 예감이 들었다. 모과나무를 어루만지던 예임이 맺히는 눈물을 참기 위해 미간을 찌푸리는 모습이 머릿속을 계속 맴돌았기 때문이다. 어떤 아픔이 그녀를 너무나 성숙하게 만들었는지, 또 그림에 몰두하게 했는지 모든 것이 궁금했다.

여러 생각을 거듭한 그는 마침내 그녀에게 도움을 줄 수 있는 사람이 되고 싶다는 결론에 이르렀다. 그는 누워 있던 몸을 일으켜 책상 앞에 앉아 편지를 쓰기 시작했다. 그의 종형인 경상감사 권치원은 중국의 유명한 글씨와 그림을 많이 소장하고 있으며 귀한 당채를 수집하는 것을 낙으로 삼았는데, 그런 치원에게 부탁하여 예임에게 알맞은 당채를 구해주고 싶다는 마음이 마구 솟아났다. 예임의 그림은 정교하고 섬세했지만, 안료를 구하기 쉽지 않은 탓에 색채감이 부족한 부분이 있었기 때문이다. 편지를 완성한 그는 강호에게 일러 날이 밝는 대로 관편을 통해 편지를 전송하라 일렀다.

## 보수주인

녹음이 짙어지며 사월 초파일이 다가오고 있었다. 예임과 예도는 이날도 어김없이 뒷산에 올라 맛있게 무르익은 두릅을 캐기 위해 집을 나섰다. 그때 그들은 멀리 효재 서당에서 나오는 정윤 그리고 그와 동행한 사내와 한 여인을 발견했다. 정윤도 예임과 예도를 발견하고 반가운 얼굴로 다가왔다.

"그간 평안하셨습니까?" 정윤이 말했다.

"네, 훈장님. 꽃구경을 다녀온 후로 통 얼굴을 못 뵈온 듯합니다." 예도가 말했다.

"그렇습니다. 제가 일이 바빠 발길이 뜸하였지요. 이제 여유가 생겼으니 자주 찾아뵙도록 하겠습니다." 정윤은 옆에 서 있던 사내를 가리키며 말했다.

"이분은 경상감사로 계신 저의 종형님입니다."

"안녕하십니까, 아우에게 말씀 많이 들었습니다. 십여 년 전 성주에 들렀을 때 대감 어른과 부친을 뵌 적이 있습니다." 경상감사 치원이 말했다.

인사를 주고받은 뒤 예임과 예도는 치원의 뒤에 서 있는 여인을 궁금한 눈으로 바라봤다. 그녀는 얼굴도 아리따웠지만 그보다 더 눈에 띄는 것은 매우 화려한 차림을 하고 있다는 점이었다. 머리 모양을 봐서는 기생은 아닌듯했으나, 금박으로 꾸며진 넓고 긴 고름을 달고 있다는 점과, 또 산호와 옥으로 장식된 큰 화접 뒤꽂이를 한 모습에서 평범한 규방 여인은 아닐 것이라 여겨졌다. 예임과 예도의 눈길이 그 여인에게 가 있는 것을 느낀 치원은 서둘러 그녀를 옆으로 불러왔다.

"소개가 늦었습니다. 제 소실로 있는 경산이라 합니다." 치원이 말했다.

치원이 경산을 소실이라 소개하는 짧은 순간 경산의 표정은 일그러졌지만, 치원은 눈치채지 못했다. 예임과 예도는 그 찰나를 포착하고 그녀의 상한 기분을 풀어주기 위해 더욱 반갑게 인사했다.

"근래에 보았던 치마저고리 중 가장 아름답습니다. 달구벌에 가면 장이 발달하여 고운 옷과 장신구가 많다 들었는데, 그 말이 정말인가 봅니다." 예도가 말했다.

경산은 예도의 칭찬에 표정이 눈에 띄게 밝아지며 중국에서 들여온 귀한 비단으로 지은 옷에 대해 구구절절 설명하기 시작했다. 이어서 치원과 함께 한양에 갔을 때 이름난 장인에게 부탁하여 지어 온 금박 치마저고리가 있다며, 왕실에서나 입을 수 있는 그 귀한 옷을 언젠가 보여주고 싶다는 말을 덧붙였다.

"먼 한양을 유람하고 오셨다니, 참으로 부럽습니다."

예임은 자신 또한 한마디 거들어야겠다는 생각에 짧은 말을 덧붙였을 뿐인데, 경산은 싸늘한 눈빛으로 예임을 쳐다봤다. 순간 괜한 말을 꺼낸 것은 아닐까, 무안을 느낀 예임은 경산이 재빠르게 표정을 풀고 치원과 대화하는 모습을 발견하고 고개를 갸우뚱했다. 그때 정윤이 예임을 보며 말했다.

"반가운 마음에 인사를 나누느라 제가 왜 판관어른 댁으로 향하고 있었는지 설명드리지 못했습니다. 다름이 아니라, 저희 형님께서는 그림에 조예가 깊으시어 중국의 유명한 글과 그림, 그리고 귀한 당채를 많이 가지고 계십니다. 괜찮으시다면 형님께서 가져오신 당채를 부인께 드리고 싶습니다."

정윤은 머뭇거리며 보자기에 싼 당채를 꺼냈다. 예임은 놀란 얼굴을 하고 얼떨결에 보자기를 건네받았다.

"이 귀한 것을 받아도 되는지 모르겠습니다…." 예임이 당혹스러움을 감추지 못하며 말했다.

"그림을 좋아하지만 직접 그리는 솜씨는 부족하여 귀한 당채를 썩히고 있는 것이 아닌가 자책하던 차에, 제가 가장 아끼는 아우가 당채를 부탁하는 것이 아니겠습니까? 저로서는 그 부탁이 반갑지 않을 수가 없었지요. 결례되지 않는다면 판관어른 댁에 들러 부인의 그림을 보여주실 수 있겠습니까?" 치원이 말했다.

"너무나 부족한 그림입니다. 허나 나리께서 원하신다면 함께 가시지요…." 예임이 수줍게 대답했다.

예임은 마음이 복잡했다. 짧은 순간 너무나 많은 일이 일어난 것처럼 이 상황이 벅차게 느껴졌다. 처음 보는 사내에게서 귀한 당채를 선물 받은 것에 당황한 동시에, 정윤이 자신을 위해 치원에게 무리한 부탁을 한 것만 같아 마음이 불편했다. 그림을 여러 사람에게 보이는 것 또한 여간 부끄러운 일이 아니었기에 마지못해 발걸음을 돌려 성산댁으로 향했다.

운남과 치원은 친분이 있는 사이였기에 성산댁 부부는 갑작스럽게 방문한 이들을 환대해 주었다. 게다가 조카를 위한 귀한 선물까지 준비해 왔다는 이야기에 부엌에 일러 점심상을 풍성하게 준비할 것을 당부했다. 식사가 준비될 동안 운남은 함께 다과를 들며 예임의 그림을 감상할 수 있도록 사랑채 누마루에 자리를 마련했다. 예임과 예도는 별당에 들러 사람들에게 보일 그림을 선별했고, 고심 끝에 윤성당 살구나무 그림과 비단에 그린 매화를 가지고 사랑채로 향했다.

예도는 예임이 긴장을 잔뜩 하고 있다는 것을 바로 느낄 수 있었다. 그녀의 초점 없이 헤매는 눈빛과 마른 입술을 연신 깨무는 행동을 지켜보던 예도는 가던 길을 멈추고 말했다.

"왜 이리 긴장을 하였소. 언니가 얼마나 많은 시간과 공을 들여 그린 그림인데 가족들에게만 보여주는 것이 아깝지 않소? 그림이라는 것이 많은 사람들의 눈을 즐겁게 해줌으로써 더 큰 가치를 지니는 것이니, 마음을 편히 가지시오. 그리고 무서워할 것이 무엇 있소? 저기 기다리는 분들 모두 여인의 그림이지만 먼저 두 팔 벌려 보고 싶다 하는 분들이니 분명 넓은 마음을 가졌을 것이오."

예도의 진정 어린 격려에 예임은 긴장했던 몸이 풀리는 것 같았다. 예임은 예도의 손을 쓰다듬으며 말했다.

"내 어리고 작았던 동생이 언제 이리 커서 언니를 다독여 주는 어엿한 어른이 되었느냐? 네 말을 들으니 무거웠던 발걸음이 한결 가벼워진 듯하구나."

본래 그림에 관심이 많았던 치원은 예임의 그림을 한참 동안 감상하며 감탄을 금치 못했다. 정윤 역시 매화 그림은 아직 보지 못했기에 깊이 음미하는 시간을 가졌다. 모든 이들이 그림을 감상하던 그때 예임의 곁에 멀뚱히 앉아 있던 경산이 슬며시 말을 걸었다.

"기량이 대단하십니다. 아녀자의 몸으로 그림을 그리는 것도 모자라 그것을 낯선 이들에게 보여주기까지, 참으로 기묘한 광경입니다. 돌아가신 부군께서도 그림을 권장하셨습니까?"

경산의 말에는 분명 가시가 돋쳐 있었다. 예임은 그녀가 운명한 남편까지 거론하며 자신에게 가시 돋친 말을 하는 까닭을 도무지 알 수 없어 선뜻 대답하지 못했다. 머뭇거리고 있는 예임 곁으로 그들의 대화를 들은 예도가 다소 성난 얼굴로 다가왔다. 예도는 경산의 두 눈을 똑바로 쳐다보며 말했다.

"엿들으려 한 것은 아닌데 어쩌다 보니 두 사람의 대화가 들렸습니다. 이토록 특출난 재주를 여인이라 하여 어찌 감추고 살겠습니까? 온 세상에 알려야지요. 헌데 돌아가신 분까지 거론하며 저희 언니에게 전하고자 하는 바가 무엇입니까?"

경산은 예도의 직설적이고 날카로운 질문에 한풀 기세가 꺾인듯 했지만, 다른 사람들의 눈치를 보면서도 여전히 할 말이 남아 있는 것 같았다.

"불편하게 들리셨다면 사과드리지요. 그저 순수하게 궁금했을 뿐입니다." 경산은 예임을 바라보며 다시 말을 이어갔다.

"제 말에 너무 마음 쓰지는 마십시오. 저희 원님께서도 처음 보는 여인의 재주를 이리 극찬하시는데 부군께서는 얼마나 더하셨을까 궁금했습니다. 하지만 다음부터는 이런 부탁은 자제하시는 게 좋지 않겠습니까? 다른 이들이 부인과 훈장님과의 사이를 오해하진 않을까 심히 염려됩니다. 평소 부탁이라고는 하지 않던 종아우의 청에 저희 원님께서 한달음에 고령까지 오신 걸 보셨으니, 부인의 말 한마디에 많은 사람들이 번거로울 수 있다는 사실 또한 알아주셨으면 합니다."

예임은 그제야 경산이 자신에게 유난히 삐딱하게 구는 이유를 알 것 같았다. 예도는 경산의 말을 듣고 어이가 없는 듯 헛웃음을 치며 언니를 대신해 말을 되받으려 했지만 예임은 그녀의 손을 잡으며 행동을 제지했다. 경산은 그 틈새를 타 치원의 곁으로 자리를 옮겼고 예도는 얼굴이 발개질 정도로 분을 참을 수 없었다. 예임은 그녀의 손을 더욱 세게 움켜쥐며 고개를 저었다. 예도는 애써 자신의 화를 가라앉히며 다시 다과상에 돌아가 사람들의 눈을 피하기 위해 차 마시는 것에 집중했다. 그때 무슨 일이 있었는지 까맣게 모르는 치원이 미소 띈 얼굴로 예임에게 질문했다.

"부인께서는 어떻게 그림을 시작하셨습니까? 홀로 터득할 수 있는 기량을 넘어서신 듯하여 여쭈어봅니다."

"아직 한참 미숙합니다." 예임은 아무 일도 없었다는 듯이 침착하게 대답했다. 그리고 정윤을 잠깐 바라보고는 말을 이어갔다.

"제 나이 일곱, 겨우 붓을 쥐기 시작하였을 때 훈장님께 처음으로 그림을 배웠습니다. 훈장님께서도 어린 나이지만 묵화에 조예가 깊으셨지요. 당시 종이가 귀하여 모시와 삼베 자투리 위에 꽃과 풀을 그리는 연습을 부지런히 하였습니다. 후에 저희 아버님께서 난 치는 법과 채색하는 법을 알려주셨습니다."

"우리 훈장님이랑 예임이는 오누이와 다름없었습니다. 좋은 오라버니를 곁에 둔 덕에 어린 나이에 글이랑 그림도 배우고 얼마나 고마운지예. 예임이는 그림을 잘 그리고, 저희 딸 소온이는 글씨를 얼마나 잘 썼는지 모릅니다. 다 훈장님 덕분이지예." 성산댁이 말했다.

"아닙니다, 제 덕이라니요. 두 아이 모두 처음부터 자질이 충분하였던 것이지요. 그저 어린 나이에 하였던 놀이와 다름없었는데 그것을 갈고 닦아 발전시키신 것이 놀라울 따름입니다." 정윤은 자신을 치켜세워주는 것이 쑥스러운 듯 치원을 바라보며 다소 멋쩍은 표정으로 말했다.

"형님, 이리 제 자랑을 하기 위해 당채를 부탁드린 것은 아닙니다. 형님께서 직접 오실 줄은 생각지 못했는데, 아무쪼록 먼 길을 오셔서 함께 시간을 보낸 것이 실로 경쾌한 마음입니다."

"내 너를 만나고 시찰도 할 겸 겸사겸사 오게 되었다." 치원은 밝게 웃으며 다시 말을 이어갔다.

"제 아우가 이렇게 반가운 부탁을 하여 덕분에 좋은 분들과 훌륭한 그림을 구경하고 가는 것 같습니다. 근래에 이리 좋은 시간을 보낸 적이 없었는데, 그렇지 않소?"

경산은 치원의 물음에 마지못해 웃음을 지으며 대답했다.

"네, 그렇습니다. 참으로 귀한 시간을 보냈습니다."

정윤, 치원 그리고 경산은 성산댁 부부와 함께 점심을 들었고, 이후 관아에 볼일이 있어 외출하는 운남을 따라 집을 나섰다. 별당으로 돌아온 예임과 예도는 각자 복잡한 얼굴을 하고 있었다.

"그 소실이라는 자는 대체 무슨 생각을 한 것인지 모르겠소. 어찌 그리 경우가 없을 수가 있소? 내 언니의 얼굴을 보고 참은 것이오." 예도는 여전히 화가 난 듯 말했다.

"잘 참았다. 허나 그 여인의 말이 틀리진 않았다. 물론 내가 훈장님께 그러한 부탁을 드린 일은 추호도 없기에 애꿎은 마음도 있었지만, 그 여인의 입장에서는 내가 염치없는 이처럼 보일 수 있다고 여겨진다. 훈장님께서도 종형님께서 직접 오실 줄은 모르셨기에 그런 부탁을 하신 것이겠지만, 나 때문에 불미스러운 일이 일어난 것 같아 마음이 불편하구나." 예임이 차분하게 말했다.

"언니는 어찌 이런 상황에서도 그리 아량을 베푸시는 것이오. 그 자가 아무리 경상감사의 첩이라 하여도 언니에게 그리 무례하게

굴 수는 없는 것이오. 혹시나 다음에 또 언니에게 방자하게 군다면 그때는 가만히 있지 않을 겁니다."

예도가 화를 삭이며 자신의 방으로 돌아가자, 예임은 선물 받은 당채를 조심스럽게 꺼내 보았다. 보자기를 푸는 순간 조금 전에 느꼈던 수치스러운 마음이 눈 녹듯 사라졌다. 오늘 자신이 예상하지 못한 많은 일들이 일어난 탓에 머리가 복잡하고 자책하는 마음이 일기도 했지만, 처음 접하는 귀한 당채를 이리저리 살피자 설레는 마음을 감출 수 없었다. 이 귀한 것을 선물해 준 치원과 모든 시선을 무릅쓰고 어려운 청을 했을 정윤이 너무나 고맙게 느껴졌다. 예임 또한 자신의 그림에서 다양한 색채를 쓰지 못한 점이 매우 아쉬웠기 때문에 염치 불고하고 당채를 사용하여 모과나무 그림을 완성하고 싶다고 생각했다. 그녀는 조심스럽게 당채를 어루만진 뒤 문갑에 고이 넣어두었다.

오후가 흘러가고 노을이 지기 시작할 무렵 고요했던 집 안이 떠들썩해졌다. 사색이 된 성산댁이 별당에 소란스럽게 들어섰다.

"아이고, 큰일이다." 성산댁이 말했다.

저녁 식사를 끝내고 대청에 앉아 있던 예임과 예도는 놀란 얼굴로 성산댁을 맞았다.

"고모님, 괜찮으십니까?" 예임이 물었다.

"원님이 관아에 가서서 기막힌 소식을 듣고 오셨다." 성산댁은 숨을 고르고 다시 말을 이어갔다.

"글쎄 원님이 우리 고을로 유배 오는 이의 보수주인이 되었다고 하시는 게 아니더냐?"

"보수주인이라뇨? 보수주인이라면 유배객이 이곳, 고모님 댁에서 지내게 된다는 말씀입니까?" 예도는 매우 놀란 얼굴을 하고 성산댁에게 물었다.

"그렇다고 한다. 글쎄 이 유배객이 조정에서 아주 힘이 있는 분이라나 뭐라나. 그래서 우리 고을에서 명망이 있다는 댁에서 모두 유배객의 보수주인을 자청하더란다. 아무래도 높으신 분이라니 사심이 있어 그런 것이겠지. 그러자 고령 현감께서 이 모습을 안 좋게 보시고는 자식도 없고, 욕심도 없는 너거 고모부를 보수주인으로 정했다고 한다."

"세상에, 이런 이야기는 처음 들어봅니다. 본래 유배객이라면 험지에 보내져 번번하지 못한 집에서 지내는 것이 관례이지 않습니까? 헌데 유배객을 맞이하고 싶어 지체 있는 양반댁에서 보수주인을 자청하다니, 참으로 기이한 일이 아닐 수 없습니다. 대체 얼마나 권세가 높은 조정 관리이길래 이런 일이 벌어지는 겁니까?" 예도가 어처구니없다는 듯 말했다.

"글쎄나 말이다. 원님께서 몇 안 되는 아끼는 벗인 현감의 청을 거절할 수가 없었나 보구나. 내 걱정은 그 유배객이 우리집에 지낸다면 작은 사랑채를 내어줘야 할 터인데, 별당이랑 작은 사랑채가 아무리 멀리 떨어져 있다 해도 처자들이 둘이나 있는 집에 모르는 사내를 들이는 것이 영 찜찜하구나. 너거들한테도 너무 미안해서 어찌할 바를 모르겠다." 성산댁이 미안한 얼굴로 말했다.

"고모님, 저희 걱정은 마십시오. 현감께서 고모부님을 보수주인으로 택한 것에는 큰 뜻이 있으시겠지요. 고모부님이 그 유배객에 뇌물을 준다거나, 사사로운 청을 드리지 않을 것이라는 믿음이 있어서라고 생각합니다. 저희도 잘 처신할 것이니, 이미 결정된 일이라면 너무 마음 쓰지 마십시오." 예임이 말했다.

"언니의 말이 맞습니다. 고모부님이 명망이 있으시어 부탁한 것이겠지요. 허나 제가 분이 나는 것은 분명 귀양길에 오를 정도면 큰 죄를 지은 이가 아니겠습니까? 그런 사람을 고령으로 보낸다는 것이 이해되지 않습니다. 이곳은 비옥하여 사시사철 굶는 이가 없다고 소문이 자자한 곳입니다. 이리 평안한 곳에 유배를 보내는 것은 잘못된 처사가 아니겠습니까? 그것도 모자라 부족함 없는 양가에 죄인을 지내게 해주다니. 나라 돌아가는 일이 잘못되어도 한참 잘못된 것 같습니다." 예도가 말했다.

예도는 얼굴도 모르는 이 유배객의 존재가 벌써부터 달갑지 않았다. 큰 죄를 짓고도 편하고 배부르게 유배 생활을 할 이가 마치 말로만 듣던 부패한 조정 관리의 표본처럼 느껴졌기 때문이다.

그날 저녁 예도는 운남과 이야기를 나누며 자신과 예임에게 미안해하지 않도록 안심시켜 주는 동시에, 그가 보수주인으로서 유배객을 잘 감시하고 정직하게 임무를 수행했으면 하는 마음을 내비쳤다. 운남은 예도의 걱정스러운 마음을 헤아려 주며 죄인이 죄를 반성할 수 있도록 잘 처신할 것이라 다독였다.

말로만 듣던 유배객이 성산댁에 당도하는 데에는 긴 시간이 걸리지 않았다. 그는 유배객이라는 신분에 맞지 않게 매우 말끔한 차림으로 보기 좋게 살이 오른 말을 타고 위풍당당하게 다가왔다. 그의 뒤에는 비복으로 보이는 사내 둘과 짐을 실은 수레가 두 대 그리고 수레를 끄는 차부 네댓 명이 따라오고 있었다. 성산댁 부부는 대문에서 유배객을 맞아주었고, 예도는 담벼락에 숨어 그가 끌고 오는 긴 행렬을 바라보며 혀를 끌끌 찼다. 그녀의 짐작대로 유배객이 죄를 지은 이의 모습이 아닌 어느 고관대작이 유람을 온 것만 같은 모습에 예상이 틀리지 않았다고 생각했다. 성산댁은 인사를 마치고 곧장 별당으로 와 예임과 예도를 찾았다.

"홍문관 교리로 있는 분이고, 의겸 이세휘라 하더구나. 올해 스물셋 되었는데 아직 장가는 들지 않았다고 한다. 원님이 이르시길 홍문관을 비롯한 삼사에 있는 관리들은 이러한 유배길이 더 높은 자리에 나아갈 디딤돌과 같은 역할을 한다고 하셨다. 그러니 고을 양반들이 줄을 서서 자기 집에 모셔 오려고 한 것 아니겠나? 거기다가 집안도 한양에서 아주 이름 있는 집안이라 한다. 아버님은 돌아가셨지만 대대로 높은 관직에 올랐고, 위에 터울이 큰 형님은 이조판서까지 지내셨다는구나. 뭐, 우리 원님께서는 이런 걸로 사람 판단하는 분이 아니시니 그분의 사내종이 구구절절 이르는 말을 듣고도 아무 말씀 없이 작은 사랑채로 안내만 해주셨다. 그 종이 이르길 유배 기간이 길진 않을 거라 하더구나. 별 희한한 일을 다 겪는다, 그자?"

"고모님이 보시기에는 어떤 분 같으셨습니까?" 예도가 물었다.

"그냥 딱 우리가 생각하는 높은 대감 댁 도련님 같았다. 예의는 차리지만, 인상이 차갑고 말수가 없더구나. 근데 한성 사람이라 그런지 용모는 보기 드물게 준수한 편이었다."

'자기 잘난 맛에 사는 도련님 같은….'

성산댁의 말을 들은 예도의 머릿속에 스친 생각이다. 하지만 호기심이 많은 그녀였기에 그를 가까이서 관찰하고 싶기도 했는데, 그도 그럴 것이 유배객의 짐 행렬에서 얼핏 많은 서책이 쌓여 있는 것을 보았기 때문이다. 얼마나 귀한 서책이길래 유배길에 가지고 온 것인지 궁금한 동시에 예상은 했지만 상당히 호사스러웠던 그의 행색이 눈에 아른거리며 그의 존재가 거슬리는 것은 어쩔 수 없었다. 무엇이든 간에 그에게 호기심을 품고 있는 사실을 질책이라도 하듯 그녀는 자세를 바로잡고 절대 호의를 베풀지 않으리라 속으로 다짐했다.

# 이팝나무

　유배객 이세휘가 도착한 지 사흘째 되도록 성산댁에는 이른 아침부터 각종 선물이 쏟아져 들어왔다. 여느 양갓집과 마찬가지로 성산댁에도 본래 매일 같이 편지와 선물이 도착하곤 했지만, 세휘에게 들어오는 편지와 선물은 그 정도가 남달랐다. 어느새 주변 고을에 소문이 난 것인지 어느 댁 할 것 없이 종을 시켜 그에게 각종 식재료를 비롯한 귀한 약재, 술, 종이 등을 보낸 것인데, 그 양이 많아 행랑채에 준비해 둔 광 하나를 거의 다 채울 정도였다. 세휘의 사내종인 팔생과 복만은 분주하게 움직였고, 덩달아 성산댁의 비복들도 바쁜 아침을 맞이했다.
　정작 세휘는 밖의 상황을 아는 것인지 모르는 것인지 작은 사랑채에 자리한 자신의 방에서 나올 기미가 안 보였다. 성산댁 부부는 그가 자칫 은덕을 모르는 무심한 사내라는 인상을 받기도 했지만,

사람들이 그에게 아무런 사심 없이 물품을 베푸는 것은 아니었기에 그가 쏟아지는 선물을 반가워했다면 이 또한 속된 행동처럼 보일 것이 분명했다.

또 그는 얼마가 됐든 함께 지내게 된 성산댁 사람들과 어떠한 교류도 할 생각이 없어 보였다. 성산댁 부부는 그에게 문안 인사를 바란다거나, 그와 친밀한 관계를 맺고 싶은 마음은 전혀 없었지만, 자신들을 없는 사람처럼 대하는 태도에 기분이 조금 상하긴 했다. 하지만 그들은 타인에 대해 이러쿵저러쿵 떠든다든가 함부로 사람을 판단하는 성품은 아니었다. 크고 작은 일을 언제고 가볍게 웃어 넘길 수 있는 아량을 지닌 그들은 대수롭지 않은 듯 분주하게 움직이는 비복들을 멍하니 바라보며 시간을 보내고 있었다.

그때 마당을 오가는 많은 사람들 가운데서 낯익은 여인을 발견했다. 그녀는 늙은 기생 금화로 성산댁 부부를 알현하기 위해 대문을 들어서던 차였다. 그녀 뒤에는 어김없이 거문고와 장구를 인 늙은 남종이 따르고 있었다. 성산댁 부부는 곧바로 층계를 내려가 반갑게 그녀를 맞이했다. 일 년 가까이 기별이 없었기에 그들은 한참 이야기를 나누었고, 금화는 성산댁 부부에게 한 가지 제안을 했다.

"마나님, 남쪽으로 다섯 리도 안 가 있는 굽은 강 아시지예? 거기가 원래부터 이팝나무가 군락을 이루어서 참으로 장관인 곳인데, 마침 지금 꽃이 활짝 폈더라고예. 예년보다 좀 덥다 싶었는데 벌써 이팝나무가 하얗게 무르익은 것이 진풍경이 아닐 수 없었습니다. 이 몸이 늙어 이제 돌아댕기는 것도 힘들어 언제 다시 마님, 마나

님을 뵐 수 있을지 모르는데, 바람과 햇볕이 잔잔한 오늘 같은 날 강가에 가서 거문고 소리 한번 들으시겠어예?"

금화의 말처럼 그녀는 어디든 자신을 부르는 곳에 가 거문고를 켜야 하는 운명이었지만 이제는 예전처럼 돌아다닐 여력이 되지 않았다. 그리하여 지리산 자락에 위치한 어느 양반댁에 들어가 여생을 보내기 위해 그쪽으로 이동하는 중이었다. 그녀는 유난히 자신에게 허물없이 잘 대해주었던 성산댁 부부가 떠올라 잠시 가던 길을 멈춘 것이다.

성산댁 부부는 마지막이 될 수 있는 그녀의 연주를 꼭 듣고 싶었기에 그녀의 제안을 흔쾌히 수락했다. 그들은 예임과 예도에게 채비하라 이르고, 정윤에게도 함께 가자는 전갈을 보냈다. 무릎 통증이 있는 성산댁은 보교에 올라탔고, 예임과 예도는 장옷을 덮고 운남을 따라 걸었다. 정윤은 하던 일을 마치고 반 시진 이후 목적지에 합류하기로 했기에 그를 제외한 이들이 먼저 출발 길에 오른 것이다.

얼마 안 가 강가에 도착한 이들은 적당한 장소를 골라 모두 착석했다. 굽은 강을 따라 크고 작은 이팝나무들이 줄지어 서 있었는데 그 위에 하얀 눈이 소복이 쌓인 듯 꽃눈이 따뜻한 바람을 따라 살랑거렸다. 하얀 꽃 주변을 감싸는 이파리는 초록 물을 잔뜩 머금고 있어 보는 이의 마음을 상쾌하게 만들었다. 넘실대는 푸른 강 위에는 이미 풍류를 즐기는 이들이 탄 배가 잔잔히 움직이고 있었다. 강 위를 떠다니는 배와 그곳에서 들려오는 기생의 맑은 목소리는 일행의 눈과 귀를 즐겁게 했다. 배가 멀어져 가며 기생의 목소리가 더 이상 들리지 않자 금화는 자신의 연주를 시작했다.

예임과 예도는 얼떨결에 따라와 풍류를 즐기게 된 것이 어리둥절하기도 했지만 자못 흥겨운 기분이 들었다. 이따금 성산댁의 편지 속 글로만 접했던 광경을 직접 경험하는 것이 신기할 따름이었다. 처음에는 모든 광경이 새로워 그저 주변을 호기심 어린 눈으로 둘러보다 어느덧 분위기에 젖어 금화의 연주를 마음 깊이 즐기고 있었다. 그들이 자리 잡은 곳은 높은 지대에 있는 데다 키가 큰 나무들로 둘러싸여 있었기에 누구의 눈치도 보지 않고 아름다운 경관과 풍류를 만끽할 수 있었다. 그들을 따라나선 비복들까지 모두 다디단 시간을 보냈다.

시간이 흘러 먼발치에서 말발굽 소리가 들려왔다. 이내 황급히 일을 마치고 합류한 정윤의 모습이 보였다. 그는 정확한 장소를 알지 못해 두리번거리던 중 희미하게 들리는 거문고 소리를 따라 먼저 도착한 일행을 찾은 것이다. 정윤은 소리에 집중한 사람들을 방해하지 않기 위해 머뭇대며 자리에 앉지 못하고 뒤편에서 한참을 서 있었다. 연주 중인 산조가 끝났을 때, 그는 운남의 곁에 다가가 인사를 올리고 자리를 마련하여 앉을 수 있었다. 예임과 예도는 자리에 앉는 그를 발견하고 가볍게 눈인사한 뒤 다음 산조를 기다렸다.

운남은 정윤이 때맞춰 온 것이 기쁜 양 윤달에게 술을 가지고 오라 일렀다. 운남과 정윤은 거문고 연주를 들으며 함께 술잔을 부딪쳤다. 정윤은 술이 약해 술이 조금만 들어가도 귀와 얼굴이 붉어졌는데, 뒤쪽에 앉아 이를 지켜보던 예임은 소리에 집중하지 못하고 붉어진 그의 귀에 자꾸만 눈길이 갔다. 그러다 돌연 뒤를 돌아본 정윤과 그를 걱정스레 쳐다보던 예임의 눈이 정면으로 마주쳤는데, 예임은 순간적으로 얼굴이 화끈거리는 것을 느끼고는 당황스러운 나머지 고개를 획 돌렸다. 정윤 또한 얼굴이 뜨거워지는 것을 느꼈지만, 이미 술기운에 양 볼이 붉게 달아올라 도리어 천만다행이라 생각했다.

성산댁 일행과 금화, 장구꾼은 중간중간 집에서 챙겨온 화전과 쑥떡으로 요기하며 반나절 가까이 풍류를 즐겼다. 오후가 되자 흥겹게 연주를 이어가던 금화의 얼굴에 지친 기색이 역력했고, 이에 성산댁은 그만 자리를 파하고 집으로 돌아가 늦은 점심을 들 것을 제안했다.

일행은 성산댁이 타고 온 보교가 있는 곳으로 향하기 위해 내리막길을 따라 천천히 걸어갔다. 그때 그만 예도는 잡풀에 뒤덮인 돌부리에 걸려 넘어지고 말았는데, 그 탓에 발목을 살짝 삐어 서랑에게 의지한 채 절뚝이며 내려왔다. 이에 놀란 성산댁은 예도에게 자신의 보교에 올라탈 것을 권했지만 예도는 이를 한사코 거절했고, 그 대안으로 정윤의 말을 빌려 이동하기로 했다.

자연스럽게 운남은 금화와 이야기를 나누며 앞서 걸어갔고, 예임과 정윤은 뒤쪽에서 나란히 걷기 시작했다. 그들은 한동안 아무 말 없이 걷기만 했다. 시끌벅적한 앞의 무리와 달리 그들 사이엔 중간중간 들려오는 목을 가다듬는 소리 외에는 정적이 흘렀다.

"…경상감사께서는 평안하십니까?" 예임이 먼저 입을 열었다.

"네, 부인을 뵈었던 날 오후에 대구부로 돌아가셨습니다. 잘 도착하셨다는 서신을 받았습니다." 정윤이 대답했다.

"선물해 주신 당채 감사히 잘 쓰겠다고 다시 한번 전해주시겠습니까? 훈장님께도 진심으로 감사드립니다."

"네, 그리하겠습니다. 한번 써보셨는지요?"

"그럼요. 본래 그리고 있던 모과나무에 색을 입혀봤습니다."

예임은 정윤을 바라보며 살며시 미소 짓고는 수줍게 말을 이어갔다.

"완성되면 훈장님께 꼭 보여드리고 싶습니다. 색이 정말 곱습니다."

"기대하고 있겠습니다." 정윤 또한 밝은 미소로 화답했다.

잠시 침묵이 이어졌다. 정윤이 어떤 화두를 꺼낼지 머릿속으로 한창 고민이던 그때 예임이 먼저 대화를 시작했다.

"여쭙고 싶은 것이…."

"무엇입니까? 뭐든지 물어보십시오." 정윤이 매우 달가운 표정으로 말했다.

예임과 정윤의 발걸음이 동시에 느려졌다. 서서히 일행과 멀어지다 어느새 제법 거리감이 생겼을 때 예임이 다시 이야기를 꺼냈다.

"신축년에 한양으로 가신 이후 생원시에 합격하셨다는 소식 말고는 통 듣지 못하였습니다. 그간 어찌 지내셨는지 궁금하여…."

예임은 어느샌가 정윤과 함께하는 시간이 전보다 편안해진 것을 느꼈다. 어릴 적 느꼈던 친밀감이 어렴풋이 되살아난 듯, 그와 나란히 조금은 따가운 봄햇살을 맞으며 걷는 이 순간이 무척 편안하고 즐거웠다. 그렇기에 그동안 홀로 궁금해했던 이야기를 용기 내어 물어본 것이다.

정윤 또한 예임의 한층 긴장 풀린 태도를 느낄 수 있었다. 첫 만남부터 예임이 자신을 대할 때 벽을 치고 있다는 생각을 떨칠 수 없었는데, 그 단단했던 벽이 허물어져 간다는 반가운 마음에 이 시간이 더욱 지속되길 바랐다.

"저희가 헤어진 날로부터 이십 년이 다 되었습니다…. 그간 많은 일이 있었습니다. 처음 한양에 도착하여…."

정윤이 슬며시 미소 지으며 이야기를 이어나가려던 순간, 먼 시야 끝에 집을 발견한 운남이 조금 뒤떨어져 걷던 정윤과 예임을 우렁차게 부르는 소리가 울려 퍼졌다. 예임은 운남의 외침을 미처 듣지 못한 듯 어머니가 들려주는 이야기에 귀 기울이는 아이처럼 눈을 동그랗게 뜨고 정윤의 입을 바라보고 있었다.

"마님…! 판관어르신께서 부르십니다…!"

강호가 운남의 부름을 알아채지 못한 예임과 정윤에게 성큼 다가오며 큰 소리로 말했다. 그제야 앞서 나가던 일행들이 자신들을 기다리고 있다는 사실을 안 두 사람은 놀란 눈으로 서로를 바라봤다. 그들은 어렵게 물꼬를 튼 대화를 이어가지 못한 점이 못내 아쉬운 듯 주춤거리다 강호가 그들 앞에 섰을 때 마지못해 걸음을 서둘렀다.

집으로 돌아온 예도는 점심 식사를 마치고 별당 대청마루에 앉아 한가로이 시간을 보내고 있었다. 그녀는 더없이 흥겨운 시간을 보냈던 오전을 떠올리며 들뜬 마음으로 콧노래를 흥얼거리다가, 발목을 삐끗한 것이 못내 아쉬운지 입을 비죽거리며 발목 찜질에 열중했다.

그때 성산댁의 부탁으로 심부름을 다녀온 벼울이 집으로 돌아왔다. 벼울은 심부름을 다녀오느라 나들이를 함께 가지 못한 탓에 궁금증을 참지 못하고 서랑에게 이것저것 소감을 물어보았다. 그녀는 성산댁이 자신에게 고을에 나가 금화에게 선물할 비단을 골라오라는 심부름을 시킨 것이 내심 못마땅했지만, 자신의 안목을 높게 쳐서 그리한 것이라는 성산댁의 말 한마디에 기분이 말끔히 풀어졌다. 서랑과 한창 얘기를 나누던 중 그녀는 문득 예도를 향해 입을 열었다.

"작은아가씨, 제가 장에 갔다가 흥미로운 이야기를 듣고 왔습니다."

"무엇이더냐?" 예도가 물었다.

"지금 이곳에 지내는 그 유배객 나리 말입니다. 그분이 왜 스물셋이 되시도록 장가를 들지 않으셨는지 들었습니다. 장에 나가니 모두 그분 이야기가 한창이었습니다."

"조정 일이 몹시 바빠 그런 것이 아니겠느냐?"

"아무리 바빠도 혼인하는 것을 미루는 사내가 어디 있겠습니까? 제가 들은 바로는 유배객 나리도 열다섯인가, 여섯일 때 혼인할 뻔했답니다. 그런데 그것이 혼례 당일에 파투가 났다 합니다. 그 연유가 두 가지로 갈리는데, 첫째는 신랑의 성미가 무척이나 사나운 걸 장인 될 분이 알게 되어 혼례를 물렸다는 이야기가 있고, 둘째는 신랑에게 따로 연모하는 여인이 있어 스스로 혼례를 깨트렸다는 말이 있었습니다. 아무렴 저 둘 중 하나가 아니겠습니까?"

예도는 두 가지 가설을 찬찬히 꼬집어 보았다. 두 가지 모두 크게 말이 되지 않았다.

'아무리 성미가 좋지 않은들 그 까닭으로 코앞에 다가온 혼례를 깨트린다는 것이 일반적이지 않거니와, 연모하는 여인이 있었다면 어찌하여 그 여인과 혼인하지 않았을까?'

예도는 세휘에 대해 아는 것이 없었기에 무엇이 진실인지 가늠할 수 없었지만, 벼울의 이야기를 듣고 나니 수수께끼 같은 그의 사연을 제대로 파헤치고 싶어졌다. 처음에는 운남이 보수주인이 되어 유배객과 한 공간에 살게 된다는 사실과 또 그가 누릴 호화 유배 생활이 못마땅한 마음이 컸지만, 며칠 사이 예도의 심중에 사뭇 흥미로운 이야기가 펼쳐질 것 같은 기대감이 피어나기 시작한 것이다.

# 수용사

　예임과 예도는 고령에 도착하여 바로 예흔이 수행 중인 수용사를 방문하고 싶었지만, 지난달엔 승려들이 밤낮없이 봄나물을 캐느라 분주한 탓에 방문을 미루었고, 그 이후 한 해 중 사찰이 가장 붐비는 시기인 사월 초파일을 지내고서야 수용사를 방문할 여유가 생겼다.

　예도는 발목을 다친 후 집 안에 기거하며 건강 회복을 위해 애썼다. 사월 초파일이 지나고 수용사에 예흔을 보러 가는 날을 손꼽아 기다리고 있었기 때문이다. 마침 오늘은 성산댁의 막내딸 소희의 기일을 맞아 제사상에 올리기 위한 갖가지 식재료가 마련되어 있었기에, 성산댁은 예임과 예도에게 대추, 곶감, 밀가루, 참깨 등을 챙겨주며 자신을 대신하여 공양을 올리고 소희의 공덕을 빌어달라 부탁했다.

성산댁에서 수용사는 삼 리 남짓 거리로, 이전에 윤성당에서 오십 리를 마필로 이동했던 것과 달리 도보로 갈 수 있어 마음이 가벼웠다. 일찍이 집을 나선 예임과 예도는 붉은 해가 아침 안개 사이에서 은은하게 솟아오르는 것을 발견했다. 그들의 마음을 대변하듯 이른 아침임에도 날씨가 맑고 산뜻한 데다 산길이 완만한 편이어서 가는 길이 전혀 고되지 않았다. 아름다운 골짜기를 지나 산문을 들어서자 그림 같은 숲이 펼쳐졌고, 빼어난 경치가 한눈에 들어왔다. 숲을 지나자 한 여승이 예임과 예도를 맞아주었고, 숲 한편에서는 보천대사라는 노승이 앉아 경문을 외고 있었다. 여승이 이르길 그는 지난 일 년간 솔잎 죽과 숙성된 장을 태운 물만을 섭취하며 수행 중이라 했는데, 그 모습이 마치 탈속한 신선이나 부처처럼 보였다.

  절 건물을 가로질러 들어가니 승려들의 예불 소리와 경쇠 소리가 울려 퍼졌다. 예임과 예도는 안내에 따라 절 깊이 숨어 있는 암자로 향했는데, 그때 한 사내와 그의 종으로 보이는 이가 사찰을 나서고 있었다. 예도는 그 사내를 보자 불현듯 성산댁에 머무는 유배객이 떠올랐다.

  "저분은 누구십니까?" 예도가 물었다.

  "오늘 새벽 예불을 올리고 나오는데 처음 뵙는 분이 일찍이 와 계셨습니다. 이야기를 들어보니 고을에 유배를 와 계신다고 하였지요." 여승이 말했다.

  "헌데 유배객께서 무슨 일로 사찰에 오신 겁니까?"

"짐꾼 여럿을 대동하여 쌀을 비롯한 귀한 식재료, 종이, 황초 등을 손수 가져오셨습니다. 시주를 하신 뒤 주지 스님과 긴히 이야기를 나누고 가시는 길인 듯합니다."

예도는 방금 지나간 사내가 성산댁에서 지내는 유배객이라는 것을 확신했다. 그의 얼굴을 자세히 보지는 못했지만 큰 키와 말쑥하게 차려입은 옷이 며칠 전 멀리서 보았던 세휘의 모습과 똑 닮았기 때문이다. 또 여러 양갓집에서 세휘에게 많은 선물을 보냈다는 사실이 머리를 스치며, 짐작건대 광을 가득 채웠던 그 물건들을 사찰에 가져온 듯했다.

예도는 의도치 않게 세휘와 관련된 이야기가 자기 귀에 흘러 들어오고, 예흔이 지내는 수용사에 그가 들락거리는 점이 불만스러우면서도 그에 대한 평가를 섣불리 내려서는 안 될 것 같다고 생각했다. 그를 죄를 뉘우칠 줄 모르고 자신의 권력으로 사리사욕을 채우는 조정 관리 정도로만 여겼는데, 적어도 그가 권세를 이용하여 부를 탐하는 파렴치한 이는 아닐 것이라는 생각에 이른 것이다.

'그렇다면 그는 어떠한 죄를 저질렀기에 유배길에 오른 것일까?'

세휘에 대한 의문이 꼬리에 꼬리를 무는 와중 예임과 예도는 암자에서 예불을 마치고 돌아온 예흔을 만났다.

"보선 스님, 손님이 오셨습니다." 여승이 말했다.

"오셨습니까? 오시는 길은 고단하지 않으셨습니까?"

예흔은 예임과 예도의 방문을 반기며, 암자를 지나 보이는 우거진 숲속에 자리한 낡은 정자로 그들을 인도했다.

"잘 있었소? 어찌 얼굴이 많이 여윈 것 같소. 사찰 일이 힘에 부쳤소?" 예도가 물었다.

"겨울에는 장을 담그느라 정신없다가 봄이 되어서는 봄나물을 캐느라 내 몸을 돌볼 여유가 없었다. 이제 곧 날이 더워지면 버섯을 캐러 다니느라 바쁠 테지. 사찰 일이 다 그런 것이지 않겠느냐?" 예흔은 밝게 웃으며 대답했다.

"사찰을 돌보는 것도 중요하지만 너의 몸도 잘 돌봐야 한다." 예임이 말했다.

예도는 예흔의 손을 한시도 놓지 않고 이것저것 물으며 대화했지만, 예임은 그들을 지그시 바라보며 대화를 듣기만 할 뿐 말을 아꼈다. 예도는 문득 조금 전 보았던 사내가 떠오른 듯 주제를 바꾸어 대화를 하기 시작했다.

"언니도 공양을 올리러 온 유배객을 보았소?"

"잠깐 이야기를 나누었는데, 돌아가신 모친께서 불심이 깊었다고 하시더구나. 무슨 일 때문에 유배길에 오른 것인지는 모르겠으나 어려운 이들에게 시주를 베풀어 달라 하신 것을 보니 마음이 온화한 분 같았다."

"그게 정말이오?" 예도는 다소 놀란 듯 말을 이었다.

"내 추측이 맞다면 일전에 내가 편지에 언급한 분인 듯하오. 고모님 댁에 유배를 온 사내말이오. 자세한 내막은 모르겠으나 악한 이는 아닌 것 같아 불행 중 다행이오."

"나도 깊은 사정은 알지 못해 확실치 않으나, 고령에 유배를 오는 것이 흔한 일은 아니니 같은 분일 듯하구나." 예흔이 말했다.

　예흔과 예도는 자주 편지를 주고받으면서도 밀린 이야기가 많은지 말이 끊어지지 않았지만, 예임은 여전히 그들 대화에 관여하지 않고 주변에 핀 들꽃을 이리저리 살피며 시간을 보냈다. 예흔은 그런 예임에게 간혹 눈길을 돌렸다. 또렷하진 않았지만 예임의 얼굴에 비치는 옅은 미소를 볼 때마다 예흔은 간질거리던 뱃속이 일시에 가라앉는 듯 안도의 미소가 지어졌다. 그렇게 예임과 예도는 정자에 앉아 꽤 긴 시간을 보내고 다시 집에 돌아가기 위해 길을 나섰다. 예흔은 멀어지는 그들을 끝까지 지켜보며 한참을 그 자리에 서 있었다. 그녀는 말없이 자리를 지키고만 있던 예임에게 서운할 만도 한데, 자신을 보러 와주었다는 사실만으로도 감격스러운 얼굴로 자리에서 발을 떼지 못했다.

　사찰에서 멀어진 예도는 예임의 얼굴을 살피며 조심스럽게 물었다.

　"아직 예흔 언니를 보는 것이 불편한 것이오? 난 언니가 반가운 모양으로 집을 나서길래 이제 모든 응어리가 다 풀린 줄 알았소."

　"응어리가 남은 것은 아니다. 예흔이가 무척 보고 싶었던 것은 사실이나, 세월이 흐른 만큼 다시 예전처럼 지내기 위해서는 시간이 필요할 듯하다. 그래도 직접 얼굴을 보니 마음이 놓인다. 잘 적응하여 지내는 것 같구나."

　예임은 예흔을 안 본 지 삼 년이 다 되었다. 홍진사가 작고하고 예흔이 비구니의 몸으로 윤성당에 조문을 온 것인데 그때 잠깐 만났던 것이 마지막이었다. 그 이후에는 시량과 예도만이 수용사에 일 년에 두어 번 방문할 뿐, 예임은 한 번도 동행한 적이 없었다.

  육 년 전, 예임이 남편을 여의고 윤성당에 돌아왔을 때 예흔은 고작 열다섯이었다. 예임은 예흔이 홍진사의 제자 중 하나인 김도령과 친밀한 관계라는 것을 눈치챘지만 자신의 감정을 추스르는 것이 우선이었기에 큰 사달이 나지 않길 바라며 그저 지켜보기만 했다. 그러나 바람과 달리 예흔과 김도령은 정혼했다는 청천벽력 같은 소식을 전해왔다. 김도령은 열일곱, 예흔은 열다섯으로 어린 나이였지만 홍진사는 그들의 간청을 들어줄 수밖에 없었다. 이미 온 고을에 두 사람이 정인이라는 소문이 파다했기 때문이다. 만약 그들의 혼인 의사를 받아들이지 않는다면 이후에 있을 모든 피해는 예흔이 짊어져야 한다는 것을 부정할 수 없었다. 제자 중 자질이 뛰어났던 김도령이야 과거에 합격하여 다른 지역으로 떠난다면 쉽게 자신의 오명을 벗어날 테지만, 고을에 남아 있을 예흔은 그와 상황이 달랐다. 홍진사는 여태껏 속 썩인 적 없던 예흔의 과오를 감싸주기로 했다.

  그는 김도령의 홀어머니 자인댁을 설득하기 위해 부단히 노력했다. 김도령의 집안은 아주 오랜 기간 현달한 인물을 배출하지 못하여 가세가 기울 대로 기운 상태였기에 홍진사는 이례적이게도 예흔이 시집을 갈 때 집을 한 채 마련하겠다 제안했다. 자인댁은 하나뿐인 아들이 서녀와 혼인한다는 것이 매우 못마땅했지만, 여러 현실적인 문제를 고려했을 때 손해 보는 일은 아니었다. 김도령이 과거에 합격할 수 있도록 물심양면 돕겠다는 홍진사의 말에 마음이 기운 것도 있지만 무엇보다 평생 초라한 초가에 사는 삶에 신물이 나 있었기에 그의 제안을 받아들이기로 했다. 예흔은 식구들에게 죄스러운 마음이 컸지만, 한편으로는 김도령과 가정을 꾸려 살수 있도록 최선을 다해준 아버지가 있어 마음이 든든했다.

혼례 날이 다가오던 어느 날 자인댁은 혼인을 취소하겠다는 뜻을 전해 왔다. 그녀는 예흔의 어머니인 정씨 부인의 신분을 문제 삼았다. 정씨 부인 역시 양반 집안의 서녀 출신이었는데, 어떤 이유에서인지 그녀가 한때 기적에 이름을 올린 적이 있다는 사실을 누군가에게 전해 들었기 때문이다. 자인댁은 정씨 부인이 실제로 기녀로 일한 적은 없다 해도 기적에 이름을 올렸다는 점 하나만으로도 예흔이 천한 피를 이어받은 것이라 주장하며 혼인을 결사반대했다. 자인댁은 비록 한미한 집안이지만, 양반이라는 일말의 자존심 때문에 얼녀 며느리를 받아들일 수 없었던 것이다. 자인댁의 완강한 태도에 홍진사는 결국 백기를 들었고, 이에 김도령과 예흔은 최후의 수단으로 함께 도망갈 계획을 짰다.

예흔은 모두가 잠든 새벽 홀로 눈물을 훔치며 가족들에게 절을 올리고 모든 것을 두고 떠났다.

그녀는 먼저 약속 장소에 도착했으나 김도령은 며칠을 기다려도 나타나지 않았다. 절망한 예흔은 다시 가족의 품으로 돌아가고 싶은 마음이 굴뚝 같았지만 그럴 수 없었다. 그녀는 하염없이 걷고 걸었다. 그렇게 발길이 닿은 곳이 수용사였다. 그녀는 집안의 명성에 씻을 수 없는 먹칠을 했다는 죄책감으로 가족에게 자신의 소식을 전하는 것조차 주저스러웠다. 자신을 아무런 편견 없이 받아 준 수용사에서 모든 죄를 씻어버리고 싶다는 일념으로 버텼다. 반면 김도령은 사건 이후 아무 일도 없었다는 듯 과거에 합격하여 다른 여인과 혼인했다. 예흔만이 사내와 도망을 갔다는 낙인이 찍힌 채 시간이 흐른 것이다.

그러다 수용사에서 수행 중이던 예흔이 아버지 홍진사의 부고를 전해 들었다. 그녀는 낡고 해진 납의를 입고 윤성당을 찾았다. 집 안에 차마 발을 들이지는 못하고 대문 밖에서 한참을 목 놓아 울 뿐이었다. 가족들은 홍진사가 생전 예흔을 매우 아끼고 걱정했다는 사실을 누구보다 잘 알기에 질책보다는 살아 있다는 것에 감사하며 그녀를 용서했다.

모두가 예상치 못하게 평소 누구보다 너그러웠던 예임만은 예흔을 쉽사리 용서하지 않았다.

그녀는 예흔과의 사이가 매우 돈독했기에 자신이 힘든 일을 겪고 돌아온 그해에 동생이 집안에 이토록 큰 소란을 일으킨 것이 처음엔 믿기지 않았다. 옳고 그름을 떠나 예흔의 혼인을 기쁘게 받아들이기로 어렵게 마음먹었건만 결국 혼사는 어긋났고, 예흔은 모든 것을 품어준 가족을 예고도 없이 떠나버렸다. 예임은 동생의 심정이 머리로는 이해가 갔지만, 선뜻 용서하기란 어려웠다.

예임은 오늘 예흔과 재회할 때 아무 일도 없었던 것처럼 따뜻하게 반겨주리라 다짐했다. 하지만 켜켜이 쌓여왔던 실망과 원망의 마음이 흔적 없이 지워지지 않은 듯 예흔에게 짤막한 말 한마디 건네는 것마저 어색했다. 그럼에도 이제는 예흔이 처했던 상황과 홀로 견뎠을 고통을 이해하는 마음이 컸기에 시간이 모든 것을 해결해 줄 것이라는 기대를 품고 다음 만남을 기약했다. 예임은 그 마음을 전하고 싶었는지 헤어질 때 스치듯 예흔의 손을 잡았다가 놓았다. 예흔은 짧은 순간 닿은 언니의 따뜻한 손길이 수년간 짊어졌던 죄책감을 말끔히는 아니지만 조금이나마 덜어주는 것 같아 그 고마움에 우두커니 떠나는 예임의 뒷모습을 바라본 것이다.

 집에 도착한 예임과 예도는 제사상을 차리는 성산댁을 도왔다. 운남 또한 간소한 제사상이지만 죽은 아이를 생각하며 손수 일을 도왔다. 성산댁과 운남은 매년 오는 기일이지만 마음이 시린 것은 시간이 지나도 나아지지 않았다. 하지만 오늘만큼은 아끼는 조카들과 함께하니 허전한 마음이 조금은 채워지는 듯했다. 먼저 떠나보낸 자식들이 조카들과 외롭지 않게 평안한 시간을 보내고 있는 부모를 바라보며 흐뭇해할 것만 같았다.

# 삼향주

그날 밤 운남은 정윤을 불러 술잔을 함께 기울였다. 성산댁도 잠자리에 들지 않고 운남 곁에 앉아 술과 음식을 맛보며 함께 시간을 보냈다. 그때 운남은 무언가 생각난 듯 일어나 작은 사랑채로 발을 옮겨 아직 불이 켜져 있는 것을 확인했다. 그가 헛기침을 두어 번 하자 세휘가 방문을 열고 나왔다.

"의겸선생, 지금 누마루에서 권생원과 술 한잔 간단하게 하고 있는데 함께 하시지 않겠습니까? 우리 안사람이 술을 꽤 잘 빚습니다. 한번 맛보시지요." 운남이 말했다.

운남은 아무리 귀양객이라지만 지난 며칠간 작은 사랑채에서 적적하게 시간을 보냈을 세휘가 자꾸만 신경 쓰였다. 평소보다 정성을 쏟아 준비한 음식과 술을 한집에 머무는 사람에게 권하지 않는 것이 어쩐지 도리에 어긋나는 일 같았다. 특히나 그가 오전 일찍 사찰에 들러 물밀듯이 들어온 선물을 시주품으로 내주었다는 사실을 알고 난 후 그와 조금 더 대화를 나눠보고 싶다는 생각이 들기도 했다.

 반면 세휘는 운남의 요청이 썩 내키지 않았지만, 종을 시키지 않고 직접 자신을 찾아온 그의 제안을 거절할 수 없어 술자리에 합석하기로 했다. 그곳엔 정윤과 성산댁이 함께 술잔을 기울이고 있었다. 기생도 아닌 정실부인이 사내와 술상에 둘러앉은 다소 독특한 광경에 흠칫했지만 내색하지 않기 위해 서둘러 다른 곳으로 눈길을 돌렸다. 급작스럽게 술자리에 합류하여 민둥한 얼굴로 오가는 대화를 듣고만 있던 세휘를 발견한 성산댁은 해맑은 표정으로 그의 눈을 바라봤다. 그리고 그녀는 천진한 미소에 걸맞은 무척이나 상냥한 목소리로 물었다.

 "나리, 술맛은 괜찮으십니까? 우리 원님께서 주무시는 분을 깨운 건 아닌지 모르겠네예."

 "아닙니다, 아직 잠자리에 들기 전이었습니다. 덕분에 좋은 술을 맛볼 수 있어 감사한 마음입니다." 세휘가 대답했다.

 "다행이네예. 술기운이 돌면 잠도 잘 오실 겁니다. 일찍이 수용사에 다녀오셨다는 말을 전해 들었는데 고단하시지 않을까 걱정했어예." 성산댁은 머뭇거리며 말을 이었다.

 "사실 오늘이 우리 막내딸 기일입니더. 그래서 별당에 지내는 우리 조카들도 수용사에 가서 공양을 올리고, 우리 아이 공덕도 빌고 왔어예. 보선 스님이라고, 그분이 또 우리 조카인데 만나보셨습니까?"

"네, 보선 스님과 잠깐 이야기를 나누었습니다. 그분이 조카분인 줄은 몰랐습니다. 그리고 오늘이 따님의 기일인 것도 미처 알지 못하였습니다. 상심이 크시겠습니다." 세휘가 놀란 얼굴로 말했다.

"아유, 놀라실 거 없습니다…. 기일이라도 해도 그냥 이렇게 간소하게 찬 차려서 제사 지내고, 좋은 사람들이랑 음식이랑 술 나눠 먹고 그럽니다."

성산댁은 술 한 잔을 삼키고 넋두리하듯 이야기했다.

"훈장님은 다 아시지예? 우리 막내딸 소희는 태어난 지 석 달도 안 돼서 고뿔을 심하게 앓다가 먼저 떠났고, 앞전에 아들 둘이 소평이, 소한이도 홍역 때문에 돌잔치도 못 치르고 떠났습니더…. 그래도 장녀 소온이는 무럭무럭 잘 컸습니다. 곱게 길러서 안동에 명망 있는 집안에 시집도 갔고예. 한 번도 속 썩인 적 없는 착한 딸이었는데…. 하늘도 무심하시지, 우리 귀한 딸이 해산하고 일어나질 못하더니 끝내…."

성산댁은 예기치 못한 듯 화끈거리는 눈두덩이를 연신 껌뻑였다. 그럼에도 커다란 두 눈엔 어느새 투명한 눈물이 가득 고였다.

"아이고, 이제 눈물이 다 말랐다 싶었는데 아닌가 보네예. 훈장님은 우리 소온이가 얼마나 심성이 착하고 효심이 깊었는지 기억하시지예?"

"네, 부인…. 실로 맑고 어진 마음을 가진 소녀였지요." 정윤이 대답했다.

"그거면 된 거지예…." 성산댁이 미소를 지으며 말했다.

"우리 소온이가 낳은 택이가 올해 여섯 살이 됐습니더. 벌써 글을 익혀서 우리한테 편지를 써서 보내주는데, 어찌나 영특한지. 처음에는 이 죄 없는 아를 원망하기도 했습니더. 근데 지금은 그저 택이가 건강하게 자라주는 것이 감사하고 감사할 뿐입니더. 보름 후에는 안동 사돈댁에서 우리 소온이 제사를 지내주십니더. 우리 부부도 매년 가서 제사 지내고, 택이도 만나고 옵니더. 소온이 기일이기도 하지만 택이를 만나는 날이기도 해서 마음이 복잡한 날이지예."

"부인, 눈물 거두이소. 모두들 놀라시겠소." 운남은 세휘를 바라보며 양해를 구하는 듯 말했다.

"인생 백 년 동안 망자를 추모하고 슬퍼하는 날이 어찌 이리도 많은지 모르겠습니더. 사월은 소희와 소온이의 기일이 있는 달이라 매해 우리 부부의 애통함이 더욱 커지는 때입니더. 그러니 너그러이 이해해 주십시오."

"애들을 먼저 다 보내고 나니까 세상살이 참 부질없다는 생각이 많이 들었습니더. 높은 관직에 오르고, 좋은 집에 시집가는 것도 다 자식들이 살아 있을 때나 중한 것이지, 자식들이 없으면 다 무슨 소용이 있나 싶고···. 우리도 자식들 따라가야 하나 싶다가도, 가들 몫까지 잘 살아야지 다짐합니더. 사람 마음이 나뭇가지가 똑 부러지듯이 완전히 꺾이진 않더라고예. 지금은 그저 건강하고 행복하게 살아서 하늘에 있는 우리 애들 걱정 끼치지 않아야겠다 생각하며 삽니더. 사람들이 우리를 불쌍하게 여기든, 상스럽다 여기든 상관하지 않고예. 지금처럼 술상에 함께 앉아 있는 것도 법도에 어긋나는 일이지만, 나리께서 넓은 아량으로 덮어주시겠어예?" 성산댁이 담담한 표정으로 말했다.

성산댁 부부의 사연을 들은 세휘는 적잖이 놀랐다. 마냥 밝고 오지랖이 넓은 사람들이라 생각하며 자신과는 사는 법이 다른 시골 사람들이라 치부했는데 그들의 사연을 듣고 나니 모든 것이 이해됐다. 세휘 자신도 부모님을 여읜 경험이 있기에 가족을 떠나보내는 아픔이 헤아릴 수 없을 만큼 크다는 것을 잘 알고 있기 때문이다. 괜히 자신이 술자리에 녹아들지 못하여 성산댁의 마음을 불편하게 만든 것이 아닌가 하는 자책마저 들었다.

"부인, 제 생각은 염려치 마십시오. 작고하신 저희 어머니께서도 술잔을 기울이시곤 했습니다. '술을 빚는 건 난데 제대로 맛보지 못했다.'고 하시며 저희 형수님께도 술 마시는 법을 알려주시고, 어린 제게도 일찍이 돌아가신 아버님 대신 첫술을 따라주셨습니다. 그러니 제가 부인을 좋지 않은 시선으로 바라본다 여기지 마십시오. 저는 오히려 판관어른과 부인이 어려움을 이겨내시어 지금의 삶을 영위하시는 것이 존경스럽습니다. 귀 자녀분들께서도 그리 생각하실 겁니다." 세휘가 진심을 담아 이야기했다.

"그리 말씀해 주시니 이 늙은이 마음이 놓입니더. 원님, 나리께 한 잔 따라주시지예." 성산댁이 안심한 듯 미소 지으며 말했다.

"허허, 그러지요."

운남은 세휘의 잔을 채워주었다. 네 사람은 말없이 술을 한 잔 들이켰다. 그때 정윤이 침묵을 깨며 분위기를 환기하려는 듯 화제를 돌렸다.

"제가 한양에 있을 때 저의 종형님과 함께 목심재에 방문한 적이 있습니다. 그때 의겸의 형님이신 도승지 영감께서 삼향주를 내주셨는데, 그 맛을 잊을 수 없습니다. 대부인께서 생전 술을 잘 빚는 것으로 이름이 나셨다고 들었는데, 삼향주는 가히 그러한 칭송을 받는 것이 마땅하다 생각됩니다."

"네, 어머님께서 빚으신 삼향주는 목심재를 찾아주시는 접객분들이 맛보기를 기대하셨지요. 돌아가시기 전 형수님께 삼향주를 빚는 법을 전수해 주셨습니다. 형님께서는 도승지, 이조판서를 지내고 퇴임하신 뒤 현재는 매일 같이 접객들의 방문을 받으며 여유로운 생활을 보내시는 반면, 형수님께서는 술을 빚으시는 데 모든 시간을 할애한다 하여도 과언이 아닐 만큼 고되다 하셨습니다." 세휘가 말했다.

그의 말에 모두 웃음을 터뜨렸다.

"예로부터 술을 잘 빚는 여인이 최고의 부인감이라 하였지요. 허나 술의 명성이 커지는 만큼, 술을 빚는 고됨도 커지는 형국이 아닐 수 없습니다." 정윤이 말했다.

그때 세휘가 자신의 몸종 팔생이를 불러 물었다.

"팔생아, 형수님께서 우리가 떠나던 날 삼향주를 챙겨주시지 않았더냐?"

"예, 마님. 아마 세 병은 될 것입니다."

"모두 내오거라."

팔생은 각각 보자기에 싸인 삼향주 세 병을 조심스럽게 꺼내왔다. 세휘는 모두에게 한 잔씩 따라주며 말했다.

"형수님이 유배 가는 못난 시동생에게 이리 넓은 아량을 베풀어주셨습니다. 맛보시지요."

"이리 귀한 술을…."

운남은 삼향주를 음미하며 한 잔을 비우고 눈을 반짝이며 말했다.

"굉장히 흥미롭습니다. 처음엔 향기롭고 부드러우나 뒷맛은 매서우면서 맑은 것이, 권생원이 한번 맛보고 잊지 못하는 연유를 알겠습니다. 명술이 아닐 수 없습니다."

"원님의 말씀에 동감합니다. 술에서 쌉쌀하고 보드라운 맛이 함께 느껴지는 것이, 널리 이름난 연유를 알겠습니다." 성산댁은 이내 아쉬운 표정으로 말을 이었다.

"아이고, 우리 조카들도 이 좋은 맛을 느껴보면 좋을 터인데…."

"아쉬워하실 필요 없습니다. 모두 맛보시면 되지요. 별당에 삼향주와 함께 술상을 봐주시면 어떠하겠습니까?" 세휘가 말했다.

"아이고, 나리…. 제가 괜히 말을 꺼내서 폐를 끼치는 거 같습니더. 어찌 감사 인사를 드려야 할지…."

우물쭈물하던 성산댁은 기쁜 마음을 숨기지 못하며 몸종 윤달에게 일러 별당에 술상을 차려주도록 했다.

같은 시각, 예도는 별당 담에 기대앉아 사랑채 쪽에서 어렴풋이 들려오는 대화소리를 엿듣고 있었다. 세휘가 삼향주를 보내준다는 말을 듣고 깜짝 놀라 방에서 바느질을 하던 예임에게 달려갔다.

"언니, 지금 무슨 일이 있었는지 아시오?" 예도가 물었다.

"큰일이라도 난 것이냐?"

"그게 아니라, 유배객께서 고모님, 고모부님 그리고 훈장님과 술을 드시다가 우리에게도 엄청 귀한 술을 보내준다 하였소. 지금 말이오!" 예도가 기대 가득한 눈빛으로 말했다.

"예도야, 흥분을 가라앉히거라. 우리에게 술을 맛보라고 주셨다는 말이냐?"

"그렇소! 내 아까부터 쭉 이야기를 듣고 있었는데, 그 교리라는 분이 예흔 언니 말대로 나쁜 분은 아닌 것 같소. 고모님의 이야기도 잘 들어주시고, 고모님과 고모부님을 위로라도 해주고 싶은 것처럼 한양에서 없어서 못 마신다는 귀한 술을 모두 내오라 하였소."

"그래, 내가 말하지 않았느냐. 네가 그분의 첫인상을 보고 나쁜 사람일 것이라 단정짓는 것을 보고 염려되었는데, 사람은 천천히 시간을 가지고 봐야 하는 것이야. 마찬가지로 귀한 술을 내어주신다 하여 그분이 좋은 사람일 것이란 보장이 없는 것이고. 뭐든지 섣불리 단정 짓지 말거라. 알겠느냐?"

"알겠소, 그 가르침을 잊지 않고 기억하겠소. 그러니 훈계는 그만두고 시원한 대청마루에 앉아 귀한 술 한번 맛봅시다."

예도는 예임의 손을 잡아 이끌었다. 잠시 뒤 여종 벼울과 서랑이 술상을 들고 별당으로 들어섰고, 뒤따라 성산댁도 발갛게 달아오른 얼굴로 별당 문을 열고 들어왔다.

"예임아, 예도야. 안 자고 있었제? 이 술상을 받아보거라. 한양에서 오신 나리께서 귀한 술을 내어주셨다. 삼향주라는 이름난 술이라 하더구나. 한번 맛보고 그 소감을 들려다오." 성산댁이 말했다.

예임과 예도는 성산댁에게 먼저 한 잔 올리고 자신들도 차례대로 맛보았다. 한씨 부인과 성산댁이 빚은 술을 몇 모금 마셔본 게 다였던 그들은 처음 느껴보는 명술의 기운에 감탄을 금치 못했다.

"이슬같이 맑고 또 비단처럼 보드라워요. 과실의 내음이 코끝을 감싸는 듯하다, 다 넘어갈 때쯤엔 목청을 톡 쏘는 것이 막혀 있던 혈을 뚫어주는 기분입니다."

예도는 눈을 감고 술을 음미하며 자신의 감상을 주르륵 읊어댔다. 성산댁과 예임은 그런 예도를 귀여운 듯이 쳐다보며 별당 안을 시원하게 울리는 웃음을 터뜨렸다.

한편, 사랑채에서는 성산댁이 떠나고 사내들끼리 술잔을 부딪치며 운남이 제주 판관으로 있었던 때의 이야기가 한창이었다. 그때 세휘는 술기운이 오르며 어지러움과 메슥거림을 느꼈고, 이에 잠시 걷고 오겠다는 양해를 구한 뒤 자리에서 일어났다. 고요한 산자락에 위치한 성산댁에는 운남의 목소리와 별당에서 들리는 희미한 웃음소리만이 낮게 울려 퍼졌다.

대문을 나와 담벼락을 따라 걷던 세휘는 후정과 맞붙어 있는 대나무숲에 다다랐다. 그는 전혀 의도하지 않았지만, 그곳에서 별당 대청마루에 둘러앉은 여자들의 모습이 눈에 들어왔다. 성산댁과 예임은 여러 가지 색의 천을 이리저리 대보며 옷감에 대해 이야기하는 듯 대화에 열중하고 있었고, 예도는 천에 집중한 그들의 눈치를 살피며 홀로 술잔을 연거푸 들이키고 있었다. 그 모습을 지켜보던 세휘의 입에서 피식하고 웃음이 새어 나왔다.

술자리가 마무리되고 모두 술기운에 젖어 잠자리에 들었지만, 예도는 그러지 못했다. 조금 전 성선댁에게서 행랑채 마루방에 세휘가 한양에서 가져온 진귀한 서책들이 아직 정리되지 못한 채로 보관되어 있다는 사실을 들었기 때문이다. 그녀는 안 된다는 것을 알지만 호기심을 참지 못하고 모두가 잠들었을 때 행랑채 마루방에 들어가 서책을 구경할 요량으로 때를 기다렸다. 술이 들어간 탓인지 평소보다 패기로운 마음이 몸을 지배하는 듯한 기분이었다.

바깥의 모든 불이 꺼지고 적막만이 감돌던 그때 예도는 누가 볼새라 작은 제등에 의지한 채 빠른 걸음으로 별당과 사랑채를 가로질러 행랑채에 들어섰다. 마루방의 문을 조심히 열어보니 성산댁이 이른 대로 많은 서책들이 쌓여 있었다. 가까이 다가가 책을 살피던 순간 예도는 창밖을 어른거리는 형체를 발견했다. 그녀는 황급히 불을 끄고 숨을 죽였다. 조심스럽게 문이 열리고 누군가 마루에 발을 디디며 말했다.

"대략 일 시진 전에는 주당의 면모를 보여주시어 놀라게 하시더니 이 늦은 시각 홀로 탐구라도 하시는 겁니까? 사람을 놀라게 하는 데 재주가 있으신 듯합니다."

바로 세휘였다. 예도는 어찌할지 몰라 서책에 얼굴을 묻고 생각하다 이내 고개를 들어 그를 바라봤다.

"인사가 늦었습니다. 작은 사랑채에 기거 중인 이세휘라 하옵니다. 판관어른의 작은 조카분이 맞으신지요?"

"네, 판관어른이 제 고모부님이십니다. 밖이 워낙 어두워 방을 헷갈렸습니다. 주당이니, 탐구니, 저를 크게 오해하신 듯합니다. 실례가 많았으니 이만 물러나 보겠습니다."

예도는 시치미를 떼며 자리에서 일어나 밖에 나가려 했다. 세휘는 그런 그녀를 살짝 막아 나서며 말했다.

"손에 쥐고 계신 건 무엇입니까?"

예도의 손에는 서책 하나가 쥐어져 있었다. 깜짝 놀란 그녀는 책을 떨어뜨렸다. 그녀는 재빨리 책을 주우며 민망한 얼굴로 세휘를 바라봤다.

"송구합니다. 서책을 가져가려는 의도는 없었습니다."

예도는 몹시 난처한 얼굴로 세휘에게 책을 건네고는 다시 말했다.

"…그저 진귀한 서책들이 많다는 말을 듣고 호기심을 참지 못하여…. 내어주신 술이 맛이 좋아 몇 잔 마셨을 뿐인데, 제가 천지 분간을 하지 못하였나 봅니다."

"이토록 미안해하실 필요는 없습니다. 제 짓궂은 농에 많이 놀라신 것 같습니다. 판관어른께서 조카분들의 이야기를 많이 들려주신 터에 처음 뵙는 것이지만 구면인 듯 가깝게 느껴졌습니다."

세휘는 자신의 장난을 심각하게 받아들이고 사과하는 예도에게 미안한 마음이 들었다. 그는 온화한 말투로 말을 이었다.

"진작 말씀하시지요. 언제든지 서책을 빌려 가셔도 됩니다."

"당치 않으십니다. 여인의 몸으로 어찌 낯선 사내의 서책을 빌리러 오겠습니까?" 예도가 손사래 치며 말했다.

"예의상 드리는 말씀이 아닙니다. 저는 여인들의 독서를 불온하다 여기지 않습니다. 오히려 장려하는 편이지요. 내일 작은 사랑채 동편에 서책들을 정리할 예정이니 내일부터는 그곳으로 가서서 편히 구경하십시오."

예도는 놀란 눈으로 세휘를 바라봤다. 그가 제안한 선의를 받아도 되는 것인지 고민되어 대답을 망설였다. 세휘는 그런 그녀를 편하게 해줄 요량인 듯 먼저 서책들이 쌓여 있는 곳으로 다가가 이리저리 책을 살펴봤다. 예도도 눈치를 보다 이내 그를 따라 서책들을 둘러보았다. 하지만 조금 전 제등을 꺼버린 탓에 세휘가 들고 있는 등에서 나오는 희미한 빛에 의지한 채 겨우 제목만 분간할 수 있었다. 그 사실을 알아챈 세휘는 그녀 곁으로 다가가 불빛을 비추어주었다. 예도는 몰두한 나머지 그 사실을 인지하지 못한 채 초롱초롱한 눈으로 서책 내용을 작게 읊조렸다. 그는 그녀를 빤히 쳐다보며 기이하고 재미있는 여인이라 생각했다.

"견문록에 관심이 많으신가 봅니다." 세휘가 말했다.

예도는 그가 자신의 바로 곁에 있다는 것을 깨닫고 깜짝 놀라며 대답했다.

"…네, 서책으로라도 여러 세상을 경험해 볼 수 있으니 좋을 수밖에요. 읽고 또 읽어도 즐겁습니다."

"그렇다면 『의유당관북유람일기』라는 기행문을 들어보셨습니까?"

"아니요. 처음 들어봅니다."

"의유당 남씨의 기행문입니다. 저도 읽어보진 못했지만 몇 해 전 함흥판관댁 부인이 함흥 지역을 유람하고 쓴 기행문이라 들었습니다."

"조선 여인이 쓴 기행문이라는 말씀입니까? 어디서 그 책을 구할 수 있습니까?" 예도가 몹시 상기된 얼굴로 물었다.

그때 방문 너머에서 한 사내가 소리쳤다.

"안에 누구 있습니꺼?"

예도는 놀라 몸을 숨기고, 세휘는 일부러 큰 소리로 헛기침하며 문 쪽으로 다가갔다. 문이 열리며 성산댁의 몸종 윤달이 얼굴을 내밀었다.

"…잠깐 궁금한 것이 있어 서책을 좀 확인하러 왔소." 세휘가 손에 든 서책을 어색하게 살피며 말했다.

"방해해서 죄송합니더. 전부 침소에 드셨는지 알아가꼬 여기 불이 켜진 거 보고 의아했습니더…. 편히 보고 들어가시지예…."

"내가 궁금한 것이 있으면 잠을 들지 못하는 편이라…."

세휘는 멋쩍은 웃음을 지으며 윤달이 나가길 기다렸다. 그가 방에서 멀어진 것을 확인한 세휘와 예도는 참았던 웃음을 터뜨렸다. 예도는 목소리를 가다듬고 세휘에게 물었다.

"자초시가 넘은 시각에 공께서는 왜 아직 잠을 청하지 않으셨습니까? 그리고 제게 주당의 면모를 보셨다는 말씀은 어찌 된 것입니까?"

"…술을 꽤나 마시고 나니 시원한 공기가 필요한 듯하여 후정에 나갔었습니다. 그때 의도치 않게 낭자께서 술을 드시는 모습을 보았는데 사내인 저보다 더 잘 드시는 것 같아 놀라긴 하였으나, 삼향주를 그토록 즐겨주시니 기쁜 마음이 컸습니다. 주당이라는 농이 마음에 남으셨다면 다시 사과드립니다."

세휘는 잠깐 망설이다가 다시 말을 이어갔다.

"…잠을 청하지 못한 연유는 저 나름대로 유배를 와 있다 생각하니 마음이 복잡하여 바깥에 나와 앉아 있었습니다. 마침 그때 낭자가 사랑채를 가로질러 급히 걸어가는 것을 목격했고, 어떤 재미있는 구경을 가시나 하고 따라와 봤습니다. 이제 궁금증이 해결되셨습니까?"

"네, 헌데 의외입니다. 공께서는 보통의 유배와는 조금 다른 유배 생활을 하시는 것 같았습니다. 해서 당연히 아무런 근심이 없으실 것이라 짐작했습니다."

"그렇게 보일 수도 있겠군요. 이제는 모든 근심 걱정 떨쳐버리고 산세 좋은 곳에서 마음껏 독서나 해보려고 합니다. 그러니 낭자께서도 편히 서책을 빌려 가십시오."

예도는 그가 유배길에 오른 까닭을 묻고 싶은 마음이 가득했지만, 차차 그와 대화할 수 있는 자리가 다시 마련되기를 기대했다. 마치 유람하듯 귀양지에 왔을 것이라는 추측과는 달리 복잡한 마음이 역력하게 비치는 그의 얼굴이 예도의 호기심을 자극했기 때문이다.

"고맙습니다. 저도 본가에 살 땐 아버지의 서각에서 마음껏 독서하다가 고모님 댁에서는 서책을 구할 방도가 없어 곤란하던 차였습니다. 공께서 이리 선의를 베풀어 주시니 염치 불고하고 종종 책을 빌려도 되겠습니까? 물론 공께 허락을 먼저 구한 뒤에 말입니다." 예도가 말했다.

"물론입니다."

예도는 세휘가 첫인상과 달리 멀리하고 싶은 고약한 성품을 지닌 이가 아니라는 사실을 어느 정도 깨달았기에 그의 선의를 받아들이는 것이 순리에 어긋나지 않는다고 생각했다. 때마침 예도 또한 윤성당에서 서책을 충분히 가져오지 못해 아쉬운 마음이 이만 저만이 아니었기에 귀가 솔깃한 제안이었다.

"공께서는 제 예상보다 온화한 마음을 가지신 분인 것 같습니다. 수용사에 공양을 베풀어 주신 점도 감사드립니다."

"'예상보다 온화하다.'라, 좋은 말씀으로 받아들이겠습니다."

예도는 순간 말실수를 한 것은 아닌지 흠칫했지만, 세휘는 전혀 개의치 않는 듯 밝은 미소를 띠며 대답했다. 반달 모양으로 휘어진 세휘의 눈웃음에 예도는 일순간 양 볼이 화끈거리는 것을 느꼈다. 자연스럽게 대화가 오가는 사이 서서히 두 사람 사이에 흐르던 긴장감이 느슨해지며 어느새 예도는 모든 방어 태세가 풀린 것처럼 그의 얼굴과 표정이 세세하게 눈에 들어온 것이다. 그녀는 당혹스러운 마음을 숨기려 서둘러 자리에서 일어났고 세휘도 엉겁결에 그녀를 따라나섰다.

문을 나서기 전 세휘가 황급히 예도를 불러세웠다.

"아까 말씀드린 기행문 말입니다. 제가 한번 구해보도록 하겠습니다."

좀 전의 술자리에서 세휘는 예임과 예도에 관한 이야기를 많이 들었다. 운남은 예임의 뛰어난 그림 솜씨에 대한 칭찬과 더불어 예도의 남다른 세상을 향한 호기심에 대해 즐겁게 이야기를 쏟아냈다. 정윤 또한 자신의 짧은 경험을 토대로 운남의 말을 거들었다. 운남은 예도가 마치 호기심이 많은 까치를 연상케 한다는 말까지 덧붙였는데, 세휘는 그 순간 일면식도 없는 까치를 닮은 예도를 머릿속에 그려보았다. 그러다가 후정에서 예임과 예도를 본 것인데, 멀리서도 한눈에 누가 누구인지 알아볼 수 있을 정도로 두 자매는 각기 다른 개성을 가지고 있었다.

예도에게 은연중 친근감을 느낀 세휘는 직접 그녀와 마주했을 때 시답잖은 농을 던지거나 선뜻 책을 빌려 가도록 제안하는 말이 자연스럽게 튀어나왔다.

"정말이십니까?" 예도가 기쁨을 감추지 못하며 물었다.

"구할 수 있다는 장담은 못 드리겠지만, 저도 한번 읽어보고 싶었고 낭자께서도 큰 관심을 보이시니…."

"그리 해주신다면 감사하지요. 어찌 이 감사함을 전달해야 할지 모르겠습니다."

예도는 기대 가득한 눈으로 세휘를 바라보며 들뜬 마음을 한껏 내비쳤다. 그녀는 다시 한번 그를 차갑고 거만한 사내라고 여겼던 자신이 틀렸다는 것을 인정할 수밖에 없었다.

# 편지

완연한 봄이 지나고 날이 더워지자 온 고을이 보리를 수확하느라 분주했다. 어느 집안 사람 할 것 없이 모두가 소매를 걷어붙이고 보리 수확을 돕는 시기이기 때문이다. 정윤이 운영하는 효재 서당에는 부엌일을 도와주는 월촌댁과 그녀의 아들인 강호가 사내종으로 있었는데, 그들은 농사일이 바쁜 시기에 일손을 돕기 위해 서당을 며칠씩 비우는 것이 불가피했다. 이에 성산댁은 홀로 식사를 챙겨야 하는 정윤에게 매끼 식사를 하러 들르라는 호의를 베풀었다. 평소 신세 지는 것을 매우 꺼리는 정윤이지만 성산댁의 강한 의지에 마지못해 제안을 받아들이기로 했다.

운남 또한 집안 대대로 내려오는 토지를 경영하고 있기에 그의 집도 예외 없이 바쁘게 돌아갔다. 그의 비복들도 마찬가지로 일손을 돕기 위해 대부분 나가 있는 상태였으므로, 그들의 새참이 차려지는 부엌은 잔치 준비라도 하듯 분주했다. 예임과 예도는 부엌일을 마다하지 않고 성산댁을 도와 이른 아침부터 바삐 움직였다. 그렇게 정신없이 점심 식사까지 마무리된 후 모두에게 여유롭게 쉴 수 있는 시간이 주어졌다.

 마침 전날 운남은 정윤에게 예임의 모과나무 그림이 완성되었다는 소식을 전했다. 그렇게 식사를 마친 사람들은 자연스럽게 모여 그림을 감상하는 시간을 가졌다. 세휘 역시 며칠 전 함께 술자리를 한 이후로 성산댁 사람들과 스스럼없이 어울리게 되었기에 마땅히 자리에 초대되었다. 날씨가 꽤 더워져 대낮의 뜨거운 기운이 온몸을 휘감았지만 성산댁의 누마루는 사방으로 트여 있고 시원한 그늘이 져 있어서 한결 기분 좋은 바람에 땀을 식힐 수 있었다.

 더위가 겨우 가시던 그때 예임과 예도가 그림을 가지고 누마루에 들어섰다. 예임은 조심스레 그림을 운남에게 건넸고 운남은 기대에 찬 눈빛으로 그림을 펼쳐보았다. 그림 속 모과나무는 운남이 전에 보았던 만개한 모과나무의 모습을 그대로 담고 있었다. 화려한 석죽색이 빼곡히 수놓아 있었고 주변의 사찰 터는 운치 있게 묘사되어 있었다. 특히 나무의 줄기는 나무가 견딘 긴 시간을 대변하듯 깊이 굴곡진 자태를 여지없이 드러내고 있었다. 운남은 감탄을 금치 못하며 가장 먼저 감상을 이야기했다.

 "내 듣기로는 꽃이 많이 떨어진 탓에 만개한 나무의 모습을 보지 못했다 들었거늘, 어찌 내가 기억하는 나무의 형태를 그대로 보여주고 있는 것이냐? 권생원이 선물한 당채 덕분인지 색채가 놀라울 만큼 실물과 닮아 있는 것 같구나."

"고모부님이 말씀하신 만개한 모과나무는 목견하지 못하였지만, 그 자체로도 귀하고 곱게 느껴졌습니다. 나무를 보고 있자니 석죽색 꽃이 활짝 피어오른 모습이 머릿속에 그려지는 듯하여 화폭에 담아보았습니다. 부족하지만 고모부님께서 좋아하시니 저 또한 기쁩니다." 예임이 대답했다.

"부인께서는 참으로 주옥같은 재주와 기량을 가진 것이 틀림없습니다. 제가 늦게 방문한 탓에 헛된 발걸음을 하신 건 아닌지 마음이 쓰였는데 아름답게 완성된 그림을 보니 괜한 걱정을 한 것 같습니다. 부인의 그림은 분명 두고두고 보고 싶은 힘을 지니고 있습니다." 정윤이 말했다.

정윤은 탄복하는 표정을 숨기지 않고 예임의 눈을 똑바로 쳐다보며 머릿속에 떠오른 감상을 그대로 전달했다. 그의 직설적인 표현에 주변 사람들의 얼굴에 일순간 놀라움이 번졌고, 이에 예임은 괜스레 몸이 움츠러들었다. 그러나 그에게 받은 당채를 사용하여 그가 만족할 만한 그림을 완성했다는 점은 그녀에게도 큰 보람을 안겨줬다.

그녀는 차츰 사람들을 의식하지 않고 정윤의 두 눈을 똑바로 바라볼 수 있었다.

"…아닙니다. 그날 말씀드렸다시피 꽃이 진들 나무의 고고한 자태를 그 무엇도 해치지 못했습니다. 좋은 당채로 색을 입힐 수 있어 감사했습니다." 예임이 말했다.

"판관어른이 부인의 걸출한 그림 솜씨를 귀띔하긴 하셨지만, 작품을 보고 있으니 저 또한 사찰터를 동행한 듯 생생하여 놀라울 따름입니다. 특히 밝게 빛나는 꽃잎들과 이에 상반되는 그윽한 나무줄기, 허물어진 담벼락이 인상적입니다." 세휘가 예임의 그림을 진지하게 바라보며 평했다.

그는 한양에서 내로라하는 화공들의 그림을 감상한 경험이 풍부했지만, 여인의 몸으로 이토록 높은 기량을 보일 수 있다는 것에 적잖이 놀란 얼굴이었다. 그는 예임의 뛰어난 소질에 감탄함과 동시에 암묵적으로 여인의 자질을 과소평가했던 자신의 편협한 생각을 되돌아봤다. 예도는 그림에서 눈을 떼지 못하는 세휘를 발견하곤 마치 자기 그림인 듯 어깨와 허리가 꼿꼿이 펴지며 만족스러운 기분이 들었다.

"저희 아버님, 홍창서 대감은 참으로 덕이 높은 분이었습니다. 아버님은 조정에 계실 적에도 뭇사람의 존경을 받으셨지만, 집안에서도 저희 형제들한테 어진 교육을 실천하셨지예. 그러니 여인인 저도 보통의 규수들과 달리 글을 읽고 쓰는 데 능숙했습니다. 이러한 가풍이 밑으로 잘 전해져서 우리 예임이, 예도 모두 글에 능통하고 그릇이 큽니다. 특히 큰애가 자기 기량을 이토록 잘 키운 것은 참으로 기특한 일이지요." 성산댁이 예임의 등을 쓰다듬으며 말했다.

"부인의 말씀에 장인어른과의 일화가 하나 떠오릅니다. 제가 제주 판관으로 있던 시절 저희 박씨 문중에서 세계와 자손록을 새로 작성

하는 일이 있었습니다. 헌데 어째서인지 무과로 급제하여 입신한 인물은 기록하지 않을 것이라 이르더이다. 문무로 현달한 사람을 모두 기록하면 우리 가문에 인재가 없다는 것을 더욱 드러내는 일이라며 저를 비롯한 무과 급제자들을 모두 배제하려 한 것이지요. 이에 장인어른께서는 종오품 관직에 오른 자가 무과 급제자라는 이유로 경시되는 것을 개탄하시며 일을 추진한 문중 어른께 이를 제지하는 서한을 전달하셨습니다. 이러한 세태가 비단 우리 문중에만 국한된 것이 아니었으니, 대사헌을 지낸 어른으로서 무관직에 있는 이들의 분통함을 풀어주시려 한 것이지요." 운남이 말했다.

"할아버님과 고모부님 사이에 일어났던 그 일은 저도 처음 듣는 이야기입니다. 할아버님께서는 참으로 공명정대한 분이 아닐 수 없습니다." 예도가 자랑스러운 얼굴로 말했다.

"그렇습니다. 높은 자리에 오를수록 기존의 틀을 깨는 것은 어려워지는 법인데, 동향을 거스르는 의지와 기개는 실로 존경받아 마땅합니다." 세휘가 예도의 말을 거들었다.

세휘는 홍대감의 내력을 듣고 나니 성산댁 부부의 자유로운 사고방식과 예임의 그림을 존중하는 가족 구성원들의 태도에 더욱 깊이 공감할 수 있었다. 세상에 대한 호기심을 품고 서책을 가까이 하는 예도의 특성 또한 괜히 생긴 것이 아니라는 생각이 스치며 절로 웃음이 지어졌고, 그 꾸밈없는 웃음은 어느새 자연스러워진 이들과의 교류가 큰 즐거움이 되어 남은 유배 기간을 채워줄 것만 같은 기대감으로 연결되었다.

자리가 파하고 각자 흩어져 돌아갈 때, 별안간 별당으로 향하던 예임의 옷깃을 누군가 살포시 잡아당겼다.

바로 정윤이었다.

"…놀라셨지요?"

정윤은 긴말 없이 옷자락에 넣어둔 서통을 예임의 손에 쥐여주고는 서둘러 인사하고 대문 밖을 나섰다. 예임은 놀란 얼굴로 서통을 쥔 채 멍하니 서 있다가 이내 정신을 차리고 별당 안으로 들어갔다. 그녀는 누가 볼 새라 신을 아무렇게나 벗어놓고 문고리를 잠근 뒤 편지를 꺼내 보았다.

총 세 장으로 이루어진 편지의 첫 장은 알록달록한 압화로 꾸며져 있었다. 압화를 자세히 들여다보던 예임은 압화가 바로 거문고 소리를 들었던 날 보았던 이팝꽃이란 것을 알 수 있었다. 정윤이 손수 이팝꽃에 색을 입히고 말린 모양인지 조금은 서툰 솜씨였지만, 그의 정성이 깃든 압화는 편지의 내용과 상관없이 예임의 맥박 소리를 빨라지게 했다.

긴장감이 맴돌던 순간 뇌리에 스치듯 과거 어린 정윤에게 받았던 압화 편지가 떠올랐다. 정윤은 이십 년 전 한양으로 떠나면서 이웃집에서 자주 왕래하던 예임과 소온에게 복사꽃으로 만든 압화 편지를 선물했는데, 까마득히 잊고 있던 옛 기억은 그 특유의 따뜻함으로 경직된 마음을 조금 녹여주는 것 같았다. 예임은 한참을 압화를 살펴보며 이 작은 꽃들을 조심스러운 손길로 소중히 다루었을 정윤의 모습을 떠올리자 픽 웃음이 났다. 편지의 내용은 이러했다.

근자에 안부는 평안하셨습니까?

요 며칠 판관어른 내외께서 넓은 아량을 베푸시어 삼시 세끼 정성이 가득한 식사를 대접받아 감사한 마음을 어찌 표현해야 할지 모르겠습니다. 매일 같이 판관어른 댁을 드나들고 있으면서도 부인과는 마주할 일이 없어 안부가 매우 궁금하던 찰나, 판관어른께서 내일 부인의 모과나무 그림을 함께 감상하자는 요청을 하시어 기뻤습니다.

일전에 제게 한양으로 올라간 뒤 어떻게 지냈는지 물으셨지요? 곁을 내주지 않을 것 같던 분이 제가 살아온 날들을 궁금해하시니 어찌나 반갑던지요. 그러나 부인과 대화를 나눌 틈이 허락되지 않아 이렇게 편지를 씁니다. 즐거운 내용과는 거리가 멀지만 가감 없는 이야기를 들려드리고 싶습니다.

저는 아시다시피 한양에 계신 먼 친척 어른의 양자가 되어 열 살 되던 해에 이곳을 떠났습니다. 이십 년이 지났음에도 어머님과 헤어지던 그날, 무척 애달팠던 마음이 또렷하게 기억납니다. 어머님은 해남에 계신 외숙부댁으로 떠나셨고, 저는 양부모님의 환대를 받으며 새로운 생활을 시작하였습니다. 오랫동안 아들을 못 보신 두 분은 저를 친아들처럼 아끼며 큰 기대를 안고 제가 공부에 정진하도록 하셨지요.

이듬해, 기적 같은 일이 일어났습니다. 한양 어머니께서 그토록 바라시던 아들을 낳으신 겁니다. 저는 그 사실이 너무나 기뻤습니다. 당시의 생활은 고령에서의 것보다 풍족하였지만 해남에 계신 어머님께 돌아가고 싶은 마음이 컸기 때문입니다. 그러나 아들을 보셨음에도 저를 다시 어머님께 보내지 않으셨고, 다시 양부모님과 해남 어머님의 기대 속에서 학문에 매진할 수밖에 없었지요. 그렇게 제 나이 열여섯에 생원시에 합격하였습니다.

인생엔 굴곡이 있기 마련인 듯합니다. 모두가 기쁨에 취해 있던 그때 해남 어머님께서 타계하셨습니다. 제가 떠날 때부터 어머님이 폐병을 앓고 계셨다더군요…. 그때 저를 움직이던 모든 힘이 빠져나갔던 것 같습니다. 양부모님께서는 제가 아픔을 딛고 곧 있을 대과 준비에 전념하기를 바라셨지만, 도저히 아무것도 할 수 없었습니다. 돌아가신 어머님의 기대에 부응할 힘도 남아 있지 않았던 모양입니다. 양부모님은 결국 저를 해남으로 보내셨습니다. 어린 저는 제가 마치 필요 없어진 물건처럼 느껴졌습니다….

외숙부님께서는 시간이 약이라고 하시며 제가 홀로 일어날 수 있도록 기다리셨습니다. 그리하여 열아홉이 되었을 때 외숙부님의 추천으로 문중 서원에서 학문을 가르치기 시작한 것입니다. 주로 제향을 올리는 것이 주된 일이었던 작은 문중 서원에 제각기 뜻을 품고 삼삼오오 모인 고을 아이들은 내세울 것 없는 저를 우러러보며 새끼 오리처럼 따라주었지요. 그때 다시 웃는 법을 배운 것 같습니다.

문득 돌아가신 아버님이 떠올랐습니다. 폐족이라는 신분임에도 자신에게 글을 배우러 오는 아이들과 환히 웃으셨던 아버님의 기억이 스치며 고령으로 돌아가겠다 마음먹은 것입니다. 시간이 흘러 집에 돌아왔을 땐 그리 크지 않았던 소나무가 울창하게 자라 저를 반겼습니다. 곧게 자라진 못했지만, 양지바른 곳을 향해 힘차게 뻗어 있었지요. 소나무처럼, 양지를 찾아 나아가면 어느새 마음에 안정이 깃드는 것 같습니다.

제 이야기를 모두 쏟아낸 경험은 이번이 처음입니다. 그만큼 부인과 어릴 적 함께 어울렸던 기억이 친숙하고 편안한 것 같습니다. 그러니 제게도 부인의 이야기를 편히 들려주셨으면 하는 마음입니다. 단 한 명이라도 자기 마음을 온전히 표현할 수 있다면 큰 위안이 될 것입니다. 긴 글을 뒤로하고 이만 줄입니다.

편지를 읽은 예임은 그간 별 탈 없이 지내왔을 것이라 여겼던 정윤이 홀로 힘든 시기를 견뎌왔음에 놀라 잠시간 어지러움을 느꼈다. 예임은 편지를 몇 번이고 다시 읽었다. 매번 찬찬히 한 구절구절 곱씹으며 정성스레 읽을수록 그가 겪었을 외로운 시간들이 가슴 깊숙한 곳을 찌르는 듯 아려왔다. 예임은 정윤의 아픔에 공감하는 동시에 자신에게 먼저 마음을 열고 모든 이야기를 들려준 그에게 고마웠다. 예임 또한 고통스러운 시간을 지나왔지만, 그때 이야기를 누구에게도 털어놓지 않았다. 예도에게조차 말을 꺼내기 싫을 만큼 나주에서 보냈던 이 년이라는 시간을 돌이켜 보는 것이 두려웠기 때문이다.

조금 전부터 내리기 시작한 빗방울이 줄기차게 지붕 위를 두드리는 소리와 이따금 예도가 옆방을 드나드는 소리 사이에 예임이 일종의 몽상에 빠진 채 깊은 한숨을 몰아쉬는 소리가 별당 안을 감돌았다.

　예임은 굳은 결의를 다지듯 자세를 바로잡고 종이와 붓을 꺼내 들었다. 그렇게 정윤에게 보낼 편지를 쓰기 시작했다.

　　훈장님, 보내주신 편지 잘 읽었습니다. 이팝꽃으로 만든 압화는 처음 보았는데 어찌나 고운지 한참 들여다보았습니다. 고단한 시기를 모두 이겨내시어 밝은 웃음을 되찾으신 것이 참으로 기쁘고 감격스러운 마음입니다. 제게도 힘겨웠던 때가 있었으나 저는 시간이 많이 흐른 지금도 그때를 돌이켜 볼 용기가 없습니다. 그저 마음에 묻고 살아야 할 운명이라 여겼습니다. 허나 훈장님이 보여주신 밝고 굳센 마음이 저에게 닿은듯합니다.
　　제가 살았던 윤성당 후정에는 큰 살구나무가 있습니다. 추위가 가고 봄이 찾아오면 꽃을 활짝 피우는 모습이 어찌나 아름다운지 그 태가 먼 곳에서도 밝게 빛나 온 고을에서 알아줄 정도였습니다. 살구꽃이 만개할 무렵, 저는 열여덟 나이에 나주에 시집을 가게 되었습니다. 저의 남편은 류득중이라는 분으로 조부께서 판서를 지내신 명망이 높은 가문의 자제였습니다. 가족들과 육백 리 떨어진 먼 곳에서 새로운 삶을 살게 되었지만, 제법 물오른 나무 빛과 앞다투어 피어난 온갖 꽃들을 구경하며 가는 길이 마치 유람을 떠나는 듯하여 정신이 상쾌하고 가슴이 뛰었습니다.

　서방님께서는 묵연하셨지만, 새로운 곳에 적응해 가는 저를 따뜻하게 대해주신 성품이 온화한 분이었습니다. 그런데 나주에 온 지 보름이 지났을까, 서방님께서 오한을 느끼시며 심한 두통을 앓기 시작했습니다. 처음에는 모두가 먼 길을 다녀온 터에 노독이 심한 것이라 여겼지만, 시간이 지날수록 통증이 심해지며 고열이나 발작이 있기도 하여 집안에 근심이 가득했습니다. 매일 문중 어른들과 여러 손님께 인사드리며 집안 규율에 적응 중이던 저 또한 서방님의 병환이 심히 염려되어 아무것도 할 수 없었지요.

　시가에서는 수소문하여 먼 충주에서 의원을 데려오셨고, 그 의원이 이르길 학질에 걸린 것이며 휴식을 취하며 요양하면 점차 회복할 것이라고 했습니다. 서방님께서는 과거 공부를 잠시 미뤄둔 채 요양하셨지만, 병세는 나아지는 듯하다가 다시 오고를 반복했고, 저는 한 해가 저무는 것도 모른 채 서방님을 돌보는 일에 온 힘을 쏟았습니다. 그렇게 다시 봄이 찾아왔습니다. 그간 여러 의원이 다녀가고, 그것도 안 되어 무당을 불러 굿을 하기도 했습니다만 서방님께서는 쾌차하지 못하시고 운명하셨습니다.

　그해 봄은 조금 달랐습니다. 복사꽃, 살구꽃이 막 피기 시작하였는데 거센 바람이 불기 시작하더니 서방님의 죽음을 애통해 하듯 닷새간 이상하리만큼 많은 비가 쏟아졌습니다. 다시 하늘이 맑아졌을 땐 못다 핀 꽃들이 져버린 후였습니다. 그 모습이 마치 제 모습 같아 서글펐지요. 멀리 시집와서 아무것도 해보지 못하고 서방님을 떠나보낸 저와 많이 닮아 보였습니다.

그 후 시어머님은 무격에 심취하셨습니다. 양반댁에 무당이 매일 같이 들락거렸지만, 수군대는 사람이 없었습니다. 장남을 잃은 어미의 아픔을 모두 헤아려 준 것이겠지요. 그 무당은 제가 모든 일의 원흉이라 하였습니다. 저를 며느리로 들이지 않았다면 이런 불행은 오지 않았을 것이라고 말입니다. 자질이 뛰어나고 기력이 건강했던 아들이 며느리를 들이자마자 병을 앓다 떠났으니 그 말을 믿을 수밖에요. 그때부터 집안 사람들은 저를 원망하는 듯했습니다. 저 또한 저를 탓할 수밖에 없었으니 그 원망을 견디리라 마음먹었습니다.

어느 날부턴가 어머님은 저를 보면 가슴이 터질 것 같다 하셨습니다. 결국 저를 안채에서 별당으로 보내셨고, 부정 타는 것을 막는다며 집안일도 일체 못 건드리게 하셨지요. 원망을 받는 것보다 빛이 들지 않는 별당에서 홀로 모든 시간을 견뎌야 하는 것이 한탄스럽고 외로웠습니다. 오직 위안을 주는 것은 친정 식구들과 편지를 주고받는 것이었지요. 부모님께서는 혹시나 딸자식이 미움을 받을까 매일 같이 시댁에 귀한 선물을 보내주셨는데, 그런 부모님께 제가 어떤 대우를 받는지 알릴 수 없었습니다. 참다 보면 괜찮아질 것이라 믿고 일 년을 홀로 지냈습니다.

그러다 여느 때처럼 조반상을 받았는데 찬밥과 곧 쉴듯한 나물 반찬들뿐이었습니다. 그저 우연이라 믿고 싶었지만, 이러한 일이 반복되었지요. 그렇게 얼마간이 흘렀을까, 오래간만에 오라버니가 편지를 보내어 들뜬 마음에 받아 읽어보았습니다. 편지에선 오라버니가 제가 평소 좋아하던 절인 전복을 한 접이나 보냈다고 했는데, 며칠을 기다려도 맛보지 못했습니다. 그 순간 쌓여왔던 서러움이 터져버린 것 같습니다. 미숙하게도 전복 때문에 그간 담아놓았던 산창이 북받쳐 오른 것이지요.

저는 오라버니에게 집에 돌아가고 싶다 간청하였습니다. 항상 무탈하다 했던 제가 그런 편지를 써서 보내니 오라버니와 부모님이 심상치 않음을 직감하셨나 봅니다. 어쩌면 저도 가족들이 제 사정을 알아주기를 바랐던 것 같기도 합니다. 아버님께서는 한달음에 직접 나주까지 오셨습니다. 얼굴이 많이 상한 저를 보시고는 좀처럼 볼 수 없던 눈물을 흘리시며 큰 결심을 하셨습니다. 여인은 시집을 가면 죽어서도 시가의 귀신이 된다고 하였죠. 허나 아버님은 그러한 규범을 지키기보단 저를 살리기를 택하셨습니다. 시어른들께 저를 데리고 가게 해달라 강력히 요청하셨고, 어른들은 집안의 골칫덩이가 된 저였기에 걱정과 달리 순순히 보내주셨습니다. 그리하여 시집을 간 지 두 해가 지나 가족의 품에 다시 돌아온 것입니다.

윤성당에 돌아오니 살구꽃이 만개해 있었습니다. 마치 봄잠에서 깬 듯 저의 마음가짐은 이전과 많이 달라졌습니다. 보는 이 없어도 피고 지는 작은 들꽃들마저 어찌나 귀하게 느껴졌는지요. 아득한 세상을 채워주는 세상 만물이 덧없는 마음을 어루만지듯 영롱하고 은혜로웠습니다. 그때부터 가족들 품에서 붓을 쥐고 그리는 것에 정성을 쏟은 것입니다.

  이것이 저에게 있었던 일입니다. 누구에게도 말하지 못했으나 마음속 꺼내고 싶은 이야기가 이리 무수하였나 봅니다. 저의 길고 터분한 이야기에 훈장님의 마음이 울적해지지 않을까 걱정스럽지만, 소중한 기회를 만들어 주셔서 감사한 마음이 큽니다. 이만 줄이겠습니다.

  저녁도 거른 채 열중하던 예임은 편지를 완성하고 깊은숨을 내쉬었다. 단 한 번도 풀어놓지 못한 이야기를 글로 기록하니 속이 후련했고, 예상과 달리 편지를 써 내려가는 내내 눈물을 한 방울도 흘리지 않은 것이 신통한 마음이었다. 자신도 모르는 사이 깊었던 마음속 상처가 기억 저편으로 물러난 듯 그 시절의 자신을 마주하는 것이 예전만큼 힘겹지 않았다. 한편으로는 정윤과 이렇게 비밀스러운 편지를 주고받는 것이 죄스러운 마음이었지만, 부정적인 생각은 잠시 접어두기로 했다. 예임은 기회가 닿는 대로 정윤에게 편지를 전하리라 생각하며 이른 시각 잠자리에 들었다.

# 신임 현감

　보리 수확철이 지나고 여름이 본격적으로 시작되었는지 습하고 후끈한 기운이 맴돌았다. 예도는 지난 며칠간 장맛비가 내리는 바람에 외출을 자제하고 세휘에게 빌린 소설책을 읽으며 시간을 보냈다. 그녀는 한글 소설을 즐겨 읽었지만, 지금까지는 구할 수 있는 서책에 제한이 있었다. 예전부터 널리 필사되어 읽힌 『숙향전』, 『소대성전』 등은 윤성당에서부터 반복하여 읽고 필사를 하기도 했는데 비교적 최근에 발행된 소설책을 구하기란 쉽지 않았다. 윤성당에는 시랑이 즐겨 읽는 서책들이 대부분이었기에 소설책은 극히 드물었고, 그나마 기행문은 여러 종류가 갖춰져 있어 예도는 큰 부족함 없이 독서를 할 수 있었지만, 다양한 한글 소설을 읽고 싶다는 갈망을 줄곧 품고 있었다.
　성산댁에 온 후 읽을 수 있는 책의 종류가 더욱 한정적이어서 실망하려던 찰나,『창선감의록』,『곽장양문록』등과 같은 예도가 처음 접하는 여러 한글 소설책을 보유하고 있는 세휘와 가까워진 덕분에 독서를 통한 즐거움이 더욱 충만해졌다. 그녀는『창선감의록』을 가장 먼저 선택하여 읽기 시작했는데 많은 인물과 사건이 등장해서인지 비가 촉촉하게 내리는 지난 며칠간 방 안에서 온종일 독서에만 집중하여도 시간이 모자랐다. 작품 말미 세휘는 서평을 간단하게 적어두었는데 그 내용은 이러했다.

『창선감의록』은 선한 것을 드러내고 의로움에 감복한 기록이라는 뜻을 지녔다. 기존의 소설에서는 악한 인물이 결국 벌을 받도록 하여 읽는 이에게 후련한 마음을 가지게 하였다면,『창선감의록』은 기존의 틀을 벗어나 악한 이들이 자신의 과오를 뉘우치고 변화하는 내용으로 끝맺음하여 다시금 생각할 기회를 주었다. 이렇듯 독창적으로 인물을 결성한 점을 비롯하여 폭넓지만 치밀하게 짜인 사건의 흐름이 책의 가치를 한층 더 높인다.『창선감의록』은 충효 사상과 더불어 형제간의 우애를 강조하고 있으므로 남녀노소 널리 읽힐만하다.

예도는 세휘의 간결하지만 핵심을 아우르는 소감을 읽고 나니 복잡한 내용으로 아리송한 머릿속이 말끔히 정리되는 것 같았다. 그가 소장한 책은 하나같이 필사가 단정하고 깨끗한 상태로 보관되어 있었는데, 이에 걸맞게 세휘의 서체 또한 흠잡을 데 없었다.

누군가는 천시하는 한글 소설을 유심히 읽고 심도 있게 평가하는 그의 태도에서 예도는 큰 친밀감을 느꼈다. 지극히 개인적일 수 있는 감상을 기록한 책을 스스럼없이 자신에게 빌려준 그의 당당함과 친절함이 부러울 정도였다. 그녀는 다 읽은 서책을 들고 작은 사랑채로 향했다. 마침 장마가 끝난 터라 성산댁 사람들은 비가 오는 동안 하지 못했던 일을 보기 위해 대부분 집을 비운 상태였기에 그녀의 발걸음은 더욱 가벼웠다.

　인기척을 느끼고 방에서 나온 세휘는 서책을 들고 방문한 예도를 발견했다.

　"책을 다 읽으셨습니까?" 세휘가 몹시 반기는 얼굴로 물었다.

　"네, 장맛비가 내리는 동안 이 책이 아니었다면 따분한 시간을 어찌 보냈을지 모르겠습니다. 참으로 흥미로운 소설이었습니다." 예도가 세휘에게 다가서며 말했다.

　"잠깐 마루에 앉으시지요. 그간 방에 틀어박혀 편지를 쓰거나 일을 보느라 황초와 종이가 동이 나버린 터에 비복들 모두 장에 나가 있으니 편히 차 한잔 드시지요. 마침 차를 내리던 중이었습니다."

　말을 마친 세휘는 예도가 대답하기도 전에 방에 들어가 작은 찻상을 내왔다. 방금 물을 끓인 모양인지 찻잔에서는 뜨거운 김이 피어나고 있었다. 예도는 자신을 반갑게 맞이하며 차를 따르는 세휘를 물끄러미 바라보다 선뜻 마루에 걸터앉았다. 차를 한 모금 마신 그녀의 입에서 웃음이 새어 나왔다.

　"무엇이 그리 재미나신지요?" 세휘가 고개를 살짝 갸우뚱하며 물었다.

"차가 맛있습니다. 또한 공과 제가 마주 앉아 차를 드는 모습이 정겹기도 하고…. 짧은 시간에 이토록 가까워진 것이 참으로 놀랍지 않습니까? 조금은 다른 고모님 댁의 가풍을 적대하지 않은 공의 덕이 큰 것이지요."

"저도 이런 제 모습이 낯섭니다. 유배를 온 신세에 이렇게 마음이 편안해도 되는 것인지 의문스럽지만 말입니다. 사방이 자연으로 둘러싸여 있으니, 모든 근심 걱정이 사라지듯 마음에 평정이 찾아왔습니다."

세휘는 나무 기둥에 몸을 슬쩍 기댄 채 차를 음미했다. 예도는 문득 세휘의 서평이 떠올랐다. 그녀는 찻잔을 내려놓고 세휘를 바라보며 말했다.

"소설 말미에 써놓으신 서평을 읽었습니다. 『창선감의록』은 매우 흥미진진하였으나 한편으로는 너무나 많은 인물과 사건의 연속으로 머릿속이 다소 정리가 되지 않는 느낌이었습니다. 그래서 한 번 더 읽고 싶다 생각하던 찰나, 공의 글을 본 것입니다. 짧지만 이야기의 핵심을 꿰뚫고 있어 복잡했던 내용이 차근차근 정리되었습니다. 작자가 어떠한 의도로 이야기를 써 내려간 것인지 어느 정도 간파되었지요."

"미숙한 글을 이리 극찬해 주시니 몸 둘 바를 모르겠습니다. 저 또한 처음 책을 읽고 다시 한번 찬찬히 내용을 되짚어 보았던 기억입니다. 시간이 많이 흘러 세세한 내용은 기억나지 않지만, 무척 즐겁게 읽었던 것 같습니다."

"또 궁금한 것이 있습니다." 예도가 눈을 동그랗게 치켜뜨며 말했다.

세휘가 인자한 미소를 띤 채 고개를 끄덕였다.

"장마 기간 일을 보셨다 하셨지요? 어떤 일을 보셨는지 궁금하였습니다. 공께서는 현재 잠시 조정을 떠나 계신 상태인데 어떤 일에 그리 몰두를 하신 것인지 여쭈어도 되겠습니까?"

"궁금하시다면 말씀드려야지요. 저는 성격이 모나 벗이 많은 편은 아니지만 조정에 마음을 터놓는 사람이 몇 있긴 합니다. 고맙게도 조정이 어찌 돌아가고 있는지 그들이 항시 전해주기에 편지를 쓸 일이 꽤 많습니다. …또, 부끄럽지만 저는 조정에서 꼭 이루고 싶은 일이 있습니다. 그 꿈을 언젠가 꼭 실현하겠다는 마음이 있기에 틈틈이 제 생각을 글로 남겨놓곤 합니다." 세휘가 사뭇 진지한 표정으로 대답했다.

예도는 그의 꿈이 무엇인지, 또 그 꿈이 지금의 귀양살이와 관련 있는 것인지 의문이 더욱 커지는 것 같았지만 머릿속에 차오르는 질문을 입 밖에 내지 않았다.

세휘는 우물쭈물하는 그녀의 표정에서 아직 궁금증을 해결하지 못한 마음을 고스란히 읽을 수 있었다.

"더 궁금한 것이 있으십니까?" 세휘가 한결 부드러워진 표정으로 물었다.

"저…." 주춤거리던 예도가 조심스럽게 물었다.

"공께서 유배를 오신 것이, 꿈과 연결된 것인지 궁금합니다."

"유배와는 상관이 없다고 볼 수 있습니다. 아직 제 뜻을 펼칠만한 자리에 오르지 못했으니, 그로 인해 유배를 온 것은 아니지요. 유배형은 저의 융통하지 못한 성격 때문에 받은 것입니다. …그것이, 어느 대감 댁 사위라는 사람이 광흥창의 관리와 결탁하여 수년간 녹패를 날조하고 녹봉을 빼돌린 일이 있었습니다. 홍문관 교리라는 신분으로 이 사실을 알고서 어찌 그냥 넘어가겠습니까? 고관의 사위라는 이유로 얼렁뚱땅 지나가려는 것을 제가 막고 나선 것이지요. 허나 결국엔 제가 무고를 했다며 형을 받았습니다. 이조판서를 지낸 형님께 억울함을 호소했지만, 저의 성미를 고치겠다며 이 상황에 일절 손을 대지 않으셨지요. 이처럼 형님께서는 융통성을 강조하시고, 저는 제 생각을 꺾지 않아 마찰이 생기곤 합니다. 어째서인지 유배형을 내린 사헌부보다 형님을 원망하는 마음이 더 큰 것 같습니다."

"공의 사연을 듣고 나니 죄송한 마음이 먼저 듭니다. 공연히 공께서 큰 죄를 지어 귀양길에 오른 줄로만 알았습니다. 그럴 분이 아니란 것을 시간이 지나며 느끼긴 했지만, 이리 억울하게 유배를 오신 줄은 꿈에도 몰랐습니다. 공께서 하신 처신은 존중받는 것이 마땅합니다. 주제넘지만, 형님께서 조금 더 용력을 발휘하시어 불의에 맞섰으면 어땠을까 하는 아쉬움이 남습니다."

"억울한 처분이긴 하지만 이곳에서 제 생각을 더욱 치밀하게 정리하는 시간을 가질 수 있어 한편으론 좋습니다." 세휘가 밝게 웃으며 말했다.

"공이 세우고 있는 그 계획은 어떤 것입니까?" 예도가 물었다.

세휘는 이상하게도 예도의 끝없는 물음이 반갑게 느껴졌다. 불순한 의도가 전혀 없는, 순수한 마음에서 비롯한 호기심은 그가 쉽게 꺼내지 않았던 이야기를 술술 말하게 했다.

"어디까지나 저의 얕은 소견일 뿐이니 큰 의미를 두진 마십시오…. 저는 조선 신분제에 개혁이 필요하다고 생각합니다. 학문을 시작하고부터 사, 농, 공, 상 신분 고하의 차별이 사라져야 한다는 뜻을 품고 살았습니다. 중앙 벌열의 관직 독점이 만연하고, 자질이 있음에도 신분의 벽에 가로막혀 능력을 펼치지 못하는 이들이 많다는 것을 체감할수록 이러한 폐단을 멈추어야 이 나라의 맥이 끊어지지 않을 것이라는 생각이 확고해졌지요. 이미 은연지중 신분을 사고파는 일이 일어나고 있고, 양반이라는 이름 아래 놀고먹는 사람들이 태반인 세상이 되었습니다. 모든 이들이 일정 나이가 되면 같은 교육을 받고 그 자질에 따라 사와 농공상을 결정하게 된다면 조금 더 살만한 세상이 되지 않겠습니까?" 세휘는 예도의 표정을 살피고는 말을 덧붙였다.

"말을 마치고 보니 낭자께서 제 생각이 거북하진 않으셨을까 염려됩니다. 만약 저희 형님께서 이 이야기를 들으셨다면 집에서 내쫓으실 게 분명합니다."

장난스럽게 이야기를 끝낸 세휘의 이마에 살짝씩 비치는 땀방울은 그가 다소 긴장했음을 짐작게 했다.

한편 예도는 마음속에서 폭풍이 휘몰아치는 것 같은 깊은 감명을 받았다. 그녀 또한 조선의 신분제에 큰 의문을 품고 있었기 때문이다. 아버지인 홍진사가 실학에 뜻을 두고 토지와 신분의 개혁을 꾀하여야 한다는 신념을 지니고 있었기에, 그녀 또한 아버지의 뜻에 영향을 받은 것이다. 예도는 세휘와 같은 권세 높은 집안의 조정 관리가 수백 년 이어온 관습을 깨는 혁신적인 뜻을 품고 있다는 사실이 놀라울 따름이었다. 세휘는 말없이 잠시간 멍한 얼굴을 한 예도의 생각을 읽을 수 없어 조급한 마음이 들었다.

"참으로 놀랍습니다. 공께서는 그야말로 중앙 벌열의 자제이신데, 이리 크고 개벽할 만한 뜻을 품고 계신다는 것이 놀라워 말을 쉬이 뱉을 수 없었습니다. 허나 안심하셔도 됩니다. 저는 공의 뜻에 전적으로 동의하는 바이며, 그 누구에게도 이 이야기를 발설하지 않겠습니다." 예도는 경의에 찬 눈으로 세휘를 바라보며 말했다.

세휘는 직감적으로 그녀가 자기 생각을 언짢게 받아들이지 않을 것이라 느끼고 있었다. 그렇기에 뜻을 함께하는 벗을 제외한 그 누구에게도 전한 적 없는 이야기를 예도에게 털어놓을 수 있었던 것이다. 말을 끝내고 난 후에는 내심 괜한 말을 꺼냈다는 자책이 들기도 했지만, 짐작대로 예도는 그와 생각의 결이 비슷한 사람이었다.

사람들이 속속 집에 들어서기 시작하자 그들은 아쉬운 마음을 뒤로하고 대화를 마무리 지었다.

방에 돌아온 예도는 세휘와 나누었던 대화를 되짚으며 한동안 멍하니 앉아 있었다. 언제나 무심한 듯 침착하던 세휘가 열변을 토하던 모습이 생생하게 떠올랐다. 그의 이마에 송골송골 맺혔던 땀방울을 비롯하여, 그와 마주 보고 앉아 대화를 나누었던 모든 찰나가 뇌리에 박힌 것처럼 하나하나 또렷하게 그려졌다.

그 순간 집에 도착한 성산댁과 예임이 예도에게 다가왔다.

"예도야, 무슨 생각을 그리 골똘히 하고 있노?" 성산댁이 물었다.

예도는 인기척에 정신이 번쩍 들었다. 성산댁과 예임은 예도 곁에 둘러앉아 장에서 들은 이야기를 펼쳐놓기 시작했다. 성산댁은 빼먹은 이야기라도 있는 듯 손뼉을 치며 새로운 고령 현감이 오게 되었다는 소식을 전했다.

"내 듣기로는 새로 오신 현감께서 참으로 좋은 분이라더구나. 처음 부임하였던 곳이 흡곡 현령직이었는데, 당시 관리들이 부임을 피해서 골치 아프던 차에 스스로 요청하여 그곳에 근무하셨단다. 나랏일을 하는 사람이 자기 이익을 따져 근무할 곳을 가리는 것은 있을 수 없는 일이라고 말이다. 이분이 집안이 어려워 아무 도움 없이 오랜 기간 노력해서 과거에 합격하셨다는데, 그래서 더욱 진심으로 임하는 게 아니겠나?"

이야기 도중 성산댁은 갈증이 났는지 물을 들이켰다.

"참, 그리고 일찍이 부인을 여의고 딸아이 하나만 보고 사신다더구나. 근무지를 옮겨 다니는 분이니 자식을 어디 맡길 만도 한데 어디든 함께해서 사람들이 칭찬을 아끼지 않더라."

"보기 드물게 청렴한 분인듯합니다. 물자가 풍부하고 몸이 편한 근무지에 편중하는 것이 일반적인데…. 고을에 탐욕 없는 수령이 부임한 것은 참으로 기쁜 일이 아닐 수 없습니다." 예임이 말했다.

"…잘되었습니다. 속히 그분을 만나 뵙고 싶습니다."

예도는 아직 세휘와 나누었던 대화의 여운에서 벗어나지 못하여 성산댁과 예임의 말에 그저 적당한 추임새만을 넣을 뿐이었다.

예도의 의도치 않은 바람이 이루어지는 데는 반나절도 걸리지 않았다. 오후가 되며 장마의 여운으로 맴돌았던 선선한 바람은 가시고 뜨거운 햇살과 습한 기운만이 온 집 안을 감쌌다. 모두가 누마루에 앉아 그늘 밑 시원한 바람에 겨우 더위를 이기고 있던 그때 운남이 대문을 열고 들어섰다. 그리고 처음 보는 사내와 예닐곱 되어 보이는 여자아이가 운남을 뒤따르고 있었다. 더위에 기운이 빠져 있던 성산댁과 예임, 예도는 급히 옷매시를 다듬고 마당으로 내려왔다. 운남의 뒤에 서 있는 사내는 자칫 차가워 보일 정도로 흰 피부에 날카로운 눈매를 갖고 있었지만, 사람들을 발견한 즉시 밝은 미소를 지은 그의 얼굴은 한결 부드러워 보였다.

"부인, 이분이 바로 새로 부임하신 현감이십니다." 운남이 말했다.

"안녕하십니까? 현감 채곤이라 하옵니다. 판관어른께서 친히 저를 가족분들께 소개해 주신다고 하시어, 이렇게 갑자기 찾아뵙게 되었습니다. 부디 폐를 끼치는 것이 아니었으면 합니다." 곤은 몹시 미안한 얼굴로 말하며 옆에 있는 아이를 소개했다.

"이 아이는 제 딸아이입니다. 인사드리거라."

"안녕하세요. 채영소라 하옵니다." 영소가 공손하게 인사했다.

"아이고, 폐라니요. 안 그래도 말씀 많이 들었습니더. 인자한 분이라고 소문이 자자했는데, 실제로 뵈니까 더 반갑네예. 나리께서 인물이 좋으시니 따님도 벌써부터 이리 고운가 봅니다." 성산댁이 영소의 머리를 쓰다듬으며 말했다.

"오늘 관아에 들러 채현감께 인사드리고 이야기를 조금 나누었는데, 글쎄 따님께서 어린 나이에 그림을 퍽 잘 그린다 하시는 게 아니겠소? 그래서 내 조카 예임이의 그림 솜씨도 대단하다고 자랑하였더니, 따님과 한번 방문하고 싶다고 하셨소. 그래서 내가 지체하지 말고 지금 바로 가는 것이 어떠신가 물어보게 된 것이오." 운남이 즐거운 표정으로 말했다.

곤과 예임, 예도 자매는 자연스레 인사를 나누었다.

"저희 딸아이가 그림에 관심이 많습니다. 혹시 실례가 아니라면 영소에게 잠깐 시간을 내주실 수 있습니까?" 곤이 조심스러운 얼굴로 부탁했다.

영소는 쭈뼛쭈뼛 예임과 예도에게 가까이 다가가서는 그들을 간절한 눈빛으로 올려봤다. 예도는 그런 영소가 귀여운 듯 쪼그려 앉아 영소의 손을 잡고 말했다.

"함께 우리가 지내는 별당으로 가자꾸나."

다소 얼어 있던 표정이 활짝 풀린 영소는 고개를 세차게 끄덕였다. 그 모습을 흐뭇하게 바라보던 성산댁 부부는 곤과 함께 차를 마시기 위해 누마루로 이동했다.

예임의 방에 들어선 영소는 처음에는 눈치를 보며 말없이 모든 질문에 고개만 끄덕일 뿐이었는데 점차 자리가 편해진 모양인지 엉덩이를 붙이고 앉아 예임의 작품들을 찬찬히 구경하며 이것저것 질문하기 시작했다. 한동안 그림에서 눈을 떼지 못하던 영소는 금세 자리를 고쳐 앉아 자신을 챙겨주는 예임과 예도를 물끄러미 바라봤다.

"저도 언니가 있었으면 얼마나 좋았을까요?" 영소가 말했다.

예임과 예도는 조금 놀란 얼굴로 서로를 바라봤다. 예도는 영소의 마음을 알아차린 듯 슬며시 곁으로 자리를 옮겨 앉아 말했다.

"언제든 놀러 오거라. 우리도 너보다는 어리지만 올해 다섯 살이 된 조카가 있단다. 조카를 그리워하는 마음이 컸는데 너를 만나니 그리운 마음이 채워지는 듯하구나."

"…네!"

예도의 다정스러운 태도에 영소는 잠시 스쳐 간 아쉬운 마음을 잊고 한껏 웃으며 대답했다.

어느덧 시간이 흘러 곤과 영소는 관아에 돌아갈 시간이 되었다. 예임과 예도의 손을 잡고 신나는 발걸음으로 별당에서 나오는 영소를 보고 성산댁 부부와 곤은 꽤 놀란 눈치였다.

"언니들, 저를 꼭 보러 오셔야 해요. 약속한 것이지요?" 영소가 소리쳤다.

곤은 영소의 큰 목소리에 당황해서인지 아이를 나무라기 위해 몸을 숙였다.

"아버지, 언니들이 제게 어찌나 친절하게 대해주셨는지 몰라요. 언니들이 다음에 함께 그림을 그리러 가자고 하셨어요. 꼭 가게 해

주셔야 해요…!"

곤은 딸의 들뜬 마음을 해치고 싶지 않은 듯 꾸짖지 않고 부드러운 목소리로 속삭였다.

"…그래, 그러자꾸나."

예도는 곤이 영소를 소중히 대하는 모습이 굉장히 인상적이었다. 모든 아버지가 자식을 아끼는 것은 당연한 일이지만, 곤은 딸에 대한 애정이 각별해 보였다. 그 순간 아버지 홍진사가 떠올랐다. 어린 시절 매번 무리한 부탁을 해도 너그럽게 받아주던 홍진사의 온화한 목소리가 귓가에 맴돌았다. 그제야 오전에 흘려들었던 곤에 관한 미담이 생각났다. 짧은 찰나였지만 소문대로 그가 따뜻하고 인자한 성품을 지닌 사람이라는 것을 느낄 수 있었다.

곤과 영소가 떠난 뒤, 별당으로 돌아온 예임이 말했다.

"아까 영소와 함께 있을 때 무슨 생각을 했는지 아느냐? 바로 예도 네가 생각났다. 내가 그림을 그릴 때면 어김없이 옆에 와서 쫑알쫑알 질문을 쏟아내던 너 말이다."

"언니도 느꼈소? 나도 그래서인지 그 아이가 가깝게 느껴졌소. 현감 나리도 마찬가지로 우리 아버님처럼 참으로 따뜻한 분 같았소."

예임과 예도는 한동안 홍진사와 함께했던 옛 추억을 돌이켜 보았다.

# 밀회

늦은 시각이 되어서야 해가 뉘엿뉘엿 지기 시작했다. 예임과 예도는 저녁상을 정리하고 각자 방에 들어가 휴식을 취했다. 예임은 해가 지기 시작하며 방 안이 어두워지는 것을 알아차리지도 못한 채 홀로 생각에 잠겨 있었다.

사실 그녀는 오늘 오전 동이 트자마자 정윤의 집을 찾아갔다. 아무런 인기척이 없어 기약 없이 대문 앞을 서성거리던 그때 정윤이 대문을 열고 나왔고, 갑작스러운 만남에 그녀는 화들짝 놀랄 수밖에 없었다. 정윤 또한 예임이 대문 앞에 있으리라고는 상상도 하지 못했기에 깜짝 놀란 표정으로 다가왔다.

"부인께서 이리 이른 시간에 어찌…."

머뭇거리던 예임은 정윤에게 가져온 편지를 전하고 급히 인사를 건넨 뒤 자리를 떠났다. 정윤은 그런 예임의 뒷모습을 넋 놓고 바라보다 집으로 다시 들어갔다.

예임은 자신이 무모한 일을 저지른 것만 같았다. 하루 내내 오전의 일을 되새기며 다른 일에 집중하기 어려울 정도였다. 그녀는 다른 사람에게 보여서는 안 된다는 사실에 몰두한 채 아무 계획 없이 정윤의 집 앞에 다다른 것이다.

'내 정신이 온전치 않았던 것이 분명하다….'

예임은 거침없이 편지를 써 내려가던 용기는 온데간데없이 시간이 흐를수록 자신을 탓하는 마음이 커져만 갔다.

바로 그때 벼울이 방문을 조심히 열고 들어왔다.

"아가씨, 강호가 이 쪽지를 전해주고 갔습니다. 지금 속히 읽어 보시기를 요청하였어요."

예임은 떨리는 마음으로 쪽지를 펼쳐보았다.

> 하루 종일 얼굴을 뵐 수 없어 이렇게 무례한 부탁을 드립니다.
> 지금 바로 후정 대나무숲으로 나와주실 수 있겠습니까?

정윤이 보내온 쪽지였다. 예임은 당황스러웠지만 한편으론 침의로 갈아입지 않고서 생각에 빠져 있던 것이 다행스러운 마음이었다. 그녀는 매무새를 정리하고, 아직 희미하게 비치는 노을빛에 의지한 채 뒷문을 통해 대나무숲까지 올라갔다. 그곳엔 작은 등불로 길을 비춰주는 정윤이 예임을 반기고 있었다. 등불에 비친 정윤의 얼굴을 확인한 예임은 비로소 하루 종일 불안했던 마음이 안정되는 것 같아 자연스럽게 환한 웃음이 지어졌다. 하지만 정윤은 활짝 웃는 예임을 발견하자 급격하게 안색이 어두워지며 급기야 빠른 걸음으로 그녀에게 다가왔다.

그는 예임이 인사를 건넬 겨를도 없이 그녀를 꼭 끌어안았다. 예임은 너무나 갑작스러운 그의 행동에 몸이 뻣뻣하게 굳었다. 그를 뿌리쳐야 한다고 생각은 했지만, 그녀의 몸은 뜻대로 움직이지 않았다. 말없이 자신을 안아주는 정윤의 따뜻한 품에서 서서히 몸이 적응하듯 긴장이 풀렸고, 모든 근심을 잊어버린 채 그에게 온전히 기댔다. 정윤이 팔의 힘을 풀자, 예임은 잠깐 다른 세상에 다녀온 것처럼 감고 있던 눈을 조심스레 뜨고 정윤을 바라봤다. 서로의 눈을 바라보다 정윤이 먼저 말을 꺼냈다.

"…죄송합니다. 제가 괜한 편지를 써서 부인의 아픔을 들춰낸 것만 같아 하루 종일 마음이 어지러웠습니다. 그리 모진 시간을 보내셨으리라 생각지 못한 제 불찰입니다."

정윤은 다소 굳은 표정을 유지한 채 예임의 어깨 위에 올리고 있던 손을 내리고는 다시 말을 이어갔다.

"부인께서 밝은 얼굴로 제게 다가오는 모습을 보는 순간 안도하는 동시에 이 순간에 감사한 마음이 들었습니다…. 그리하여 해서는 안 될 행동을…."

정윤의 얼굴에는 조금 전 상황을 예상하지 못한 듯 당황한 기색이 그대로 드러났다. 예임 또한 몹시 놀랐지만 그가 혹여나 무안한 마음을 가질까 봐 동요하는 마음을 들키지 않기 위해 노력했다. 그녀는 마구 뛰는 심장 소리와 달리 고요하지만 맑게 빛나는 눈으로 그를 바라봤다.

"훈장님께서 저를 위로하고 싶은 그 마음을 느꼈습니다. 허나 이제 저를 가엽게 느끼지 않으셔도 됩니다. 제게 큰 용기를 주셔서 그저 감사한 마음입니다. 당시에는 죽는 것이 더 나으리 만큼 힘겨웠는데, 시간이 흐른 만큼 그 아픔이 많이도 무뎌진 듯했습니다. 훈장님이 아니었다면 그 사실조차 몰랐을 것입니다. 온몸이 부서질 듯한 열병에 걸려도 며칠 앓고 나면 그 아픔이 지나가듯이, 제 상처 또한 세월을 겪으며 희미해진 것이지요. 그러니 제 걱정은 마세요." 예임은 안타까운 표정을 지으며 다시 말을 이어갔다.

"저는 오히려 훈장님의 편지를 읽고 마음이 아팠습니다. 훈장님께서 이곳을 떠나셨을 때가 고작 열 살밖에 되지 않으셨는데, 그 많은 일을 겪으신 것이 얼마나 고되셨을까, 그 고통이 상상조차 되지 않았습니다. 저는 저를 다시 품어준 가족들이 있었지만, 훈장님께서는 어린 나이에 마음 둘 곳 없이 얼마나 외로우셨습니까?"

예임은 그의 편지가 다시금 떠오르며 눈가가 촉촉해졌다. 정윤은 슬며시 예임의 손을 잡았다.

"아픈 기억은 말끔히 사라지지는 않지만, 좋은 기억을 쌓다 보면 어느샌가 먼 옛날 일처럼 기억이 흐려져 있더군요. 그러나 애석하게도 어떠한 예고도 없이 힘들었던 기억이 또렷해지며 다시 나를 괴롭히기도 합니다. 그런 순간이 올 때마다 제가 부인 곁을 미약하게나마 지켜드리고 싶습니다."

"…허락해 주시겠습니까?"

정윤의 갑작스러운 고백에 예임은 그의 손을 놓으며 천천히 고개를 내저었다. 그의 진심 어린 마음에 가슴이 벅차면서도, 문득 큰 두려움이 몰려왔다.

"서로를 가련하게 여기는 이 마음이 너무나 값진 만큼, 훈장님과 저의 귀한 인연을 놓치고 싶지 않습니다. 그러나 두렵습니다…. 저로 인하여 훈장님의 그 따스한 마음이 차가운 비에 흠뻑 젖을까, 더러운 흙탕물을 뒤집어쓰진 않을까…."

예임이 말을 마치는 순간 하늘이 그들의 대화를 엿듣기라도 한 것처럼 작은 빗방울이 떨어지기 시작했다. 정윤은 손바닥에 하나 둘씩 떨어지는 빗방울을 바라보며 말했다.

"비를 맞다 보면 젖기 마련이지만, 온몸에 비를 흠뻑 적시고 나면 더 이상 젖을 것이 없습니다. 저는 두려울 것이 없다는 뜻입니다."

사뭇 결의에 찬 얼굴을 하고 있던 정윤은 슬쩍 미소를 지었다.

"지금처럼 함께 비를 맞는 것도 괜찮지 않습니까? 만약 부인께서 비를 피하고 싶으시다면 처마에 몸을 맡기듯 제게 기대십시오."

정윤은 비를 맞는 예임을 걱정스레 쳐다보며 두 손으로 그녀의 머리 위를 막았다. 예임은 큼지막한 손을 올려다보는 순간, 엄습했던 불안함이 가시며 이상하게도 마음이 가벼워졌다. 정윤은 그런 힘을 가지고 있었다. 적어도 예임에게는 정윤의 말 한마디와 작은 미소가 큰 안도를 가져다주는 힘을 지니고 있었다.

"고통과 외로움으로 향하는 지름길이 무엇인지 아십니까? 홀로 모든 것을 지고 가는 것입니다. 가끔 다른 이에게 무거운 짐을 지어주는 것도 나쁘지 않습니다. 뭐든지 부탁할 수 있는 편한 오라비 정도는 허락해 주시겠습니까?" 정윤이 말했다.

예임은 조금 전 그의 손을 뿌리쳤던 모습이 무색하게 어느새 천천히 고개를 끄덕이고 있었다. 그와 다시 만난 후 자신이 겪은 모든 변화가 머릿속을 스쳐 지나갔다.

마음속에 숨겨놓은 상처가 언제 비집고 나올지 모르는 불안정한 마음으로 살아왔던 그녀에게 거짓말처럼 정윤이 나타났다. 그는 너무나 자연스럽게 그녀의 삶에 스며들었다. 그와 함께하는 앞으로의 날들은 항상 밝고 평온할 것만 같은 막연한 생각이 들었다. 과부의 몸으로 정윤과 함께할 수 없다는 것을 잘 알기에 모든 것이 헛된 꿈일 것 같은 두려움이 앞서긴 했지만, 그 꿈이 가져다준 잠시나마의 행복감을 거부하고 싶지 않았다. 어릴 적 함께했던 따뜻한 기억 때문인지 그녀는 정윤에게 아이처럼 기대고 싶은 마음과 그가 모든 것을 해결해 줄 것만 같은 신뢰가 심중에 자리 잡고 있었다.

어느새 온 사방이 캄캄하게 물들었다. 정윤과 예임은 비가 더 거세지기 전 서둘러 집으로 돌아갔다. 예임은 방에 들어와 침의로 갈아입지도 않은 채 이불 속으로 숨어 들어갔다. 그녀는 정윤과 함께 서 있었던 대나무숲의 스산한 바람, 머리 위로 떨어지던 차가운 빗방울, 그리고 그의 손에서 전해지던 온기가 여전히 자신의 모든 감각 속에 살아 있는 것 같았다.

그 시각 예임의 몸종인 벼울은 옆에서 잠든 서랑이 깰까 조심스럽게 편지를 쓰고 있었다. 벼울과 서랑은 어릴 적 예임에게 글을 배워 보통의 여종들과 달리 편지를 자유롭게 쓸 수 있었다. 예임이 준 종이와 붓으로 편지를 쓰는 벼울은 묘한 표정을 하고 있었다. 마치 비밀스러운 내용이라도 있는 듯 아주 작은 불빛에 의지한 채 조용히 편지를 써 내려가는 그녀는 중간중간 입술을 깨물며 괴로운 표정을 짓기도 했다. 그녀가 쓴 편지의 내용은 이러했다.

나리,
그간 평안하셨는지요?
큰아가씨에 관해 드릴 말씀이 있사옵니다. 언젠가부터 이웃에 계시는 훈장님과 친밀하게 지내는 것처럼 보여 유심히 지켜보았습니다. 그러다 오늘 두 분이 남모르게 편지를 주고받으시곤 저녁 무렵 만남을 가지셨습니다. 해가 다 지도록 함께 계시다가 집에 돌아오신 것을 보아 각별한 정이 있으신 게 틀림없다 여겨집니다.
나리께서 말씀하셨지요? 아가씨들이 어찌 지내시는지 낱낱이 알려달라고 제게 신신당부하셨지요. 아가씨께 죄송한 마음이 들어 괴롭습니다. 저를 얼마나 아껴주시는지 알고 계시지요? 그럼에도 제가 무엇을 위해 아가씨를 배신하는 것인지 나리께서 잘 아시리라 믿습니다. 조속히 와주시어 저를 데려가 주시겠나이까. 제 배가 점점 불러옵니다. 어찌해야 할지 모르겠습니다.

벼울은 자신이 쓴 편지를 한참 바라보며 고민을 거듭하더니 이내 결심한 듯 편지를 서통에 고이 접어 넣었다. 볼록해진 자신의 배를 어루만지고는 불을 끄고 침소에 들었다.

## 좌수 영감

다음 날이 밝았다. 예임은 일찍이 일어나 별당 마당에서 구슬땀을 흘리며 오리나무 열매를 끓이고 있었다. 예도는 마루에 앉아 그 모습을 바라봤다. 어제보다 바람은 시원했지만 습한 기운 때문인지 예임의 이마에는 땀이 송골송골 맺혀 있었다. 예도는 그런 예임의 곁에 가 부채질을 해주며 물었다.

"이른 아침부터 뭘 그리 열심히 끓이는 거요?"

"비단을 염색할 물을 끓이고 있다. 훈장님께 받은 당채로 비단에 그림을 그리면 참으로 고울 것 같다는 생각이 문득 들더구나."

"무엇을 그리려 하오?"

"소나무를 그려보고 싶구나. 바탕을 어둡게 하여 소나무 위에서 밝은 빛이 비추는 듯한 모습을 표현하려 한다. 오늘 하루 종일 비단에 물을 입히고 또 입혀야 할 것 같다." 예임이 불 세기를 조절하며 대답했다.

예도는 그림을 누구에게 줄 것인지 묻고 싶었으나 말을 삼켰다. 불 앞에서 땀을 흘리고 있지만 예임의 얼굴은 너무나 밝게 빛나고 있었다. 보글보글 끓고 있는 물을 바라보는 예임의 입꼬리는 미동이 없었지만, 눈은 웃음을 짓고 있는듯했다. 그 모습이 보기 좋아 예도는 한동안 예임의 곁에 앉아 부채질을 해주며 말벗이 되어주었다. 예임은 조반을 들고 다시 마당에서 비단을 물들이는 작업에 열중했다. 그때 성산댁이 별당으로 들어왔다.

"아이고 우리 예임이는 바쁜가 보네. 오늘 하늘을 보아하니 수일 내로 비가 쏟아질 것 같구나. 이틀 뒤면 소평이 기일이라 수용사에 불공을 드리러 가야 하는데 오늘 가는 것이 딱 좋을 거 같아 너거한테 부탁 좀 하려고 왔다."

성산댁과 운남은 얼마 전 소온이의 제사를 지내기 위해 안동에 다녀왔다. 먼 길을 다녀온 터인지 운남은 꽤 오래 피로함이 가시지 않아 바깥 활동을 자제하고 있었고, 성산댁 또한 무릎 통증 때문에 산길을 오르기는 어려운 상황이었다. 하지만 장남 소평이의 기일이 다가오기도 하고, 안동에서 받아온 마포가 한가득 있었기에 수용사에 공양을 올리기로 한 것이다. 성산댁의 부탁을 받은 예도는 즐거운 얼굴로 열중하고 있는 예임을 방해하고 싶지 않았다. 그녀는 세휘가 조만간 수용사에 갈 예정이라는 말을 한 것이 번뜩 떠올랐고, 예임이 대답하기 전 서둘러 성산댁에게 말했다.

"고모님, 언니는 오늘 할 일이 많은듯하오니 저만 갔다 오는 것이 어떨지요? 듣기로 교리 나리께서도 조만간 수용사에 불공을 드리러 갈 예정이라 하셨습니다. 서랑이와 그분의 비복들과 함께 다녀오는 것이 어떻겠습니까? 나리께서는 수용사에 가는 일이 유일한 외출이라 하시며 무척이나 기대하고 계셨습니다."

성산댁은 예도의 의견을 흔쾌히 받아들였다. 그렇게 예임은 집에 남아 비단을 물들이는 일을 계속할 수 있었고, 예도는 짐을 꾸려 세휘와 함께 수용사로 향하게 되었다. 뜻밖에 함께 바깥나들이를 나선 예도와 세휘는 비복들을 의식한 탓인지 평소처럼 허물없는 대화는 나누지 못했다. 고요한 산길의 침묵을 깨는 매미 소리만이 그들의 귓가에 울려 퍼졌다. 한참을 가던 중 멀리서 대여섯 명쯤 되어 보이는 무리가 눈에 들어왔다. 예도와 세휘는 그 무리와 가까이 마주하게 되었는데, 그곳엔 보교에 올라탄 고령 현감 채곤이 있었다. 피곤한 기색으로 담배를 피고 있던 그는 예도를 발견하고 쏜살같이 보교에서 내리더니 무척 반가운 얼굴로 그녀에게 다가왔다.

"이게 누구십니까? 판관댁 조카분이 이리 이른 시간부터 어디를 가시는지요?"

곤은 예도 곁에 서 있는 세휘를 힐끔 쳐다보며 물었다. 그녀가 이른 시간부터 사내와 함께 있는 것을 기이하게 여기는 얼굴이었다. 예도는 세휘를 어떻게 소개할지 몰라 당황스러웠지만 우물쭈물하길 잠시 서둘러 대답했다.

"고모님의 부탁으로 수용사에 공양을 올리러 가는 길입니다." 예도는 주제를 돌려 말을 이어가기 시작했다.

"평안히 잘 지내셨는지요? 그렇지 않아도 전갈을 보낼 참이었습니다. 일전에 영소가 함께 그림을 그리러 가고 싶다는 뜻을 많이 내비쳐서 저희 언니와 이야기를 해보았는데, 연꽃을 그리러 가는 것이 어떻겠냐는 말이 나왔습니다. 아이들이 그리기에 연꽃이 좋기도 하거니와 마침 연꽃이 어여쁘게 피어나기 시작하는 계절이니 말입니다."

"…사찰에 가는 길이시군요. 저는 성주 관아에 다녀오는 길입니다."

곤은 수용사에 간다는 예도의 말을 듣고 그녀 곁에 있는 사내가 누구인지 짐작할 수 있었다. 그렇지 않아도 고령에 부임한 뒤 성산댁에 지내고 있는 유배객의 이야기가 많이 들려와서이다. 유배객인 세휘가 외출하는 것이 탐탁지 않았지만, 공양을 올리러 가는 것을 막는 행동은 자신의 마음 씀씀이가 좁다는 것을 방증하는 것 같아 언짢은 기분을 티 낼 수 없었다. 그도 그럴 것이 그는 덕이 높은 집안 출신이고, 그런 이에게 어느 정도의 편의를 봐주는 것은 관례처럼 통했기 때문이다. 그렇다 한들 예도가 가족이 아닌 사내와 이른 시간에 함께 있는 것이 좋게 보이지 않았다. 짧은 순간 여러 생각을 거듭하던 그는 예도에게 친절하게 웃으며 말했다.

"이거 저희 영소가 너무 무리한 부탁을 드린 것은 아닌지 심히 송구스러운 마음입니다. 그럼에도 어린아이에게 마음을 너그러이 쓰시어 그리 해주신다면야 참으로 감사할 따름이지요. 서둘러 영소에게 이 소식을 알려주고 싶습니다."

그들은 영소에 대한 이야기를 짧게 나눈 뒤 헤어졌다. 곤은 끝까지 세휘에게 아는 체를 하지 않았다. 아무리 한양에서 알아주는 집안의 자제라 하여도 현재 자신의 울타리에서 유배객의 신세로 있는 자가 새로 부임한 수령에게 먼저 서신을 보낸다든가, 직접 만났을 때 인사를 건넨다든가 하는 일말의 존중을 보이지 않는 점이 괘씸하게 느껴졌다.

다시 길을 가던 예도 또한 이 점이 의아했다. 보통의 사대부들은 면식이 없더라도 서로 이름을 주고받으며 인사를 나눌 것인데, 세휘와 곤 두 사내 모두 서로 눈을 마주치지 않기 위해 신경을 곤두세우는 것처럼 보였기 때문이다. 예도는 자신이 중간에서 역할을 잘못한 것은 아닌지 걱정되어 세휘에게 조심스럽게 물었다.

"혹시 현감 나리와 안면이 있으신지요?"

"아니요, 처음 뵈었습니다." 세휘가 말했다.

"허면 두 분은 왜 말씀을 전혀 나누지 않으셨는지요? 혹시 제 처신이 잘못된 것은 아닌지 우려스럽습니다."

"절대 그런 것은 아닙니다. 그저 인사를 나눌만한 상황이 아니라고 판단이 되었습니다." 세휘가 머뭇거리며 말을 이어갔다.

"낭자와 제가 나란히 걸어가는 이 모습을 설명하기 조금은 난감하니 말입니다. 나중에 기회가 되면 정중하게 인사를 드리지요."

세휘의 머릿속엔 여러 생각들이 교차했다. 예도에게 일렀듯이 두 젊은 남녀가 함께 걸어가는 것을 적당히 둘러대기도 난감했으며, 그들이 서로 친숙한 것처럼 대화하는 모습을 보고는 곤에 대한 경계심이 일어나는 것 같았다. 가던 길을 멈추고 보교에서 급히 내릴 만큼 예도에게 적극적으로 다가가는 그의 태도와 자신과 예도를 유심히 살피는 눈빛에서 오묘한 긴장감을 느낀 것이다. 어차피 소리 소문 없이 귀양 생활을 보내고 가려고 마음먹은 그였기에 새로 발령 난 현감과 사적인 교류를 이어나갈 필요성을 느끼지 못한 탓도 있었다.

두 사람은 각자 생각에 잠긴 얼굴로 한동안 아무런 말 없이 걸었다.

어느새 수용사에 도착한 그들을 예흔은 어김없이 반갑게 맞아주었는데, 짧은 찰나였지만 예도는 반기며 웃는 예흔의 얼굴에 근심이 서려 있다는 것을 알아차렸다. 예도는 세휘에게 양해를 구한 뒤, 예흔과 단둘이서 대화하기 위해 암자로 향했다.

"언니의 얼굴에 근심이 가득하오. 무슨 일이라도 있는 것이오?" 예도가 걱정스러운 표정으로 물었다.

"그런 거 없다. 걱정하지 말거라." 예흔이 애써 웃어 보이며 대답했다.

"내 아무리 언니와 떨어져 지낸다 한들 언니의 하나뿐인 동생 아니겠소. 내 눈은 못 속입니다. 나에게는 편히 말해주시오. 안 그럼 내 마음이 편치 않아 언니를 어찌 혼자 두고 가겠소."

예도는 모든 것을 다 안다는 얼굴로 예흔을 추궁했다. 예흔은 고민하다가 동생을 못 말리겠다는 듯 짧은 숨을 내뱉고 어렵게 사정을 털어놓았다.

"…별일은 아니다. 요즘 들어 현풍 좌수께서 수용사에 불공을 드리기 위해 자주 방문하신다. 지금 만들고 있는 석탑 또한 그분이 공양탑을 짓는다는 명분 아래 지시한 것이다. 그런데 우리 보살님들 중 출가 전 현풍 기생방에 계셨던 보령 스님이 이르시길 좌수 영감께서는 평소 여인들이 출가하는 것을 매우 불온하게 여기셨다고 한다. 특히 혼인을 하지 않은 여인들이 승려가 되는 것을 말이다. 그런 분이 여승들이 대부분인 우리 수용사에 값비싼 물건들을 시주하고, 자주 찾아오는 것이 이해되지 않는다."

예흔은 예도의 걱정을 덜기 위해 최대한 아무렇지 않은 것처럼 이야기했지만, 사실은 그녀는 좌수 영감으로 인해 큰 근심을 안고 있었다.

그는 수용사에 올 때면 항상 예흔을 먼저 찾았다. 그녀에게 자신의 집안이 얼마나 대단한지, 시주하는 데 쓴 돈이 얼마인지, 자신을 치켜세우는 말을 줄줄이 늘어놓기 일쑤였다. 예흔은 불공을 올리러 온 그에게 오지 말라고 할 수도 없는 노릇이니 그저 조용히 들어주는 수밖에 없었다. 그런데 이러한 일이 일어나는 빈도가 늘어나면서 무언가가 잘못되어 간다는 예감이 들기 시작했다. 하지만 모든 사실을 이야기하면 예도를 비롯한 다른 가족들에게 걱정을 끼칠 것이 분명하기에 일부분만 털어놓은 것이다.

"에이, 괜한 염려 마시오. 현풍이면 이곳과 매우 가깝지 않소? 그러니 가까운 사찰에 공덕에 빌러 오는 것이 아닐까 하오. 내 경험한 바로는 불심이 깊은 사내들 중 악한 사람은 없었소. 사찰에 드나드는 양반을 흉보는 세상인데, 그러한 시선에 아랑곳하지 않는 것을 보면 분명 불심이 깊은 분일 것이오. 악하고 불온한 마음을 품고서 어찌 부처님을 뵈러 오겠소?"

예도는 예흔의 이야기를 듣고 가장 먼저 머릿속에 세휘가 떠올랐다. 불심이 깊은 세휘를 생각하면 큰 걱정거리가 아닐 것이라 여겨졌다. 부처님을 섬기는 사람이 나쁜 의도로 사찰을 드나들지 않을 것이라고 확신한 것이다. 예흔은 불안한 마음이 가시지 않았지만, 안심한 예도에게 더 이상의 말은 삼가기로 마음먹었다.

예도는 안도하며 성산댁 내외를 대신하여 사촌 오라버니인 소평을 위한 공덕을 빌었다. 그녀는 할 일을 끝내고 예흔과 시간을 더 보내고 싶었으나 갑자기 날씨가 흐려지기 시작했다.

"고모님이 오늘은 비가 오지 않을 것이라 말씀하셨는데…." 예도가 아쉬운 얼굴로 말했다.

"계절은 알아도 오늘 날씨는 모르는 것이다. 구름이 산중턱까지 낮게 내려앉은 것을 보아 곧 비가 내릴듯하다." 예흔이 말했다.

예도와 세휘는 예흔의 배웅을 받으며 서둘러 수용사를 빠져나왔다. 일행은 발걸음을 재촉하며 길을 나섰지만, 그들의 바람과 달리 날씨가 흐려지다가 돌연 큰 비가 쏟아지기 시작했다.

"지나가는 소나기 같습니다." 세휘가 말했다.

세휘와 팔생은 일행이 비를 피할만한 장소를 찾아보았다. 마침 멀지 않은 곳에 키가 큰 나무들이 울창하게 자리 잡은 작은 숲이 있었는데, 빽빽한 나뭇잎들 덕분인지 꽤나 무겁게 내리는 비도 이 공간은 뚫지 못했다. 일행은 재빨리 그곳에 몸을 숨겼고, 비가 잦아들기를 기다렸다. 예도와 세휘는 비가 그칠 동안 아침부터 짐을 이느라 고생한 비복들에게 휴식을 취하라 일렀고 비복들은 그들과 떨어져 각자의 휴식 시간을 가졌다.

 예도는 세휘와 둘만 남겨졌을 때 조심스레 오늘 예흔에게 들었던 이야기를 털어놓았다. 예흔의 사정을 들은 세휘가 걱정스러운 얼굴로 말했다.

 "그 좌수라는 자의 의도가 무엇인지 모르겠습니다. 가볍게 여기기에는 조금은 꺼림칙하다는 생각이 들기도 합니다. 혹시 보선 스님께서 다른 말씀은 없으셨습니까? 가령 그자가 보선 스님께 유난스럽게 구는 일은 없으셨답니까?"

 "언니가 그런 말은 하지 않았습니다. 그러니 큰 걱정은 하지 않아도 되겠지요?" 예도가 말을 덧붙였다.

 "공처럼 불심이 깊으신 거겠지요. 공을 알면 알수록 좋은 분이란 걸 느꼈듯이 그분께서도 선한 마음을 가지셨을 거라고 생각됩니다."

 세휘는 자신을 좋게 봐주는 예도에게 더 이상 좌수를 의심하는 말을 이어가기 멋쩍은 마음이 들었다. 그는 쑥스러운 얼굴로 다른 대화를 이어갔다.

 "자매 사이가 매우 돈독하여 보기가 좋습니다. 그나저나 오늘은 왜 혼자 오셨습니까? 별당 부인께서는 평안하시지요?"

 "예임 언니는 새로 시작하는 그림 때문에 바빠 오지 못했습니다. 이번에는 소나무를 그려볼 참이라고 하였는데, 언니가 그린 소나무는 여태껏 본 적이 없어 무척이나 기대됩니다. 공께서도 궁금하시지요? 저는 언니처럼 그림 그리는 재주는 없지만 언니의 그림을 보는 일은 참으로 즐겁습니다." 예도가 들뜬 얼굴로 말했다.

"네, 저도 어떤 작품이 나올지 기대가 됩니다. 부인께서는 자신을 이처럼 아껴주는 동생이 있어 참 든든하겠습니다." 세휘가 웃으며 말했다.

"언니 또한 저를 몹시 아껴줍니다. 때로는 그 마음이 너무 커 제게 잔소리하곤 하지만요. 공께는 전에 말씀하신 형님 한 분만 계신 겁니까?"

"형님 한 분과 일찍이 시집가신 손위 누이가 둘 계십니다. 누님들은 뵈온 지 참 오래되었고, 형님과는 한집에 살고 있어 문안 인사는 매일 올리나 서로 잘 어울리진 않습니다. 그래서인지 우애가 깊은 낭자를 보면 부러운 생각이 듭니다."

"지난번에 말씀하신 생각의 차이 때문입니까?"

"생각의 차이도 있지만, 제가 형님께 마음을 열지 못했습니다." 세휘가 무거운 미소를 지으며 말했다.

예도는 고개를 끄덕이며 더 이상 묻지 않았다. 그녀는 한순간 드리운 무거운 기운이 어색하여 비가 그치기를 기다렸지만, 예상과 달리 소나기는 오랫동안 지속되었다. 멀뚱히 허공을 바라보던 예도는 못 참겠다는 듯 침묵을 깼다.

"…전부터 궁금하였는데 공께서는 혼인에 뜻을 두지 않고 계십니까…?"

"혼인이라…." 세휘는 대답을 망설였다.

"낭자의 사정을 먼저 여쭈어도 되겠습니까? 지금이 딱 혼령이 적

기인 때인데 아무런 이야기가 오고 가지 않는 것이 의아했습니다."

"제 나이 스물이니 혼기가 지난 것과 다름없지요. 지금까지는 돌아가신 아버님의 상을 치르느라 그 걱정은 미루어 두었으나 이제는 어머님과 오라버니께서 재촉하시기 시작했습니다. 공께는 저의 솔직한 심정을 말해도 되겠습니까?" 세휘는 고개를 끄덕였고, 예도는 말을 이어갔다.

"저는 혼인할 마음이 없습니다. 지금이 가장 좋습니다. 언니들과 함께할 수 있는 이 순간들이 제겐 너무 소중합니다. 공께서도 그러셨지요? 시집간 누님들을 만나기 쉽지 않다고 말입니다. 여인들은 시집을 가는 순간 그 집안 사람이 되는 것이니 평생을 함께한 친정 식구들을 만나는 것은 연례행사가 되고, 새로운 규율에 맞춰 살아가야 합니다. 가능하다면 저는 그리되고 싶지 않습니다. 여인의 도리를 하지 않겠다는 불온한 마음이 아닐 수 없지만 제 마음은 그렇습니다. 허나 어머니가 계신 한양에 가는 순간 제 바람은 산산조각이 나겠지요. 어머니와 오라버니의 성화를 못 이길 것이 분명하니 말입니다. 그래서 곧 오라버니가 저를 한양으로 불러들이실 날이 올 것 같아 불안합니다."

"낭자의 생각을 불온하게 여기지 않습니다. 혼인은 인생에 가장 중대한 일이니 자기 뜻에 따르는 것은 당연합니다. 만약 그렇지 못할 경우, 스스로 행복하지 않을 가능성이 클 것인데 그것을 누가 책임져 주겠습니까? 그렇기에 낭자가 가족이 있는 한양에 가고 싶지 않은 그 마음을 백번 이해합니다. 나의 행복을 빌어주어야 할 이들이 내 결심을 억지로 꺾는 일은 모순된 것이니 말입니다."

그는 예도의 혼인을 하지 않겠다는 강한 의지에 조금 놀랐지만, 그녀의 생각을 진심으로 존중하고 받아들였다. 언제고 호기심 가득한 얼굴을 한, 한마디로 정의 내릴 수 없을 만큼 다채로운 면을 지닌 예도에겐 혼인이 자신을 가두는 틀로 인식되기에 충분했다. 특히 언니들의 선례를 통해 혼인을 거부하는 마음이 더욱 커졌으리라 짐작할 수 있었다.

"저의 속풀이를 들어주셔서 감사합니다. 이리 제 뜻을 알아주시니 어찌나 위안이 되는지요."

예도는 이제 세휘의 차례인 양 그의 입을 빤히 바라봤다. 세휘가 난감하게 웃으며 말했다.

"그거, 참 이상합니다. 낭자께는 안 해도 될 이야기를 술술 풀어놓게 되니 말입니다."

"…마음 쓰지 마세요. 저는 왜 이리 궁금한 것이 많은지 모르겠습니다. 매번 곤란하시지요?" 예도가 손을 획획 내저으며 말했다.

"아닙니다. 낭자와의 대화는 늘 큰 즐거움으로 다가옵니다. 별 이야기는 아니니 심심풀이로 들어주십시오." 세휘는 생각을 정리하듯 잠시 멈칫하곤 말을 이어갔다.

"혼인 이야기를 하려면 저희 형님 이야기가 빠질 수 없습니다. 실은 저는 열여섯에 혼인할 뻔하였는데, 물론 제 의지는 아니었고, 형님의 강요가 있었습니다. 저는 어릴 적부터 어머님과의 관계가 매우 돈독하였습니다. 헌데 형님께서 혼인을 종용하셨을 때 어머님의 건강이 매우 쇠퇴하신 상태였고, 그래서 저는 혼례를 올리지 않겠다 강하게 밀어붙였지요. 당시 강릉의 지체 있는 집안에 장가를 가서 장인 되실 분께 유학을 배우고 대과에 합격하라는 명이 있었기에 더더욱 떠나기 싫었습니다. 아직도 모르겠습니다. 형님께서는 저의 장래를 위한 일이라고 하셨지만, 저는 과거 시험보다 어머님의 곁을 지키는 것이 더욱 중요했습니다. 결국 형님의 뜻을 거스르지 못하고 혼례 날이 다가왔습니다. 당일이 되었는데 어찌 된 일인지 신부 될 사람이 보이지 않았습니다. 신부 측 사람들은 매우 당황한 기색이고 말입니다. 알고 보니 신부 될 사람이 이미 정혼한 사내가 있었던 것입니다. 가족들도 그 사실을 알았지만, 그 여인도 저처럼 혼인을 종용당한 것이지요. 혼례 날 새벽 신부가 정혼자와 달아나 혼례 자체가 없었던 일이 되었습니다. 제 꼴이 말이 아니었지요. 그렇게 혼인이 취소된 탓에 어머님 곁을 지킬 수 있게 되었지만, 모든 이들이 저를 불쌍히 여기는 상황에 놓였지요. 결국 그 화살이 형님께 향하여 관계를 회복하지 못하고 이리 남보다도 못한 사이가 된 것입니다. 지금 생각하면 잘된 일이 아닐 수 없지만 어린 나이에 마음에 큰 상처가 되긴 하였습니다." 세휘는 아무런 표정 없이 자신의 이야기를 들려줬다.

"모두 거짓 소문이었군요." 예도가 혼잣말하듯 말했다.

"네?" 세휘가 되물었다.

"사실, 공께서 혼례를 치를 뻔했다는 이야기를 들었습니다. 헌데 수군거리던 그 소문 중에 맞는 것이 하나도 없는 것이 참으로 당황스럽습니다. 어찌 그럴 수 있지요?"

"소문이라는 것이 다 그런 것이지요. 사람들은 대부분 자기가 듣고 싶은 것만 들으려 합니다. 진실은 진실된 눈으로 세상을 바라보는 자에게만 보이는 것이 아니겠습니까?" 세휘가 미소를 지으며 말했다.

"이때까지 저는 참으로 어리석었다는 생각이 듭니다. 제멋대로 생각하고 함부로 판단했던 저의 과오를 뉘우치게 됩니다. 열여섯이면 지금의 저보다도 더 어렸을 때인데, 그런 큰일을 겪으셨으니…. 잘 이겨내시어 과거에 합격하신 공께 존경스러운 마음이 듭니다. 공께서 제게 해주신 말씀도 이제 이해가 됩니다. 혼인에 있어 당사자의 마음이 가장 중요하다는 것이요." 예도가 진지한 표정으로 말했다.

"너무 심각하게 받아들이실 필요 없습니다. 그 일은 잊은 지 오래되었으니 말입니다." 세휘가 웃으며 말을 이어갔다.

"그저 형님과 제게 그러한 역사가 있었다는 것을 말하고 싶었습니다. 형님께서도 다 계획이 있으셨겠지만, 어찌 된 일인지 형님과 제가 다시 가까워질 기회가 오지 않는 것 같군요. 조정 일에 있어서도 의견이 맞지 않으니, 제가 실로 속이 좁고 철없는 아우가 아닐 수 없습니다. 허나 혼인에 관한 제 생각은 확고합니다. 자기 뜻이 가장 중요하다는 점 말입니다. 그러니 낭자의 뜻을 끝까지 관철하시는 그 길을 성원하겠습니다."

"저를 이리 격려해 주셔서 참으로 감사합니다. 공의 말씀을 잘 새겨듣겠습니다. 그러나 형님과의 일은 너무 자책하지 마십시오.

충분히 실망하고 원망할 수 있는 큰 피해를 입으셨으니 말이에요. 언젠가는 마음이 통할 날이 올 것이라 믿습니다. 다 하늘의 뜻이 있는 것이겠지요. 그 여인과는 연이 아니었던 것이고, 또 그러한 일을 겪으며 마음이 더 단단해지셨을 겁니다."

 세휘는 예도가 자신의 마음을 대변하듯 말해주는 것이 고마웠다. 사실 이제껏 스무 살 위인 형 세열을 중심으로 모든 일이 돌아가는 집안에서 자라왔기에 어떤 일이든 세열의 뜻을 따라야 했고, 다른 식구들조차 세휘가 모든 것을 감내하기를 기대했기 때문이다. 어쩌다 보니 예도는 세휘에게 자신의 솔직한 심정을 모두 이야기하고, 세휘 역시 예도에게 자신의 사정을 다 털어놓게 되었지만 두 사람은 부끄러운 마음보다는 자기 입장을 헤아려 주는 상대방이 한층 더 가깝게 느껴졌다. 적어도 이 순간만큼은 서로에게 그 누구보다 가까운 벗이 된 기분이었다. 대화가 끝나갈 무렵 세차게 내리던 빗줄기가 어느덧 잦아들었다.

 다시 떠날 준비를 하는 와중 예도는 서랑의 상태가 좋지 않다는 것을 느꼈다. 지난밤부터 몸이 좋지 않았던 서랑이 비를 맞아서인지 입술이 파래지고 몸은 부들부들 떨리고 있었다. 예도는 걸치고 있던 장옷을 벗어 서랑에게 주려고 했는데, 세휘는 그런 예도의 행동을 제지하고 자기 도포를 벗어 서랑에게 건넸다.

 "아닙니다, 나리. 제가 어찌 감히 나리의 도포를…" 서랑이 깜짝 놀라며 말했다.

 "그러실 필요 없습니다. 제 장옷을 주면 되는걸요." 예도가 손에 장옷을 쥔 채 말했다.

"소나기가 내린 터라 바람이 찹니다. 보십시오. 저는 두루마기까지 입고 있으니 서랑이가 제 도포를 걸치는 것이 맞지 않겠습니까?" 세휘가 말했다.

세휘는 도포 안에 얇은 모시 두루마기를 입고 있었지만, 모시 특성상 속이 살짝 비치는 탓에 예도와 서랑의 얼굴엔 미안한 기색이 역력했다. 예도는 그 순간 장옷을 벗은 자기 모습을 확인했다. 하필 얇고 색이 연한 명주 저고리를 입어서인지 더욱 옷차림이 가볍고 추워 보였다. 예도는 어쩔 도리 없이 여전히 오들오들 떨고 있는 서랑에게 세휘의 도포를 걸칠 것을 강력하게 권했다. 서랑은 떨리는 손으로 도포를 건네받아 걸쳤고, 한결 차가운 기운이 가셨는지 창백한 얼굴이 서서히 혈색을 찾아갔다.

예도는 집으로 향하는 길 세휘에게 계속해서 눈길이 갔다. 자신이 아끼는 서랑이긴 하지만 여종인 그녀에게 이렇게 선의를 베풀 수 있는 사내는 흔치 않을 것이라 생각했다. 세휘에게선 자기 행동에 대한 한 치의 부끄러움이나 혹은 수고로움을 생색내는 태도를 전혀 찾아볼 수 없었다.

별당으로 돌아온 예도 곁에서 옷가지를 정리하던 서랑이 히죽 웃으며 말했다.

"아가씨, 교리 나리께서는 참으로 좋은 분이신 것 같습니다. 이제껏 나리처럼 허물없이 저를 대하셨던 분은 없었습니다." 말을 마친 서랑은 당황한 얼굴로 다시 말을 이어갔다.

"…물론 아가씨를 제외하고 말입니다. 당연히 아가씨는 저를 잘 대해주시지만 오늘처럼 저를 귀천 없이 대해주셨던 나리는 없었어요. 아가씨가 교리 나리 같은 분과 정답게 지내시니 정말 기쁩니다."

"그래, 네 말대로 참으로 인자한 분인 것 같구나."

예도는 세휘를 알면 알수록 그가 더욱 좋은 사람이라는 것을 깨달았지만, 오늘은 그 사실이 어쩐지 마음을 불편하게 만드는 것처럼 느껴졌다.

"참으로 좋은 분이나, 곧 이곳을 떠나시겠지…."

예도는 혼잣말로 속삭였지만 서랑은 예도의 아쉬운 마음을 알아차렸다. 서랑은 괜한 말을 꺼낸 것 같아 괜히 이것저것 챙기며 더 분주하게 움직였다.

"아가씨, 나리의 도포를 빨아오겠습니다. 그냥 돌려드릴 수는 없으니 말입니다."

"아니다, 몸도 좋지 않으면서 또 일을 하려 하느냐. 도포는 이리 두고 방에 가서 쉬거라."

서랑이 방을 나가자, 예도는 세휘의 도포를 두 손에 쥐고 물끄러미 바라봤다. 그녀는 그와 가까워지는 시점부터 조금씩 불안한 마음이 싹트는 것을 느꼈다. 그와 어찌 해보겠다는 심산은 아니었지만, 서로 마음을 터놓을 만큼 친밀감을 쌓아가는 것이 훗날 자신에게 득이 될 것 같지 않았다. 기약은 없지만 언젠가는 한양으로 돌아갈 사람이기에 그와 멀리할 필요가 있다는 생각마저 들었다. 차라리 그를 알기 전 가졌던 생각처럼 그가 오만방자한 인물이었다면 오든, 떠나든 아무 걱정 없었을 것이다. 예도는 더 이상 마음 쓰기 싫은 듯 자리에 누워 이불을 덮어썼다.

# 영소

　예도는 낡은 경대 앞에 앉아 머리를 손질하고 예임은 종이와 붓을 분주하게 챙기고 있었다. 일전에 고령 현감 채곤과 약속한 대로 영소를 데리고 연못에 가기 위해서이다. 예도는 수용사에 다녀온 바로 다음 날 곤에게 날이 개는 대로 관아 근처 연못에서 영소와 시간을 보내겠다는 전갈을 보냈다. 이후 장마는 아니었지만 나흘간 비가 오고 그치기를 반복했고 중복을 하루 앞둔 오늘 맑은 하늘을 볼 수 있었다.

　오전 일찍 곤은 오늘이 좋을 것 같다는 전갈을 보내왔다. 성산댁에서는 초복이나 중복에 팥죽을 먹는 가풍이 있었는데 올해 초복에는 닭백숙을 해 먹은 까닭에 중복에는 팥죽을 먹기 위해 전날부터 팥을 손질하고 새알을 빚느라 수선스러웠다. 예임과 예도는 일을 거들기 위해 약속을 미루려 했지만 성산댁은 도움을 사양했다.

"아이고, 너거들 없어도 금방 하니까 걱정말거라. 어린아가 얼마나 이날을 기다려 왔겠노. 그러니 현감께서 이른 아침부터 전갈을 보내오셨겠지. 걱정말고 즐거운 시간 보내고 오거라."

예임과 예도는 성산댁에게 미안한 마음에 조금은 무거운 발걸음으로 집을 나섰다. 며칠간 내린 비 덕분에 선선해진 날씨를 기대했지만, 예상과 달리 오전 시간임에도 뜨거운 햇볕에 온몸이 녹아내릴 것처럼 더웠다. 관아까지는 십 리는 걸어가야 했기에 이마에 송골송골 맺히던 땀이 다 도착하여서는 옷을 적실 정도였다. 예임과 예도는 관아에 들어가기 전 그늘에서 연신 부채질하며 땀을 식히려 애썼다.

그들이 도착하자 곤과 영소는 매우 반갑게 그들을 맞아주었다. 예임과 예도는 영소만 데리고 나설 생각이었지만, 곤은 마침 시간이 비었다며 그들과 함께 걸어갔다. 그들이 향한 연못은 관아 근처에 위치한 우륵지로, 관아와 읍내 장과 매우 가까워 항상 사람들이 붐비는 곳이지만 오늘은 사람들이 중복 음식 마련으로 바쁜 탓인지 한적한 편이었다. 연못에 자리한 정자에 다다른 그들은 짐을 풀어 그림 그릴 준비를 마쳤다.

정자에서는 활짝 핀 연꽃을 한눈에 볼 수 있어 연꽃을 그리기에 제격이었다. 영소는 들뜬 얼굴을 하고 예임 곁에 나란히 앉아 종이를 펼쳤다. 예임과 예도는 여러 날에 걸쳐 많은 양의 종이를 연꽃을 그리기 알맞도록 색을 입혀놓았는데, 즐거운 표정의 영소를 보니 그들의 수고가 보람차게 느껴졌다. 예임과 영소는 그림에 열중했고 벼울과 서랑은 그들 곁에서 손을 거들었다. 예임과 영소의 뒷모습을 흐뭇하게 지켜보고 있던 예도의 눈에 영소의 머리가 들어왔다. 머리카락은 반듯하게 손질되어 있었지만, 흔한 댕기조차 하지 않은 뒷모습이 허전하게 느껴졌다.

"나리, 영소의 머리는 누가 손질해 주었습니까?" 예도가 곁에 앉은 곤에게 물었다.

"관비인 송이라는 아이가 하였습니다. 영소보다 겨우 세 살 많은 아이라 영소에게 좋은 벗이 되어주곤 합니다. 헌데 딸아이 머리에 무슨 문제라도 있습니까?"

"문제라니요. 머리를 참으로 곱게 잘 빗었습니다. 댕기가 없는 것이 조금 허전한 듯하여 다음에 볼 때 어여쁜 댕기를 하나 선물해야겠다고 생각했습니다."

"미처 그런 것까진 신경을 써주지 못했습니다. 송이도 어린아이다 보니 머리 장식은 소홀하였던 것 같습니다." 곤이 걱정스러운 목소리로 말했다.

"제가 괜한 신경을 쓰시게 하였습니다. 저도 치레를 즐기는 편은 아니나 영소가 워낙 어여쁜 아이니 챙겨주고 싶었나 봅니다. 마음 쓰지 마십시오."

예도는 별생각 없이 꺼낸 말에 난처한 반응을 보이는 곤에게 미안한 마음이 들어 어찌할 바를 몰랐다.

"아닙니다. 낭자 덕분에 제가 미처 몰랐던 부분을 알게 되었습니다." 곤은 잠시 뜸 들이다가 다시 말을 이어갔다.

"그렇다면 이리하면 어떻겠습니까? 지금 화공 선생님들께서는 그림에 열중하고 계시니 저와 함께 읍내 장에 함께 가주시지 않겠습니까? 이왕 말이 나온 김에 영소에게 꾸밈에 필요한 장신구들을 마련해 주고 싶습니다. 저 혼자서는 영 자신 없으니, 낭자께서 도와주시면 고맙겠습니다."

곤의 제안은 다소 뜬금없었지만, 예도는 그의 부탁을 흔쾌히 수락했다.

읍내 장은 관아 바로 밖에 위치해 있어 금방 도착할 수 있었다. 중복을 앞두고 많은 인파로 가득한 장에 예도와 곤이 들어서자 사람들의 시선이 쏠렸다. 모두 새로 부임한 곤의 곁에 선 예도를 궁금해하는 눈치였다. 예도는 사람들의 관심이 조금 신경 쓰이긴 했지만, 이내 영소에게 어울리는 머리 장식을 찾기 위해 두리번거리며 장을 돌아다녔다. 곤은 그녀 뒤에 서서 그 모습을 흐뭇하게 지켜보았다.

한편, 그들의 모습을 놀란 눈으로 바라보는 이들이 있었는데 바로 세휘의 사내종인 복만과 그의 아내인 둘레였다. 세휘의 또 다른 사내종인 팔생이 성산댁의 일을 거들며 이리저리 다니는 것과 달리 복만과 둘레는 대부분의 시간을 세휘가 지내는 작은 사랑채에서 그의 시중을 들곤 했다. 오늘은 평소와 달리 복날에 세휘가 즐겨 먹는 임자수탕을 만들기 위해 재료를 사러 장에 들른 것이었는데 때마침 곤과 함께 있는 예도를 발견한 것이다. 그들은 작은 사랑채를 드나드는 예도를 자주 목격했기에 그녀가 다른 사내와 단

둘이서 장을 돌아다니는 모습을 보고 많이 놀란 눈치였다.

예도는 꽃 자수로 장식된 배씨와 여러 색상의 댕기를 골랐고, 곤은 예도의 선택에 매우 흡족한 얼굴로 선뜻 값을 치르기 위해 도포를 젖혔다. 그의 허리춤에는 금박으로 장식된 주머니와 상아와 비단실로 꾸며진 호패 끈이 화려하게 치장되어 있었는데 이는 그의 낡은 도포와는 다소 상반되는 모습이었다. 예도는 순간 의외인 듯 놀랐지만 이내 건너편 상인들이 크게 다투는 소리에 정신이 쏠렸다. 싸움 소리가 잦아들기 시작하자 예도는 곤에게 다시 눈을 돌렸는데 마침 그는 미소를 지으며 그녀에게 다가오고 있었다. 그의 손에는 칠보와 비단실로 장식된 조그만 노리개가 들려져 있었다.

"참으로 고운 노리개입니다. 허나 영소가 노리개를 차기에는 아직 이르지 않겠습니까?" 예도가 물었다.

"영소 것이 아닙니다. 오늘 저와 장에 함께 와주신 것이 감사하여 약소한 답례를 하려 하였습니다." 곤이 노리개를 예도에게 건네며 말했다.

"아닙니다…! 제가 무엇을 하였다고 이리 큰 선물을 받을 수 있겠습니까? 영소에게 선물하시면 나중에라도 쓸 수 있을 것입니다."

예도는 그의 선의가 부담스러워 거절하려 했지만, 그의 간곡함에 하는 수 없이 노리개를 받아들였다. 그가 고른 노리개는 크지 않았지만, 은색과 청색이 조화롭게 어우러져 있어 무더운 여름에 사용하기 제격이었다.

"낭자를 몇 번 뵙지는 못했지만, 만날 때마다 지금 하고 계신 황색 수술 노리개를 하고 계셨습니다. 날이 더우니 수술이 없는 노리개도 잘 어울리실 것 같아 하나 골라봤습니다. 마음에 드십니까?" 곤이 말했다.

"참으로 곱습니다. 나리께서는 높은 안목과 눈썰미를 지니고 계신 듯하옵니다."

예도는 곤이 자신과 마주쳤던 짧은 순간에 자신의 노리개를 놓치지 않고 봤다는 사실이 놀라웠다. 그는 갓이 넓지 않은 흑립을 쓰고 낡은 도포를 입고 있었기에 이러한 치례에는 전혀 관심이 없는 것처럼 보였기 때문이다. 도포 안에서 화려하게 빛나던 장신구들과 예도에게 선물해 준 칠보 노리개는 그에게서 발견할 수 있는 가장 의외의 모습이었다. 예도는 감사한 마음이 드는 동시에 아직 잘 알지 못하는 사내에게 노리개를 선물받았다는 사실 때문에 겸연쩍은 마음이 들었다.

그들이 장에 다녀올 동안 영소는 밑그림을 거의 완성했는데, 그림에 조예가 깊지 않은 예도가 보기에도 그림 솜씨가 매우 뛰어났다. 가늘고 일정한 선으로 표현한 연꽃과 이파리는 마치 생명력을 지닌 듯 사실적이었다.

"이 고사리 같은 손으로 이리 훌륭한 그림을 그렸다는 것이 참으로 놀랍구나. 벌레가 이파리를 파먹은 부분까지 세밀하게 잘 표현하였다." 예도가 말했다.

"채색하고 꽃과 이파리의 결을 더 표현해 주면 실로 감탄할 만한 작품이 탄생할 것 같습니다." 예임이 곤을 향해 말했다.

곤은 영소의 그림을 보고 몹시 만족스러운 얼굴을 하고 영소의 머리를 쓰다듬어 주었다.

"저의 스승님께서 많이 도와주셨습니다." 영소가 뿌듯한 웃음을 지으며 말했다.

곤은 손에 들고 있던 장에서 사 온 선물을 영소에게 건네주었고, 영소는 연신 감탄사를 내뿜으며 기뻐했다. 곤이 예도가 고심 끝에 고른 것이라는 점을 강조하자 영소는 예도의 손을 잡고 고마움을 표현했다.

"참으로 어여쁩니다. 언니들을 만나고 참으로 즐거운 일들만 생기는 것 같습니다." 영소는 예임과 예도를 번갈아 보며 말을 이어갔다.

"훌륭한 스승님과 한없이 친절한 언니를 오래도록 보고 싶습니다."

그림에 오랜 시간 집중하여 허기진 영소가 집에서 가져온 간식을 먹는 동안 예도는 영소의 머리를 다시 빗어 새 댕기를 매어주었다. 영소는 다리까지 흔들며 즐거운 마음을 숨기지 못했는데 아무도 그런 영소를 나무라지 않고 귀엽게 바라봤다. 오후가 되어 그들은 점심을 들기 위해 각자 집으로 흩어졌다. 예도는 집에 가는 길 선물 받은 노리개를 예임에게 들킬 것이 염려되어 괜히 조바심이 났다. 죄를 지은 것은 아니지만 사내가 건네는 노리개를 넙죽 받아든 자신을 예임이 나무랄 것이 당연했기 때문이다. 그녀는 집에 도착하여 노리개를 문갑 깊숙이 숨겨두었다.

저녁 식사를 끝내고 예임은 새로운 황모붓을 길들이고 있었다.

오늘 읍내 장에는 중국에서 들여온 붓을 파는 장꾼이 있었는데 예도가 붓이 진열된 곳에서 눈을 떼지 못하자 곤은 그녀에게 천천히 구경할 시간을 주었다. 예도는 예임의 하나뿐인 황모붓이 많이 닳은 것을 떠올리며 황모 세필붓을 하나 골랐다. 그리고 그녀는 머뭇거리며 같은 붓을 하나 더 집었는데 옆에서 지켜보던 곤에게는 예임에게 줄 붓이라고 둘러댔지만, 사실 그녀는 그것을 세휘에게 선물할 생각이었다. 그는 며칠 전 지나가며 괜찮은 세필붓을 찾기 어려운 탓에 한양에 계신 형수님께 붓을 보내달라는 부탁을 드렸다고 말했다. 예도는 그 말을 기억하고 붓을 하나 더 구입한 것이다. 좋은 품질의 붓을 두 자루나 사니 족히 댓 냥은 써야 했지만, 예도는 성산댁에 온 이후로 크게 돈이 나갈 일이 없었기에 고민 없이 값을 치를 수 있었다.

예임은 예도가 사 온 붓이 무척이나 마음에 드는 모양인지 붓 길들이는 것을 서둘러 마치고 새 붓으로 그림을 그리기 시작했다. 그런 그녀의 모습을 만족스러운 얼굴로 지켜보던 예도는 예임이 집중한 틈을 타 방을 나왔다.

그녀는 자신의 방에서 세휘에게 줄 붓을 챙겨 작은 사랑채로 향했다. 작은 사랑채는 세휘의 방에만 불이 켜진 채 고요했다. 예도는 안심하고 툇마루에 앉아 작은 목소리로 세휘를 불렀다. 방 안에서 기척이 들리더니 문이 열리며 세휘가 모습을 드러냈다.

"…낭자께서 이 늦은 시각에 어쩐 일이십니까?" 세휘가 물었다.

보통 때처럼 밝은 미소로 자신을 반길 것이라는 예도의 자연스러운 예상과 달리, 그는 처음 마주하는 차가운 얼굴을 하고 있었다. 예도는 순간 심장이 덜컥 내려앉는 기분이었다. 그녀는 당황하며 자리에서 일어나 자신의 소매에 숨겨온 붓을 주섬주섬 꺼냈다.

"갑작스럽게 방문하여 죄송합니다. 다름이 아니라 오늘 읍내 장에 갔다가 붓을 하나 장만해 왔습니다. 언니에게 줄 붓을 사다가 일전에 공께서 세필붓이 필요하다는 말씀을 하신 것이 떠올랐습니다. 중국에서 온 귀한 황모붓이라 하였는데 마음에 드실지 모르겠습니다." 예도가 자신 없는 목소리로 말하며 세휘에게 붓을 건넸다.

붓을 건네받은 세휘의 얼굴에 옅은 미소가 번졌다. 하지만 그는 이내 다시 웃음기 없는 표정으로 예도에게 말했다.

"읍내 장에 갔다 오셨군요. 제가 흘리듯 드린 말씀을 기억하시고 이리 챙겨주시니 감사한 마음입니다. 잘 쓰겠습니다." 세휘는 감사 인사를 전하고 잠시 뜸을 들이고는 말을 이어갔다.

"장에 어떤 일로 가신 것인지 여쭈어도 되겠습니까?"

세휘의 말을 들은 예도의 머릿속에는 불현듯 오늘 선물 받은 노리개가 스쳐 지나갔다. 그녀는 괜한 오해를 일으키고 싶지 않은 마음에 곤에 관한 이야기는 입 밖에 꺼내지 않았다.

"오늘 그림을 그리기 위해 우륵지라는 곳에 갔습니다. 마침 읍내 장이 근처라 구경을 간 것이지요."

세휘는 그녀의 대답을 듣고 고개를 끄덕일 뿐 아무런 말이 없었다. 예도는 어색한 순간을 모면하고 싶은 마음이 들었다.

"벌써 이렇게 어두워졌습니다. 공께 붓을 전해드렸으니 저는 이

제 가보겠습니다."

"그리하시지요. 이 붓은 요긴하게 잘 쓰겠습니다. 다시 한번 감사드립니다."

예도는 별당으로 돌아가는 발걸음이 무겁게 느껴졌다. 그녀는 가던 길을 멈추고 바짝 긴장한 탓에 축축해진 손바닥을 치맛자락에 비비며 멀뚱히 생각에 잠겼다. 걱정스러울 만큼 가까워졌던 세휘와의 마음의 거리가 한 발짝 멀어진 이 느낌이 상당히 불편했기 때문이다.

그에게 모종의 심경 변화가 있었던 것이 분명했다.

'내가 공과 더 이상 가까워져서는 안 되겠다는 생각을 한 것처럼 그분께서도 나와 같은 생각을 하신 것은 아닐까?'

그녀는 오늘 자신이 어리석은 행동을 한 것만 같았다. 분명 수용사에 다녀온 날 그녀는 세휘와 더 이상 가까워지지 않겠다 다짐했지만, 그녀는 그 마음을 까마득히 잊은 채 그에게 줄 선물을 사 왔다. 자기 행동이 모순적이라 느끼면서도, 세휘가 선물을 받고 한없이 기뻐할 것이라 내심 기대를 품었다. 그러나 기대와 어긋나는 반응에 당혹스러움을 감출 수 없었던 것이다.

그날 밤 예도는 상념에 빠진 채 잠을 뒤척였다. 무엇이 그의 마음을 변하게 한 것인지 도무지 알 수 없어 답답했다.

# 보선 스님

우륵지에 다녀온 이후 영소는 사나흘에 한번은 성산댁에 방문하여 예임, 예도와 함께 시간을 보냈다. 예임과 함께 그림을 그리거나 예도와 함께 서책을 낭독하며 곧이 일을 마치고 데리러 올 때까지 머물곤 했다.

그 사이 예임은 소나무 그림을 완성했는데 예도는 완성된 그림을 보자마자 그림 속 소나무가 효재 서당 마당에 홀로 서 있는 소나무라는 것을 알아보았음에도 그 사실을 굳이 이야기하지 않았다. 그리고 다음 날 그림이 보이지 않자 그녀는 예임이 정윤에게 그림을 선물했을 것이라 짐작했지만, 이 또한 내색하지 않았다. 두 사람 사이에 흐르는 달라진 기류를 아무것도 모르는 척 지켜보는 것이 여간 흐뭇한 일이 아닌 데다가, 자신이 개입함으로써 그 기류가 틀어질까 조심스러웠기 때문이다.

줄곧 즐겁고 평안한 나날을 보내던 예도의 마음 한편 머릿속을 어지럽히는 일이 하나 있었다. 세휘가 자신을 의도적으로 피하고 있다는 것이다. 그는 한동안 두문불출하며 작은 사랑채 밖을 나오지 않다가 다시 성산댁 부부와 교류하는 것 같았지만, 예도의 눈에 띄지 않으려는 듯 그녀가 자리를 비울 때만 골라 밖으로 나오곤 했다. 이러한 상황이 반복되던 차에 그들은 오늘 오전 후정에서 마주쳤다.

예도는 모두가 조반을 들고 있을 때 유난히 입맛이 없는 탓에 아침 공기를 맞으며 산책을 나갔다. 여기저기서 들려오는 새들의 지저귀는 소리와 울었다 그쳤다 하는 매미 소리를 하염없이 들으며 풀을 밟고 있을 때였다. 가까이서 들려오는 발걸음 소리에 돌아본 순간, 자신을 발견하고는 뒤돌아 집으로 돌아가려 하는 듯한 세휘의 뒷모습을 발견한 것이다. 예도는 용기 내어 세휘를 불렀다. 그는 그녀의 목소리를 들은 것인지 잠시 멈칫했지만 이내 집으로 돌아가던 발걸음을 멈추지 않고 앞으로 걸어갔다. 예도가 자신을 괴롭히던 생각이 사실이라는 것을 몸소 느낀 순간이었다. 그녀는 그가 자신을 멀리하려는 연유가 무엇인지 도통 알 수 없어 우두망찰 그의 뒷모습을 바라봤다.

기운이 빠진 상태로 집으로 돌아온 그녀는 성산댁의 급한 부름을 받고 안채를 찾았다. 예도를 기다리는 성산댁의 얼굴에는 근심이 서려 있었다.

"고모님, 안 좋은 일이라도 있으신 겁니까?" 예도가 물었다.

"그건 아니고, 예도 니랑 관련된 일이다. 오늘 효재 서당 일을 봐주는 월촌댁한테 고을에 돌고 있는 이야기를 하나 들었다. 니랑 현감 채곤에 관한 이야기였다." 성산댁이 다 안다는 표정으로 예도에게 말했다.

"저랑 현감 나리 말입니까? 어떤 이야기입니까? 전혀 감이 오지 않습니다."

"그게, 지난 중복 때 니랑 현감이 단둘이서 읍내 장을 돌아다녔다는 사실을 들었다. 맞나?"

"그건 맞습니다. 영소의 선물을 사러 함께 갔습니다."

"그라면 현감 나리께서 니한테 노리개를 선물했다는 것도 맞나?"

"네, 맞습니다. 저에게 감사의 표시로 주신 것인데 사양하였으나 뜻이 완강하시어 결국 받았습니다."

"아이고, 맞구나. 그 이야기가 저잣거리에 돌았단다. 나중에는 현감 나리 귀에도 들어갔다고 하는데, 어찌 된 일인지 그 일에 대해 부정을 안 하더란다. 그래서 사람들은 니랑 현감 나리 사이에 어떤 말이 오고 간 것이 아닌가 추측하고 있단다. 곧 고을에 큰 경사가 있을 것이라고 하면서 말이다. 니는 모르는 일이라는 거제?" 성산댁은 예도의 두 손을 꼭 잡으며 조심스럽게 물었다.

예도는 성산댁의 말을 듣고 머릿속이 하얘졌다. 자신의 무지했던 행동을 돌아보는 동시에 그날의 상황을 제대로 설명하지 않아 일을 더 키운 곤이 이해가 가지 않았다. 당혹스러운 마음을 진정시키려 생각을 정리하던 그때 그녀는 문득 세휘가 자신과 마주치지 않으려 기를 쓴 것이 이 소문과 연관된 것 같다는 생각이 들었다.

"아, 이 때문이었구나." 예도가 혼잣말로 이야기했다.

"예도야, 괜찮나?" 성산댁이 물었다.

"네, 고모님. 걱정을 끼쳐 죄송합니다. 허나 분명히 말씀드릴 수 있어요. 저는 현감 나리와 아무런 관계가 없습니다. 그저 영소가 영특하고 귀여워 그 아이를 아꼈을 뿐입니다. 결코 그분을 다른 방식으로 염두에 둔 일은 없습니다."

"그럴 줄 알았다. 그 이야기를 듣고 얼마나 걱정했는지 모른데이. 아무리 현감께서 좋은 분이라 하여도 자식도 있고 아직 서로 깊이 모르는 사이니까 말이다. 이제는 안녕이 되는구나. 헌데 어찌하여 현감께서는 우리집에 그렇게 자주 방문하신 것인고? 또 왜 헛소문에 아무런 대응을 안 하신 거고? 다른 사람들 오해 안 사게 이제 조심해야겠데이…."

"…네. 앞으로 저의 행실에 더욱 유념하며 신경 쓰겠습니다. 헛된 소문은 시간이 지나면 잠잠해질 것이에요. 그러니 염려 마셔요."

예도는 성산댁이 안심하도록 애써 미소를 지어 보였다.

굳은 얼굴을 한 채 별당으로 돌아가던 예도는 예임에게도 자신에게 일어난 일을 모두 털어놓기로 마음먹었다. 저녁 식사를 마치고 자연스럽게 예임과 마주 앉아 차를 마시면서 성산댁에게 들은 소문에 대해 조심스럽게 이야기를 꺼냈다. 자신을 크게 나무랄 것이라 예상하고 바짝 긴장했지만 예임은 오히려 스스로 탓하며 미안한 마음을 드러냈다.

"모두 내 탓이다. 내가 너를 신경 쓰지 못한 탓이다. 다른 곳에 정신이 팔려 너에게 일어나는 일들을 잘 살피지 못하였다."

예임은 지난 일들을 돌이켜 보며 자신이 놓친 부분들을 곰곰이 생각해 보았다. 예도가 세휘와 유독 친하게 지내는 것은 알고 있었지만, 그 부분에 있어서는 크게 걱정을 하지 않았다. 그들은 그저 집 안에서 서책을 공유하거나, 사람들의 눈이 닿지 않는 수용사에 함께 다녀오는 일이 전부였기에 이러한 소소한 일들이 예도에게 피해를 주진 않을 것이라 여겼기 때문이다.

하지만 곤과 있었던 일은 돌이킬 수 없는 결과를 낳을 수도 있기에 우려스러웠다. 단둘이 이목이 집중된 읍내 장에서 나란히 돌아다닌 것도 모자라 장터 한가운데서 곤이 예도에게 노리개까지 선물한 까닭이다. 예임은 고령에 온 이후 자유로운 생활에 젖어들며 갖고 있던 신념까지 모두 무뎌진 것 같았다. 우륵지에서 예도가 곤과 단둘이 장에 가는 것을 보고 겸연쩍은 마음이 들었음에도 막지 않은 것이 너무나 후회스러웠다.

"너의 탓이 아니니 자책하지 말거라. 너를 지켜야 하는 의무를 내가 저버린 것이니 말이다. 네가 현감께 마음을 두고 있다고 하더라도 이러한 행동을 하여서는 안 되는 것이고, 만약 네가 현감께 아무런 마음이 없는 상태라면 그분이 주는 노리개를 받는다는 것은 더더욱 있을 수 없는 일이다. 내 너에게 미처 알려주지 못하였구나. 사내가 주는 노리개는 그저 너에게 치장하라고 주는 것이 아니다. 그 노리개에는 그 사내의 마음이 담긴 것이다." 예임이 말했다.

"…교리 나리라면 모를까 현감께는 내 아무런 마음도 없소." 예도는 생각 없이 말을 내뱉고 놀라 입을 틀어막았다.

"그게 무슨 말이냐?" 예임이 놀란 얼굴로 물었다.

"그것이…." 예도는 당황한 표정을 숨기지 못하고 대답을 망설였다.

"나도 잘 모르겠소. 언니도 알다시피 처음에는 그분이 참으로 못마땅하였소. 그러나 그분이 정말 좋은 사람이라는 것을 점차 깨닫게 되었는데, 이 마음이 무엇인지는 아직 확실치 않소. 그러나 한 가지 분명한 것은 그분과 나는 닮은 점이 많은, 그러니까 통하는 것이 많다는 것이오."

"교리 나리와 어느새 많이 가까워진 것 같구나. 나도 그분이 유배를 오신 것이니 처음에는 경계하는 마음이 없지 않았으나 참으로 관대한 마음을 가진 분이라는 것을 알게 되었다. 내 너의 마음을 가지고 왈가왈부하지 않을 것이다. 그저 바라는 것은, 모든 것을 천천히 살펴본 다음 행동을 취하였으면 한다. 만약 고을에 소문이 퍼진 것이 사실이라면 당분간은 특별히 조심하여야 할 것 같구나."

예임은 예도의 마음이 곤이 아닌 세휘에게 어느 정도 기울어져 있다는 점이 다행스럽게 느껴졌다. 여느 유배객처럼 유배지에서 만난 여인들과 가벼운 만남을 하고는 떠나버릴 사람은 아닐 것 같아서이다. 반면 곤은 여러 면에서 좋은 사람으로 비쳤지만, 아직 한 사람의 성품을 판단하기에는 이르다는 생각이 앞섰다.

'내가 누군가에게 조언할 처지인가….'

불현듯 예임의 머리를 스치고 지나간 생각이다.

그 순간부터 예임은 입을 뗄 수가 없었다. 멍해진 머리 저편에서 비구름이 몰려오듯, 막연하게만 존재했던 불안이 두려움으로 바뀌어 머릿속을 점령했다. 그녀는 정윤과 마음을 확인한 이후 비밀스럽게 편지와 선물을 주고받으며 현실적인 문제를 외면한 채 서로를 아끼는 마음을 키워나가고 있었기 때문이다. 고작 노리개에서 비롯된 예도의 상황은 한 과부가 남몰래 사랑을 키워가는 문제와는 비교도 되지 않게 사소한 일처럼 느껴졌다. 정윤은 예임에게 믿고 기다려 달라는 말을 여러 차례 했는데, 믿음직스러웠던 그의 말이 지금은 그저 희미한 연기처럼 느껴졌다.

예임은 예도에게 최대한 내색 없이 잠자리에 들겠다며 자기 방으로 향했다. 갑작스럽게 마주한 현실의 벽이 감당하기 힘든 탓인지 호흡이 가빠지며 식은땀이 났다. 방에 들어와서는 무엇인가에 된통 놀란 직후처럼 몸을 주체하지 못하고 주저앉았다. 예임의 이러한 병세는 남편이 떠나고 홀로 남겨졌을 때 시작되었는데, 친정에 돌아온 이후 수년간 증후가 나타나지 않아 안심하고 있었기에 그 여파가 더욱 크게 다가왔다. 호흡이 안정됐을 땐, 예임은 나주에서 홀로 외로움과 사투를 벌이던 무력한 소녀로 돌아와 있었다.

"이제야 어두웠던 밤이 끝나는 듯하였는데…." 예임이 속삭였다.

예임과 예도가 각자의 방에서 생각에 빠져 있던 그때, 밤잠을 앞둔 적막만이 흐르던 성산댁에 소요가 일었다. 그들은 늦은 시각에 들려오는 소란스러운 움직임이 의아하여 방을 나와 소리가 들려오는 대문 쪽으로 향했다. 그곳에는 놀랍게도 혼비백산이 된 예흔이 성산댁 부부와 세휘에게 무언가 이야기하고 있었다. 예임과 예도는 놀란 마음을 안고 그들에게 다가갔다.

"이 늦은 시각에 언니가 어쩐 일이오? 무슨 급한 일이기에 이리 혼이 나간 얼굴을 하고 있소?" 예도가 물었다.

"예도야, 잠깐 있어보거라. 예흔이가 지금 막 사정을 이야기하려던 참이다." 성산댁이 말했다.

"늦은 밤에 이리 예고도 없이 찾아와 죄송합니다. 지금 제가 도움을 청할 곳이 이곳밖에 떠오르지 않았습니다. 제발 살려주십시오…." 예흔이 절규하듯이 말했다.

"그래, 무슨 일인지는 모르겠으나 잘 왔다. 마음을 가라앉히고 천천히 말해보거라." 운남이 말했다.

"…오늘 낮에 있었던 일입니다. 예도에게는 예전에 말한 적이 있는데, 저희 수용사를 자주 방문하시는 분이 있습니다. 바로 현풍 좌수로 계신 윤귀성이라는 분입니다."

"현풍 좌수라면 나도 면식이 있는 분이다. 자세히 말해보거라." 운남이 말했다.

"그것이…. 그분은 어느 때부턴가 수용사에 부담스러울 정도로 공양을 베푸셨습니다. 모두가 의문을 가지고 있었지만, 저와 보살님들은 애써 모른척하였던 것 같습니다. 헌데 오늘 일이 터진 것입니다. 그분이 저에게 하실 말씀이 있다며 저를 독대하기 위해 반나절을 기다려 어떻게든 그 상황을 피하려던 저를 결국 자신의 앞에 앉히셨습니다. 그분은 다짜고짜 제게 자신의 소실로 들어오라고 말씀하셨습니다. 처음에는 온화한 말투로 저를 설득하려 하셨지만 제가 완강히 거부하자 제 몸에…." 예흔은 수치스러운 마음에 잠시 숨을 고르고 다시 이야기를 이어갔다.

"저를 강제로 안는 탓에 놀란 마음으로 비명을 질렀습니다. 그 소리를 들은 보령 스님이 문을 열고 들어와 왜소한 몸으로 그분을 억지로 끌고 나갔지요. 저는 놀라 그 자리에서 꼼짝도 하지 못했습니다. 그 과정에서 좌수께서 마루에서 떨어지며 상처를 입으신 듯하였으나, 화가 잔뜩 난 얼굴로 사찰을 빠져나가셨습니다. 여전히 불안한 마음은 있었지만, 그분도 부끄러운 짓을 저지른 것이기에 그냥 그렇게 끝난 줄로만 알았습니다. 하지만 저녁이 되어서 별안간 나졸들이 사찰에 들어와 보령 스님을 데리고 갔고, 좌수께서는 제게 으름장을 놓으셨지요. 제가 뜻을 꺾고 자신의 소실로 들어오지 않는다면 보령 스님을 양반에게 해를 끼친 죄를 물어 크게 벌할 것이라고 말입니다. 그리고 이미 수용사에 있는 혼인의 의무를 다하지 않은 여승들을 모두 데리고 나와 머리를 길러 시집을 보내야 한다는 상소문을 조정에 보냈다고 하셨습니다. 이를 어찌하면 좋겠습니까? 보령 스님이 억울하게 벌을 받게 될 것이 너무나 두렵습니다. 그리고 상소문이 이행되어 다른 보살님들이 수용사를 떠나 강제로 혼인하여야 할 상황이 올까 무섭습니다. 이 모든 것이 사찰에서 불미스러운 일이 일어나지 않을 것이라 방심한 제 탓입니다…."

예혼은 긴 이야기를 마치고 괴로운 듯 얼굴을 감싸 쥐고 울었다. 모든 사정을 들은 성산댁과 예임, 예도는 절망한 예혼을 다독여 주었고, 운남은 즉시 평소 면식이 있던 현풍 좌수에게 편지를 쓰기 위해 종이와 붓을 준비했다. 조용히 이야기를 듣던 세휘는 기민한 움직임으로 편지를 쓰러 들어가서는 팔생에게 지금 당장 출발하여 한양에 계신 형님에게 직접 전달하라 일렀다. 할 수 있는 모든 조치를 취한 이들은 뜬눈으로 밤을 지새웠다.

# 타개

예도는 날이 밝자마자 한시도 지체하지 않으려는 듯 운남의 말을 빌려 타고 관아로 향했다. 그녀는 곤에게 보령 스님의 억울함을 알리고 풀어줄 것을 요청하기 위해 급하게 관아를 찾은 것이다. 자신과 곤 사이에 떠도는 소문 때문에 마음이 불편했지만 이것저것 따질 상황이 아니었다. 이른 아침에 예도의 방문을 받은 곤은 그녀가 자신을 찾아올 것을 예상이라도 한 듯 덤덤하게 그녀를 맞았다.

"…이리 경황없이 방문을 드려 송구합니다. 허나 너무나 급한 사안이 있어 염치 불고하고 나리께 부탁을 드려야 할 것 같습니다." 예도가 말했다.

"무슨 일인지는 저도 알 것 같습니다. 일단 숨을 좀 고르시지요."

곤은 그녀를 보는 사람이 없는 내사로 데려갔다. 내사 안에 위치한 작은 정자에 자리를 잡은 후 이야기를 이어갔다.

"저도 어제 수용사에서 일어난 일을 들었습니다. 규율에 따라 현풍 좌수께 해를 입힌 여승을 붙들어 온 것입니다. 이제는 저의 손을 벗어나 죄인은 오늘 대구부로 이송될 것입니다." 곤이 침착하게 이야기했다.

"보령 스님은 죄인이 아닙니다. 좌수께서 저희 언니인 보선 스님에게 몹쓸 짓을 하려 하였습니다. 보령 스님은 언니를 지키기 위해 좌수를 끌어낸 것뿐입니다. 어찌 좌수라는 분이 사찰에서 불미스러운 일을 저지르고도 그리 뻔뻔할 수가 있는 것입니까? 나리께서 보령 스님의 무고함을 알아주시어 다시 풀어주실 수는 없는 것입니까?" 예도는 간절한 얼굴로 곤에게 부탁했다.

"그것은 곤란합니다. 낭자의 마음은 이해하지만, 어떠한 상황에서도 양반의 몸에 해를 끼치는 일은 그냥 넘어갈 수 없는 일이기 때문입니다. 보령 스님이라는 여인은 출가 전 기생을 하였던 자입니다. 천민의 신분으로 양반 사내의 몸에 손을 대고, 상흔을 입힌 것은 씻을 수 없는 죄입니다. 낭자의 부탁이라면 발 벗고 나서서 도움을 드리고 싶은 마음이나, 이 사안만큼은 제가 어찌 해드릴 수 없다는 점을 이해해 주셨으면 합니다." 곤은 단호한 말투로 뜻을 전하고 인심을 쓰듯 다시 말을 이어갔다.

"원하신다면 죄인과 이야기를 나눌 수 있게 해드리겠습니다. 이것이 제가 할 수 있는 최선입니다."

예도는 곤의 확고한 태도에 맥이 풀렸지만, 그에게 나약한 모습을 보이기 싫었다. 그녀는 절망스러운 자신의 마음을 숨기고 자리에서 일어났다.

"곤란한 부탁을 드려 죄송합니다. 제가 시간을 너무 많이 뺏은 것 같으니 이만 가보겠습니다."

예도는 다소 차가운 얼굴로 인사하고 관아를 떠났다.

예도는 한 줌의 마지막 희망이 사라지자, 온몸에 힘이 풀린 것 같았다. 말에 올라탈 힘도 없어 힘차게 말을 타고 달렸던 이전과 달리 말을 끌고 집으로 터덜터덜 걸어갔다. 그녀는 한참을 걷다가 문득 겁에 질린 채 옥에 갇혀 있을 보령 스님을 떠올렸다. 보령 스님은 가녀린 몸을 가진 여인이었는데 그런 그녀가 예흔을 위해 몸을 던지고 속수무책으로 옥에 갇혀 있다는 생각을 하니 정신이 번쩍 들었다. 예도는 보령 스님을 만나 많은 이들이 그녀를 위해 최선을 다하고 있다는 것을 알리고 그녀를 안심시켜 줘야 한다는 사명감이 들었다. 예도는 곧바로 뒤돌아 다시 관아로 향했다.

관아에 다다르자 한 사내가 오랏줄에 몸이 묶인 채 소리를 치며 끌려가고 있었다. 예도는 자신이 떠난 뒤 무슨 일이 일어난 것인지 의아하여 그 광경을 지켜보던 아낙네에게 경위를 물었다.

"아니 글쎄 방금 천한 옷차림을 한 사내가 말을 타고 길을 가고 있었습니다. 그 모습이 희한해서 지켜보고 있는데 별안간 현감 나리께서 그 사내에게 어찌 노비의 몸으로 말을 타고 가는 것이냐며 사내를 멈춰 세우고는 호통을 치는 게 아니겠습니까? 그러자 그 사내는 자신이 행색이 이래도 양반이라고 소리를 쳤고, 두 사람 사이에 고성이 오고 갔습니다. 현감께서는 그 사내가 괘씸한지 신분이 밝혀질 때까지 옥에 가두라고 하셨고예. 아무래도 행색을 보아 양반이라고 거짓을 고한 것 같긴 하지만서도 또 진짜로 양반일 수도 있는 건데, 그렇지 않습니꺼?"

예도는 아낙네의 말을 듣고 곤의 처신에 실망한 마음을 숨길 수 없었다. 그녀는 그와 많은 대화를 나눠보지는 않았지만, 고을 사람들의 그를 향한 칭송과 영소를 아끼는 그의 행동을 보고 으레 법도에 크게 연연하지 않는 소탈하고 온화한 성품을 지녔을 것이라 생각했다. 하지만 아낙네가 들려준 이야기는 자신이 머릿속에 그린 곤의 모습과 매우 상반되었기에 혼란스러웠다.

그러나 지금은 그의 성품을 가릴 시간이 없었다. 예도는 마음을 가다듬고 곤을 찾아가 보령 스님을 만날 수 있게 해달라 공손하게 부탁했다. 그는 마치 아무 일도 없었다는 듯 흔쾌히 그녀를 보령 스님에게 안내했다. 보령 스님은 예도의 예상대로 두려움에 떨고 있었다. 예도는 보령 스님의 떨리는 손을 감싸 쥐고 말했다.

"좌수 영감과 친분이 있는 고모부님을 비롯하여 많은 분들이 사태를 해결하기 위해 애쓰고 있습니다. 그러니 큰 걱정 마십시오…."

예도는 자신 있는 얼굴을 하고 있었지만, 이와 다르게 목소리는 가늘게 떨렸다. 예흔을 위험에서 구해준 결과로 빛이 들어오지 않는 으슥한 옥에 꼼짝없이 갇힌 보령 스님에게 아무것도 해줄 수 없는 자신이 괜히 원망스러웠다. 예도는 밖에 나와서 무력한 자신을 탓하며 삼켰던 눈물을 쏟아냈다. 곤은 그런 그녀가 울음을 그치기를 기다렸다.

"이제 마음이 좀 진정되셨습니까?" 곤이 물었다.

"…보살님을 만나 뵐 수 있게 해주시어 감사합니다."

"제가 해드릴 수 있는 것이 이것밖에 없어 마음이 무겁습니다. 허나 저는 제 본분을 다하였음을 알아주셨으면 합니다."

"…나리의 입장을 이해합니다." 예도는 잠시 망설이다 자신의 속마음을 숨길 수 없는 듯 말을 쏟아냈다.

"머리로는 이해되나 마음 깊은 곳에서는 이 상황을 받아들이기가 어렵습니다. 나리께 여쭙고 싶은 것이 있습니다. 나리께서 가장 중요하게 여기는 가치는 무엇입니까? 백성의 안위입니까? 사대부의 위엄입니까?"

예도는 해서는 안 될 말이라는 것을 알면서도 오랏줄에 묶였던 사내의 모습이 겹치며 더 이상 솔직한 생각을 말하지 않고는 안 되겠다는 심정이었다. 곤은 그녀의 날 선 질문을 듣고 안색이 달라졌다.

"낭자께서 제게 큰 실망을 하신듯합니다. 저는 왕명을 받들고 법도에 따라 움직이는 사람입니다. 제가 만약 사소한 감정에 휘말려 저의 권력을 사용한다면 그것이야말로 나라의 근간을 흔드는 일일 것입니다. 누구나 자신의 자리에서 주어진 일을 하는 것이 도리인 것이 아니겠습니까? 이런 말을 드리고 싶진 않았으나 저도 한 말씀 올리겠습니다. 수용사에는 여인의 도리를 저버린 채 출가한 이들이 여럿 있다는 것을 이미 알고 있습니다. 이는 우리 고을에서만 일어나는 일이 아닙니다. 조정에서 수차례 이러한 폐단을 끊어내기 위한 노력이 있었지만, 현재는 넓은 아량으로 눈감아 주고 있을 뿐입니다. 허나 그 여인들이 감사함을 잊은 채 선을 넘는 행위를 한다면 그것만은 마땅히 벌을 받아야 하는 것이 아니겠습니까? 이것 또한 눈감아 준다면 나라를 지탱하는 질서가 한순간에 무너질 것입니다. 그러니 저에게 더 이상의 자비는 기대하지 마시길 바랍니다."

"제 말이 공격적으로 들리셨다면 죄송합니다. 나리께서 법도에 따라 일을 처리하신다는 것은 저도 알고 있습니다. 제가 바란 것은 저의 사사로운 청을 들어달라는 것이 아닙니다. 그저 신분의 고하를 막론하고 한 사람의 억울한 사연을 들어주셨으면 하는 마음이었습니다. 나리를 탓하지 않겠습니다. 누구나 다른 신념을 가지고 있는 것이니 그 다름을 받아들여야겠지요. 나리께서 베풀어 주신 선의는 잊지 않겠습니다."

예도는 곤과 더 이상의 말씨름은 하고 싶지 않았다. 일방적으로 그가 틀렸다고 할 수 없는 노릇이기에 그에게 자신의 신념을 고취하기보다 다른 방법을 모색하는 것이 빠르겠다는 판단을 내렸다. 그녀는 다시 말을 타고 급히 성산댁으로 향했다. 집으로 향하는 내내 그녀는 세휘라면 어떠한 판단을 내렸을지 상상해 보았다. 어젯밤 예혼의 사연을 듣고 망설임 없이 편지를 써서 곧장 한양으로 보낸 것을 보아 그는 곤과는 다른 신념을 지닌 것이 분명했다. 그가 꿈꾸는 세상에서는 이러한 일이 일어나지 않을 것이라는 기대감마저 들었다.

집에 돌아왔을 땐 예흔은 이미 수용사로 떠난 후였다. 예흔은 수용사에서 남겨져 불안함에 휩싸여 있을 이들이 걱정되어 성산댁에 더 머무를 수 없었다. 운남은 현풍 좌수에게 편지를 보냈지만, 아무런 기별이 없어 직접 그를 만나기 위해 집을 나선 상태였고, 성산댁과 예임, 세휘는 그들을 방문한 정윤과 이야기를 나누고 있었다. 대화 중이던 그들은 말을 타고 집에 돌아온 예도를 놀란 눈으로 쳐다봤다.

"예도야, 니 그렇게 혼자 말을 타고 갔다 왔나? 다치기라도 하면 어떡하려고…." 성산댁이 말했다.

"죄송합니다, 고모님. 고모부님께 허락을 받고 다녀왔습니다. 상황이 급해 미처 말씀 못 드렸습니다. 안전하게 잘 다녀왔으니 여념 마세요." 예도가 말에서 내리며 말했다.

"아이고, 우리 예도가 이리 겁이 없습니다. 특히나 예흔이 일이 다 보니 저리 더 용감해졌나 봅니다." 성산댁이 정윤과 세휘를 바라보며 말했다.

"자매의 정이 특별하시니 마음이 많이 쓰일 수밖에요. 고령 관아에서는 어떤 말을 들으셨습니까?" 정윤이 말했다.

예도는 보령 스님의 문제가 대구도호부로 옮겨질 것이라는 이야기를 전했다. 정윤은 그 말을 듣고 곧바로 종형 치원에게 가기 위해 떠날 준비를 했다. 그는 출발 전 세휘와 상의하는 시간을 가졌다.

"효재께서는 경상감사인 종형님께 보살님의 무고함을 알려주십시오. 사건의 과정을 샅샅이 알게 된다면 보령 스님의 무고함이 입

증될 것이라 믿습니다. 좌수가 저지른 죄 또한 가볍지 않습니다. 보선 스님은 현재 귀의하셨지만 본래 대사헌을 지낸 홍대감의 핏줄이지 않습니까? 이 점을 묵과할 수는 없을 것입니다. 경상감사께서 사건의 본질을 보시고 온당한 판단을 내리신다면 현풍 좌수는 아무런 반기를 들 수 없을 것입니다. 저는 그자가 올린 상소문이 조정 관리들의 입방아에 오르지 않도록 사력을 다하겠습니다. 혼인을 올리지 않은 비구니의 수가 많아지며 이 문제를 눈여겨보는 이들이 생겨나기 시작했습니다. 이 사안이 도마에 오른다면 어떠한 결과가 따라올지 저도 예상할 수가 없기에 저희 형님께 간곡히 부탁드렸습니다." 세휘는 급박한 이야기를 하면서도 한결같이 침착한 태도를 유지했다.

모든 상의를 마친 후 정윤은 대구부로 향했다. 예임은 급히 길을 떠나는 정윤에게 조심히 다녀오라는 말을 전하고 싶었지만 차마 내뱉지 못했다. 정윤은 걱정 가득한 예임의 얼굴을 발견하고는 안심하라는 듯 웃으며 길을 떠났다.

해 질 녘이 되자 낙담한 표정을 한 운남이 돌아왔다. 운남은 끈질기게 좌수를 회유하려 했지만, 그는 예흔을 첩으로 들이고자 하는 뜻을 굽히지 않았고 결국 운남은 그와 실랑이를 벌이고 돌아온 것이다. 이제 성산댁에 남은 사람들은 다른 소식을 기다리는 수밖에 없었기에 그들은 일상을 보내면서도 한시도 마음을 편히 가질 수 없었다.

그렇게 열흘 정도가 흘렀다. 새벽의 적막과 고요를 깨는 말발굽 소리에 성산댁에 사람들은 버선발로 뛰어나왔다. 먼저 도착한 사람은 세휘의 남종인 팔생이었다. 그는 매우 지친 기색으로 말에서 내려 세열에게 받아온 편지를 세휘에게 전했다. 모두의 시선 속에 편지를 읽은 세휘는 안도의 탄식을 내뱉고는 환하게 웃었다.

"상소문은 염려하지 않으셔도 될듯합니다. 사헌부 서리가 상소를 수령하긴 하였으나 형님께서 사헌부 장령에게 일러 상부에 보고되지 않도록 조치하셨다 합니다. 윤귀성이라는 자는 이전에도 얼토당토않은 일로 상소를 올렸다가 기각되기를 여러 번 반복하였기에 추후 이 일이 문제가 되는 일은 없을 것이라 하셨습니다. 큰 사건으로 번지지 않아 참으로 다행입니다." 세휘가 말했다.

세휘의 말을 들은 성산댁 사람들은 모두 안도하며 기뻐했다.

"이제 훈장님이 대구부에서 좋은 소식을 들고 오기만 하면 되겠구나…." 성산댁이 말했다.

성산댁과 예임은 먼 길을 오가며 기진맥진한 팔생에게 좋은 음식과 술을 마련해 주기 위해 함께 부엌으로 향했다. 운남은 상소문이 일단락되었다는 소식에 한결 밝아진 얼굴로 방에 들어갔다.

예도는 세휘와 둘이 남게 되자 기다렸다는 듯 그에게 다가가 앉았다.

"이토록 애써주셔서 참으로 감사합니다. 대감께서 공의 부탁을 들어주셔서 얼마나 다행인지 모릅니다. 한편으로는 현재 형님과 편하지 않은 관계인 공께서 이 상황이 매우 난처하셨을 것 같아 송구스럽습니다." 예도가 말했다.

"아닙니다. 편지를 쓰기 전 잠시 망설여지기도 하였으나 제 사사로운 감정이 중한 때가 아니라는 것을 바로 깨달았습니다. 밉보였던 아우의 부탁을 거절하실까 싶어 이제는 형님의 명을 따르는 아우가 되겠노라, 과장된 다짐을 적어 보내기도 하였지요. 이리 일이 잘 해결되고 나니 과정이 어찌 되었든 홀가분한 마음이 듭니다."

세휘는 장난스러운 얼굴로 말을 이어갔다.

"아마 형님께서도 제가 한 다짐을 믿지 않으실 겁니다. 허나 제가 먼저 내민 손을 뿌리치지 않으신 걸로 보아 형님께서도 저를 진정으로 미워하시는 것은 아닌가 봅니다."

예도는 세휘가 대수롭지 않게 말했지만, 큰 용기를 냈다는 것을 알았다. 세휘가 세열에게 먼저 손을 내미는 일이, 그것이 아무리 일방적인 부탁을 하는 상황이라 해도 분명 쉽지 않은 결정이었을 것이란 걸 알기 때문이다.

"진심으로 감사하고 또 감사합니다."

예도는 벅차도록 감사한 마음을 담아 그를 바라봤다. 세휘는 아무 일도 아니라는 듯 고개를 내저었다. 그에게 공치사라는 말은 영원히 어울리지 않을 것이라는 생각이 스쳐 지나갔다. 잠시 생각에 잠겨 있던 예도가 조심스럽게 말을 꺼냈다.

"…뭐 하나 여쭈어도 되겠습니까?"

세휘는 고개를 끄덕였다.

"어느 순간부터 공께서 저를 피하신다는 걸 느꼈습니다. 대화하고 싶은 마음이 간절했으나 경황이 없었지요."

"아…."

예도의 말에 세휘는 난감한 얼굴을 했다. 그는 예상치 못한 질문에 어떻게 대답할지 고민하는 듯했다.

"후정에서 저를 보고 뒤돌아 가셨지요?"

예도는 잠시 말을 멈췄다가 더욱 차분한 목소리로 이야기했다.

"제가 잘못한 것이 있는지 곰곰이 생각해 보았습니다. 그러다 고모님께 어떤 이야기를 듣게 되었지요. 혹시, 저와 현감 나리의 소문을 들으신 겁니까?"

"낭자께서는 아무 잘못 없습니다." 곧바로 대답한 세휘는 숨을 한번 고르고 말을 이어갔다.

"…제가 낭자와 어울리는 것이 해서는 안 되는 일인 것 같았습니다. 말씀하신 대로 낭자와 고령 현감의 이야기를 전해 들었기 때문이지요. 현감과 그분의 여식이 이곳에 자주 방문하는 것을 보고 나서부터는 낭자와 가깝게 지내는 것이, 낭자에게 해가 될까 더욱 조심스러웠습니다."

"말도 안 되는 소문입니다. 그분과 장에 간 것은 사실이지만 그분이 주셨다는 문제의 노리개는 제게 아무런 의미가 없습니다. 괜한 오해를 불러일으킬까, 단 한 번도 사용하지 않고 문갑에 넣어두었습니다. 기회를 봐서 돌려드릴 참이었는데, 삽시간에 소문이 돈 것이지요."

예도는 억울한 얼굴로 해명하다가 이내 세휘의 눈을 정면으로 바라보며 목소리를 가다듬고 다시 말했다.

"현감 나리와 특별한 말이나 감정이 오가지 않았다는 것을 확실하게 말씀드릴 수 있습니다. 그저 그분의 아이가 귀여운 동생처럼 여겨져 친밀히 지냈을 뿐, 결코 다른 일은 없었습니다."

세휘는 그녀의 진정 어린 말을 듣고 표정이 눈에 띄게 누그러졌다. 하지만 다른 사람들의 이야기만을 듣고 그녀를 오해한 자신의 경솔함 때문에 벌어진 이 상황이 난처한 마음이었다. 그는 다소 멋쩍은 얼굴로 말했다.

"제가 큰 오해를 하였나 봅니다. 저의 어설픈 판단으로 인해 혹시나 마음에 상처를 입진 않으셨을까 걱정이 앞섭니다. 고을에 퍼진 거짓된 이야기는 바로잡아야 하지 않겠습니까?"

"아닙니다. 저의 안일한 행동이 오해를 불러일으킬 여지를 준 것입니다. 공께서 제 말을 곡해하지 않으시고 있는 그대로 믿어주시니 되었습니다. 고을에 퍼진 소문은 시간이 지나면 잦아들 것입니다. 소문이라는 것이, 듣고 싶은 대로 듣는 것이라 하셨지요? 이제 와서 어떤 이야기를 한들 사람들은 관심 없을 것입니다."

예도는 진지하게 말을 마치고 한층 밝아진 표정을 지으며 세휘에게 질문했다.

"그런데 왜 제게 물어보지 않으셨습니까? 제가 붓을 드리러 갔을 때부터 알고 계셨던 겁니까?"

"⋯낯이 없습니다. 저를 살뜰히 챙겨주신 그 고마운 마음을 헤아리지 못했습니다. 직접 물어보지 못한 까닭은⋯, 두려움 때문인 듯합니다." 세휘가 주저하는 태도로 대답했다.

"무엇이 두려우셨던 것입니까?"

세휘는 쉽게 대답하지 못하고 어떤 말을 할지 고민하며 잠시 다른 곳으로 눈을 돌렸다.

"…아마 좋은 벗을 영영 잃어버릴까, 두려웠던 것 같습니다."

그의 눈빛이 미세하게 흔들렸다.

"제가 좋은 벗이라는 뜻이지요? 저도 딱 같은 마음입니다. 한동안 공과 만나지 못하고 대화를 나누지 못하는 상황이 참으로 아쉽고 애가 탔습니다. 그 까닭을 이제 알겠습니다. 어느새 저희가 서로에게 마음을 터놓고 이야기를 나눌 수 있는 좋은 벗이 된 것이지요." 예도가 깨달음을 얻은 표정으로 말했다.

세휘는 그녀와 다시 가깝게 지낼 수 있다는 사실에 기뻤지만, 홀가분한 마음은 아니었다. 그는 사실 그녀와 곤의 관계를 오해한 때부터 괴로운 마음이 일기 시작했다. 그래서 며칠간 방에서 나오지 않고 자신의 감정을 읽기 위해 고군분투한 것이다. 며칠을 고심한 그는 마침내 자신이 큰 질투심에 휩싸여 괴로운 마음이 들었다는 사실을 깨달았다. 모든 오해를 풀었다는 사실에 안심하는 예도에게 또 다른 짐을 안겨줄 수 없었기에 그는 자신이 발견한 이 감정을 지금 당장 털어놓지는 않았다.

그날 밤 정윤은 보령 스님의 소식을 안고 성산댁으로 돌아왔다. 다행스럽게도 치원은 두 여승의 사연을 묵과하지 않았다. 물론 양반의 몸에 손을 댄 보령 스님에게도 죄가 있다고 보았지만 먼저 예흔을 탐하려 한 윤귀성의 죄를 더욱 무겁게 봤다. 현풍 좌수 또한 관아에 부름으로 심문을 받게 되었고, 그는 자신도 벌을 받게 될 수 있다는 이야기에 모든 일을 무마하기로 한 것이다. 보령 스님과 윤귀성 모두 내일 풀려날 것이라는 소식을 들은 성산댁 사람들은 모두 가슴을 쓸어내렸다. 예도는 그동안의 불안했던 마음이 한 번에 가시는 듯 다리에 힘이 풀려 풀썩 주저앉았다. 예임과 예도는 내일 날이 밝는 대로 직접 이 소식을 수용사에 전하기로 했다.

"허허. 이제야 두 다리를 쭉 뻗고 편히 잠들 수 있겠구나." 운남이 말했다.

그의 말처럼 모두 오랜만에 불안에 떨지 않고 가벼운 마음으로 잠자리에 들 수 있을 것 같았다. 각자 지친 몸을 이끌고 처소에 들기 위해 흩어졌는데 정윤은 집에 가지 않고 성산댁 대문 앞을 서성였다. 그러다 큰 결심이라도 한 표정으로 대문을 들어선 그는 별당 문을 조심스럽게 두드렸다. 그곳엔 예임과 예도가 기쁜 얼굴로 이야기를 나누고 있었다.

"훈장님, 아직 안 가셨습니까?" 예도가 정윤을 발견하고 놀란 얼굴로 물었다.

"허락 없이 들어와 송구합니다."

정윤은 실례를 무릅쓰고 예임을 향해 물었다.

"…저를 잠시 보시겠습니까?"

"…네?"

예임은 깜짝 놀라 예도를 쳐다봤다. 예도는 예임의 등을 살짝 밀며 얼른 가보라 속삭였다.

정윤과 예임은 별당을 돌아 후정으로 통하는 문 앞에 섰다. 예임은 영문도 모른 채 정윤을 바라봤다.

"많이 놀라셨지요?" 정윤은 벅찬 표정으로 말을 이어갔다.

"부인께 드릴 말씀이 있습니다. 이런 말씀을 드릴 시기가 아닌 것을 잘 알지만, 저를 믿고 기다려 달라는 말씀을 드렸으니 최대한 빨리 소식을 전하고 싶었습니다. 사실 부인과 제가 함께할 수 있는 길을 여러 방면으로 찾고 있었습니다. 그러다 이번 대구부에 갔을 때 저희 조부님의 제자라는 이유로 유배를 가셨던 부송 어른과 연락이 닿았습니다. 부송 어른은 저희 아버님과 계속 소통을 해오셨지만 제가 한양으로 떠난 뒤로는 연락이 끊겼지요. 강원도 간성군에 유배를 떠나신 뒤 그곳에서 서당을 운영하며 일생을 보내셨는데, 현재는 연로하시어 서당을 운영하지 못하고 계시다 하셨습니다. 여전히 배움을 원하는 농민과 어민의 자제들이 많아 서당을 운영할 자를 수소문해 보았지만, 그 누구도 나서지 않았다고 하더군요. 적당한 장소를 물색하던 제게 너무나 반가운 소식이 아닐 수 없었습니다."

"그곳에서 서당을 운영하시겠다는 말씀입니까?" 예임이 놀란 얼굴로 물었다.

"네, 부인이 허락하신다면 함께 가고 싶습니다. 먼 간성군에선 그 누구도 우리가 어디에서, 어떤 사연을 갖고 온 사람들인지 알 방법이 없을 것입니다."

"멀리 떠나, 신분을 숨기고 산다는 말씀입니까? 그렇다면 효재 서당은 어찌합니까? 훈장님의 추억이 깃든 소중한 집과 이제껏 일구어 오신 모든 것을 저 때문에 버리고 가신다는 것은 있을 수 없는 일입니다."

"효재 서당은 얼마든지 후임자를 구할 수 있으니 그 일은 걱정하지 마십시오. 저는 배움이 필요한 이들이 있는 곳이라면 어디든 상관없습니다." 정윤은 예임의 손을 잡고 다시 말을 이어갔다.

"모든 것을 버려야 그대와 함께할 수 있는 것이라면 천 번 백 번 버릴 수 있습니다. 근데 저는 버릴 것이 없습니다. 부인께서 가족과 안락한 삶을 뒤로하고 떠나야 한다는 점이 저를 괴롭게 할 뿐입니다."

정윤의 말을 들은 예임이 떠올린 것은 안락한 삶도, 집안의 명예도 아닌 예흔과 예도의 얼굴이었다. 특히 자신이 떠난다면 예도의 앞날에 불이익이 있지 않을까 두려웠다. 그러나 이기적인 마음으로는 척박한 환경에서도 정윤과 행복한 나날을 보낼 수 있을 것이라는 희망찬 미래가 그려졌다. 모든 현실을 감안할 때, 그와 함께할 방법은 먼 땅에서 신분을 숨기고 사는 것뿐이라는 것을 그녀 또한 잘 알지만 쉽게 대답할 수 없었다.

"제게 생각할 시간을 주시겠습니까? 절대 훈장님의 계획이 싫어서가 아닙니다. 생각만 해도 행복한 것이 사실입니다. 허나 제가 행복을 찾아 떠난 뒤에 올 후폭풍이 무섭습니다." 예임이 말했다.

"물론입니다. 이것은 어디까지나 계획일 뿐입니다. 저는 부인의 결정에 따르겠습니다."

정윤과 이야기를 마친 예임은 별당으로 들어와 아직 불이 켜져 있는 예도의 방문을 열었다. 예임은 예도에게 성산댁에 오고는 처음으로 함께 자고 싶다는 뜻을 전했다. 오랜만에 나란히 누운 두 사람은 말없이 천장을 바라봤다.

"예흔이의 일이 잘 해결되어 참으로 다행이다. 지난 며칠이 얼마나 길게 느껴졌는지 모르겠구나." 예임이 침묵을 깨며 말했다.

"참으로 마음 졸이는 나날이었지만 한 가지 얻은 것이 있소. 우리를 진정으로 아껴주는 사람들의 마음, 그들의 선한 용기가 모여 해결되지 않을 것 같던 문제를 극복할 수 있었소. 오늘을 평생 잊지 못할 것이오…."

"그래, 나도 같은 마음이다." 예임은 잠시 뜸을 들이고는 다시 입을 열었다.

"…예도야, 너에게 나는 어떤 사람이더냐?"

"언니는 내게 가장 소중한 사람이오." 예도가 망설임 없이 대답했다.

"참으로 바람직한 언니가 아닐 수 없소. 때로는 친근한 벗이 되어주고, 때로는 엄한 어머니가 되어주는 내게 없어서는 안 될 그런 존재."

"나도 마찬가지다…." 예임이 속삭이듯 말했다.

"그런데 언젠가부터는 말이오…. 언니가 웃는 모습을 볼 때 내 얼마나 기쁜지 모르오. 언제나 자신보다 남을 먼저 생각해서 마음껏 울지도 웃지도 못하던 언니가 어린아이처럼 즐거워하고 웃는 모습에 나까지 덩달아 행복해지는 게 아니겠소?" 예도가 예임을 따뜻하게 바라보며 말했다.

"훈장님이 뭐라 하셨는지는 모르겠으나, 나는 언니가 그분의 뜻을 따랐으면 좋겠소. 그분과 함께 있을 때 언니는 말로 이를 수 없을 만큼 환하게 빛이 나오. 그러니 다른 것에 마음 쓰지 말고 그저 언니의 마음이 향하는 대로 했으면 하오."

대답을 망설이던 예임이 겨우 입을 열었다.

"…남은 세월 내 한없이 이기적인 사람이 되어 살아도 되겠느냐?"

질끈 감은 눈 사이로 눈물이 흘렀다. 예임의 눈물을 닦아주며 예도가 대답했다.

"내가 바라던 바입니다. 언니가 행복하다면, 그거면 됐소."

예도는 구태여 설명을 듣지 않아도 정윤과 예임이 그리는 삶이 무엇인지 알 것 같았다. 예임의 위치에서 연모하는 사람과 함께할 방법은 단 하나, 홀연히 떠나는 것뿐이기 때문이다. 예도는 예임과 떨어져 사는 삶을 상상할 수 없었지만, 과거 시련을 겪은 예임이 자신을 진정으로 아껴주는 이와 행복한 가정을 꾸렸으면 하는 마음이 간절했다. 예임은 긴말 없이 자기 마음을 모두 헤아려 주는 예도에게 고맙고 미안하여 한동안 눈물을 그칠 수 없었다.

# 김도령

 다음 날 아침, 예임과 예도는 아침 식사도 거른 채 수용사로 향하기 위해 집을 나섰다. 아직 현풍 좌수와 관련된 소식을 듣지 못했을 예혼과 수용사의 승려들에게 조금이라도 빨리 좋은 소식을 전하고 싶었기 때문이다. 그들이 집을 나서는 순간 대문 앞을 서성이던 한 사내와 마주하게 되었다. 그들은 그 사내가 누구인지 단번에 알아차릴 수 있었다. 예도는 어처구니없다는 얼굴로 그 사내를 향해 말했다.
 "여긴 어쩐 일로 오신 겁니까?"
 "저를 기억하시는군요. 홍양 현감으로 있는 김준이라 합니다."
 "기억하다마다요. 먼 곳에 계신 분이 여긴 무엇 때문에 오신 것인지 물었습니다." 예도가 말했다.
 성산댁을 찾은 사내는 바로 예혼이 한때 연모했던 김도령이었다. 김도령이 예흔을 버리고 시간이 얼마 지나지 않아 과거에 합격하고 좋은 집안에 장가를 들었다는 소식을 들었을 때 예도는 마치 자기 일인 것처럼 화가 나 몇 날 며칠 잠을 이룰 수 없었다. 그런 그가 어떤 이유에서든지 자신들을 찾아온 것이 매우 못마땅하여 조금의 친절도 베풀 수 없는 마음이었다.

"예흔이에게 일어난 일을 들었습니다. 마음이 급박하여 염치없지만 이렇게 두 분을 찾아온 것입니다. 부탁을 드릴 것이 있습니다." 잠시 뜸을 들이던 준이 말을 이어갔다.

"그 사람이 어찌 지내는지 사람을 보내 듣곤 하였습니다. 그러다 윤귀성이라는 자가 그 사람을 첩으로 들이려 수작을 꾸미고 있다는 사실을 알게 되었습니다. 그 소식을 듣고 곧바로 그자의 집을 찾아갔습니다. 그자가 관아에 끌려갔다는 소식을 듣고 안심하였으나 이대로 떠날 수는 없다는 생각이 들었습니다."

"이대로 끝내지 않으면 뭘 어떻게 하겠다는 말씀입니까?" 예임은 좀처럼 볼 수 없는 노여운 표정으로 물었다.

"예흔이에게 이러한 일이 또 일어나지 않으리라는 법이 없지 않습니까? 사내들이 비구니를 바라보는 시선이 어떠한지 잘 아시리라 생각합니다. 저 또한 어린 날 그 사람에게 큰 상처를 주었지만 제가 감당할 수 없는 상황이었을 뿐 제 마음은 한시도 변함이 없었습니다. 당시 어머니께서 떠나려는 저를 붙잡고 목숨을 끊으려 하시니, 어찌할 도리가 없었던 것입니다. 하지만 이제는 상황이 달라졌습니다. 어머니는 돌아가셨고, 제 처는 아이를 낳지 못하고 있습니다. 저는 이제 당당하게 제가 연모하는 여인을 지킬 수 있다는 말입니다. 또한 이제는 심씨 부인이 하셨던 것처럼, 저희를 방해하는 사람이 있다면 그저 지켜보고 있지만은 않을 것입니다. 제 울타리에 들어오는 것이 그 사람에게 가장 안전한 방법이라는 것을 알아주십시오." 준이 말했다.

"예흔이를 소실로 들이겠다는 말씀입니까? 심씨 부인의 이야기는 무슨 말씀입니까?" 예임이 물었다.

"심씨 부인, 그러니까 홍시량의 부인 말입니다. 이야기의 전말을 모르셨던 겁니까?" 준은 적잖이 놀란 얼굴로 이야기를 이어갔다.

"저희 어머니께 예흔이의 친어머니가 기적에 이름을 올렸었다는 사실을 알려준 사람이 바로 심씨 부인입니다. 당시 스승님께서 저희의 혼인을 위해 집을 마련하고 있다는 사실을 알고 심씨 부인이 손을 쓴 것이었습니다. 나중에 그 사실을 알았지만 이미 모든 것이 끝난 후였지요."

예임과 예도는 준의 말을 듣고 놀라운 마음과 심씨 부인에 대한 배신감에 입을 열 수 없었다. 심씨 부인이 당시 서녀인 예흔을 큰돈을 써서 시집을 보내려 한다는 사실에 어느 정도 반기를 들었다는 사실은 알고 있었지만, 그녀가 뒤에서 이러한 모략을 꾸몄다는 사실은 알지 못했다. 예임은 놀란 마음을 진정시키고 차분한 목소리로 준에게 말했다.

"아무리 그런 사정이 있었다 하여도 현감께서 예흔이에게 씻을 수 없는 상처를 안겼다는 사실은 변함이 없습니다. 그 아이는 과거를 잊고 자신의 길을 가고 있으니 방해할 생각은 마십시오."

"저 또한 예흔이를 잃고 죽지 못해 살았습니다. 그 사람에게 진 빚을 갚는 방법은 오직 내가 떳떳해지는 것뿐이라 여기며 악착같이 공부하고 살아내어 지금 이 자리에 있는 것입니다. 그 사람이 비구니가 된 이유는 저로 인한 것이니, 그 사람을 세상 밖으로 나오게 할 수 있는 것 또한 저만이 할 수 있는 일입니다. 어젯밤 수용사를 찾아갔으나 그 사람은 저를 만나주지 않더군요. 먼 길을 돌아왔지만 결국은 다시 만날 것이라는 믿음은 변함없습니다. 제 모든 것을 바쳐 예흔이를 평생 지켜주겠습니다. 예전부터 자매의 정이 깊은 사람이었으니 부디 도와주십시오."

준은 말을 끝내며 무릎을 꿇었다.

예임과 예도는 평소라면 그가 말도 안 되는 이야기를 한다고 치부했겠지만, 좌수와의 일련의 사건들을 겪고 또 심씨 부인으로 인해 혼인이 틀어졌다는 사실을 알고 나니 예흔이 원한다면 그녀를 진심으로 아껴주는 이의 그늘 아래 지내는 것 또한 그녀의 신상을 위한 하나의 방법일 수 있겠다는 생각이 들었다. 하지만 그가 과거 저질렀던 일을 생각하면 현재의 태도가 뻔뻔하게 느껴져 두 가지 상충하는 마음이 팽팽하게 맞섰다. 예임과 예도는 갈 길이 바빴기에 무릎을 꿇고 간절한 눈으로 자신들을 바라보는 준과의 대화를 서둘러 마무리했다.

수용사에 도착한 예임과 예도는 모든 소식과 단절된 채 몸을 사리고 있던 예흔과 여승들을 만났다. 보령 스님이 오늘 풀려날 것이라는 소식을 들려주자 여기저기서 안도의 탄식이 터져 나왔다. 좌수가 올린 상소 또한 더 이상의 문제를 일으키지 않을 것이라는 말에 예흔을 비롯한 수용사의 모든 이들은 비로소 웃음을 되찾을 수 있었다. 수용사에 기거하는 여승들은 과부가 대다수였지만 예흔처럼 혼인을 하지 않은 여인들도 상당수 차지하고 있었기에 상소로 인하여 사찰을 떠나야 하는 불미스러운 상황이 닥칠까 큰 두려움에 떨고 있었기 때문이다.

한숨 돌린 예흔은 식사도 거르고 발길을 재촉한 예임과 예도를 위해 손수 밥상을 차려 함께 먹었다. 묵묵히 음식을 삼키던 예흔은 비로소 모든 긴장이 풀린 것인지 눈물을 글썽였다.

"참으로 낯이 없습니다. 저로 인하여 많은 분들께 큰 폐를 끼친 듯합니다." 예흔이 말했다.

"그런 말 마시오. 굳이 누구의 탓인지 가린다면 내 탓이 제일 클 것이오. 언니가 이전에 내게 근심을 털어놓았을 때 내가 너무 안일 하였소. 그저 불심이 깊은 자라 생각하여 대수롭지 않은 상황이라 여긴 내 자신을 얼마나 원망했는지 모르오. 허나 이제 잘잘못은 따지지 말고 모든 것을 잊읍시다. 문제가 다 해결되었으니 말이오." 예도가 말했다.

예도는 예흔의 가냘픈 손을 꼭 잡았다. 길지 않은 시간이었지만 예흔의 얼굴은 너무나 수척해져 있었다. 예임 또한 예흔이 얼마나 마음고생이 컸는지 얼굴에 모두 나타나는 것 같아 마음이 아팠다. 예임은 김도령이 다녀간 이야기를 전달할 것인지 한참을 고민하다가 어렵게 말을 꺼냈다.

"김도령이 이곳을 다녀가지 않았느냐?"

"네, 그것을 어찌 아셨습니까?" 예흔이 놀란 얼굴로 물었다.

"그 사람이 오늘 우리를 찾아왔었다." 예임은 예흔의 손을 잡으며 말했다.

"내가 이 말을 전하는 것에 마음이 상하지 않았으면 한다. 그 사람이 너를 단 한시도 잊은 적이 없다고 하더구나. 그리하여 너의 소식을 줄곧 듣고 있었고, 이번 사건까지 알게 된 것이다. 그는 이번 일이 잘 해결되었다 하여도 훗날 너에게 또 이런 시련이 오지 않을까 걱정하더구나. 그 마음은 나도 같다. 그래서 내 어렵게 이 말을 전하려 한다. 그가 너를 소실로 들이고 싶다 하였다. 소실을 맞을 여건이 충분하다 하며 너에게 죄를 지은 만큼 보답하고 싶어 하는 마음이 커 보였다. 너는 이 제안을 어찌 생각하느냐? 그래도 한때 정을 나누었던 이의 보호를 받으며 사는 것이 마음이 편안하지 않겠느냐?"

"그분이 그곳까지 찾아갔습니까?" 예흔은 숙연한 미소를 지으며 말을 이어갔다.

"그분과 저의 인연은 이미 끝이 난 지 오래입니다. 그 인연을 억지로 끌고 와 다시 이어갈 마음은 추호도 없습니다."

"허나, 한 번만 더 숙고해 보시오. 무릎까지 꿇고 간청하는 모습을 보니 그 마음이 참으로 절실해 보였소. 비록 나 또한 그분을 원망하는 마음이 컸으나, 이제는 상황이 달라지지 않았소? 아무도 그분과 언니의 사이를 방해하지 않을 것이오. 난 언니가 안전한 곳에서 마음을 편히 가지고 살았으면 하오. 이번 일을 겪고 나니 언니를 홀로 이곳에 두는 것이 너무 두렵소." 예도가 걱정스러운 얼굴로 말했다.

"그 마음 잘 안다. 허나 아무리 안전한 길이라 하여도 그 길은 이제 따를 수가 없겠구나." 예흔은 옛일을 떠올리며 허공을 바라보다 어렵게 마음에 묻어놓은 긴 이야기를 시작했다.

"…나는 내가 서녀라는 것을 여덟 살이 되어 알았다. 그만큼 가족들 모두 나를 차별 없이 생각해 주었다는 뜻이지. 근데 내가 서녀라는 것을 알고 난 뒤부터는 세상이 달라 보였다. 어머님의 작은 행동 하나하나에 의미를 두고, 홀로 상처를 입고 그것을 반복하다 보니 너무나 외로워졌다. 얼굴도 모르는 돌아가신 친어머니가 무척 그립더구나. 물론 너와 언니가 있어 행복할 때가 많았지만…. 그러다가 김도령을 만난 것이다. 난 그 당시 내 모든 것을 싫어했다. 형제들과 다른 내 모습이 하나하나 어찌나 다 미운지…. 큰 키, 곱슬머리, 다갈색 눈동자 이 모든 것들이 나를 외톨이로 만드는 것 같았다. 그런데 김도령은 내가 싫어하는 그 점들을 몹시 예뻐했다. 어리석게도 그 마음만 있으면 한평생 외롭지 않고 행복할 것 같더구나. 그리하여 모진 마음을 먹고 집을 떠난 것이다. 보살님들은 모든 불씨가 꺼진 나를 기꺼이 받아주셨다. 처음 한동안은 홀로 지나간 일을 수없이 돌이켜 보며 왜 어머니가 기적에 이름을 올리셨을까, 김도령은 어찌 약속을 지키지 않았을까, 다른 사람을 원망하기 바빴다. 허나 원망도 잠시일 뿐, 모든 선택은 내가 한 것이었다. 누군가를 연모한다는 마음에 갇혀 나를 진정으로 아껴주는 마음들을 헤아리지 못한 것은 바로 나 자신이었다. 그분과 나의 인연은 비록 좋은 끝맺음을 하지 못하였으나 생각 없이 행복했던 때가 있었기에 아무런 미련이 없다. 나는 이곳에서 새로 태어나 또 다른 행복을 찾았다. 하루하루 내가 더 나은 사람이 되는 것 같은…. 그래서 나는 부처님 그리고 보살님들과의 인연을 놓지 못하겠구나. 가족들에게 걱정을 끼치는 이 한결같은 이기심이 너무나 죄스러운 마음이나, 내 마음이 편한 곳은 이곳이라는 것을 알아주었으면 한다."

 예임과 예도는 예혼의 마음을 이토록 자세히 들은 적이 없었기에 매우 놀라고 시린 마음이 들었다. 그녀가 지니고 살았을 큰 외로움을 빨리 눈치채지 못한 것이 미안하여 가슴이 먹먹했다. 한편으로는 절망, 원망, 후회 등의 갖가지 감정을 겪고 이제 진정한 행복을 느끼는 것 같은 그녀의 표정에 안도하는 마음이었다. 그들은 서로 말은 하지 않았지만, 심씨 부인의 이야기를 하지 않기로 마음먹었다. 이제 와서 그 이야기를 꺼내는 것은 새로운 삶을 시작한 예혼에게 또 다른 생채기를 낼 뿐이라는 것이 분명했기 때문이다. 그저 홀로 수많은 감정을 앓았을 예혼을 따뜻하게 안아주었다. 세 자매는 밥상을 물리고 말없이 서로를 부둥켜안았다.

 "얼마나 많은 눈물을 흘렸을지 가늠이 되지 않는구나. 허나 마침내 네가 진정으로 마음을 누일 수 있는 곳을 찾은 것 같아 마음이 한결 놓인다." 예임이 자세를 곧게 고쳐 앉으며 무언가 결심한 듯 말을 꺼냈다.

"사람들은 평생 옳고 그름에 현혹되어 살아간다. 그러나 이제 드는 생각은 사람은 그저 자신이 행복할 수 있는 길을, 그것이 어렵다면 덜 불행할 수 있는 길을 가야 한다는 것이다. 너에게 묻고 싶구나. 만약 내 눈앞에 행복을 위한 길이 놓여 있다면, 설사 모두의 질타를 받는 일이라 하여도 내 그 길을 따라 떠나도 되는 것이냐?"

"부처님의 말씀 중 자등명 법등명이라는 말이 있습니다. 자신을 등불로 삼아 세상을 살아야 한다는 것입니다. 저는 언니의 등불이 언제나 꺼지지 않고 환히 빛날 것이라 믿습니다." 예임의 손을 잡은 예흔은 조심스럽게 말을 꺼냈다.

"가시려는 길이 무엇입니까…?"

예임은 어떻게 이야기를 시작할지 몰라 망설였다. 그런 그녀의 마음을 알아차렸는지 예도가 대신하여 답했다.

"사실 큰언니는 효재 서당의 훈장님이신 권정윤이라는 분과 각별한 정을 나누고 있소. 허나 언니도 알다시피 두 사람의 마음이 깊다 하여도 아무것도 할 수 없는 입장이 아니오? 그러다 어젯밤 훈장님께서 언니를 불러 한참 동안 이야기를 나누었소." 예도는 예임을 바라보며 질문했다.

"…어제 훈장님이 이곳을 떠나 함께하자고 말씀하신 것이 맞지요?"

"…맞다. 너희를 볼 면목이 없구나…. 예흔이에겐 너의 마음을 여태껏 알아주지 못한 것이 너무나 미안하고, 예도에겐 내가 떠난다면 너의 앞날에 해를 끼칠까 두렵구나." 예임은 근심이 가득한 얼굴을 하고 말했다.

그때 예흔은 감정의 변화를 드러내지 않던 평소의 모습과 달리 기쁨과 안도의 감정이 선명하게 보이는 환한 웃음을 지었다.

"그게 정말입니까?" 예흔은 눈에 고인 눈물을 서둘러 닦아내고 말을 이어갔다.

"우리에게 왜 미안합니까? 이렇게 기쁠 수가 없습니다. 아무리 마음을 비우려고 노력하여도 한 가지 비울 수 없던 것이 있습니다. 바로 언니에게 준 상처입니다. 미련하고 어리석었던 저로 인해 자신의 상황으로도 힘겨웠을 언니가 얼마나 큰 상처를 입었을까, 그것만은 스스로 용서가 되지 않았습니다. 허나 언니가 실로 행복해질 수 있는 길을 떠난다면 제 마음을 짓누르던 죄책감을 비로소 비울 수 있을 것 같습니다. 그저 행복만 하십시오…."

"이것 보시오. 동생들이 하나같이 같은 이야기를 하지 않소? 그러니 이제부터 우리에게 미안하다 말하는 것을 금하겠소. 그리고 내가 평판이 나빠진다 한들 꿈쩍이나 할 인물이오?"

예도는 장난스럽게 이야기했지만, 언니들이 자신들의 방식대로 행복을 찾아가는 이 순간이 감격스러웠다. 그리고 비로소 예임과 예흔이 모든 묵혀왔던 감정을 풀고 다시 예전으로 돌아간 것 같아 기뻤다. 먼 훗날 몸은 멀어질지라도 서로를 애정하고 아끼는 마음은 변치 않을 것이라는 사실을 다시금 느낄 수 있었다.

예임과 예도가 수용사를 떠나고 얼마 지나지 않아 준은 다시 예흔을 찾아왔다.

준은 어젯밤과 달리 자신을 보고 얼굴에 희미한 미소가 비치는 예흔에게 큰 기대를 품고 다가갔다. 하지만 그녀는 그가 일말의 기대도 하지 못하게 할 작정인 듯 천천히 합장을 올리고 뒤돌아섰다. 그는 차라리 자신을 못 본 체했던 어제의 모습이 더 가깝게 느껴질 정도로 그녀의 얼굴에는 어떠한 미련도 감정도 없는 단단함이 보였다. 그는 자신이 너무 늦었다는 것을 깨달았다. 모든 여건이 갖춰진 지금 오히려 아무것도 할 수 없다는 것을 알고 나니 비참하고 절망스러운 마음이 밀려왔다. 그는 축 처진 몸을 이끌고 수용사를 나섰다. 아직 그의 발걸음엔 미련이 가득했지만, 그 누구도 그것을 알아주지 않았다.

예흔은 그가 떠난 것을 확인하고 자신의 방 깊숙이 숨겨놓았던 수많은 편지를 꺼냈다. 그것은 과거 자신이 준에게 보내기 위해 썼던 편지들로, 전송하지도 버리지도 못한 채 간직하고 있었다. 예흔은 편지를 하나씩 펼쳐 읽어보았다. 수용사에 온 후로 거의 매일 밤 썼던 편지들은 시간이 지날수록 그 빈도가 줄어들었다. 한동안 기억에도 없었던 편지들을 찬찬히 읽어가던 그녀가 속삭였다.

"이 편지 속 홍예흔은 도련님이 저를 떠올리며 긴 한숨을 내뱉는 모습만으로도 큰 희망을 품었을 것입니다. 돌아온다는 짧은 약속만으로도 온 세상을 가진 듯 기뻐하였을 것입니다. 이 편지들을 보낼 용기가 있었다면 어찌 되었을까요?"

예흔은 담담하게 편지들을 한곳에 모았다.

"이 세상에 영원한 건 없나 봅니다. 더 이상 지나간 일에 연연하지 마시고 앞으로 나아가십시오. 저 또한 그리하겠습니다."

그녀는 모은 편지를 아궁이를 지피는 모닥불에 모두 넣었다. 발갛게 타오르던 불이 조금씩 사위어 가자, 그녀는 옷에 묻은 재를 털어내며 일어나 밖으로 나갔다.

# 홍시량

　예임과 예도는 성산댁으로 향하는 길이 몹시나 즐거웠다. 모든 근심과 걱정이 사라지고 오직 서로의 행복만을 빌어주었던 수용사에서의 시간이 마음속에 큰 평안을 가져다준 것 같았다. 하지만 성산댁에 다다랐을 때 그들이 느낀 막간의 평화가 모두 가시는 광경이 펼쳐졌다. 성산댁 마당에는 시량이 화가 난 얼굴로 서 있었고, 그 앞엔 정윤이 무릎을 꿇은 채 고개를 숙이고 있었다. 그 모습을 본 예임은 더위가 가고 서늘해진 날씨 탓도 있지만, 놀란 마음에 온몸이 오싹해지며 가슴이 덜컥 내려앉았다. 대문을 통해 들어오는 예임을 본 시량은 인사도 생략한 채 소리쳤다.
　"다 알고 있으니, 거짓을 이야기할 생각은 말거라! 내 예도의 행실을 걱정하긴 하였으나 너는 나를 실망시키지 않을 것이라 믿었다. 헌데 어찌 그런 네가, 부녀인 몸으로 사내와 정을 통한 것이냐?"

상황을 파악한 예임은 빠르게 뛰는 심장 소리를 애써 모른체하며 정윤에게 다가가 그의 몸을 일으키며 속삭였다.

"훈장님께서 왜 무릎을 꿇고 계십니까…?"

예임은 시량을 바라보며 흔들림 없는 목소리로 이야기했다.

"훈장님은 죄가 없습니다. 벌을 하시려거든 저를 벌하세요."

예임은 눈물을 보이고 싶지 않았지만, 그녀의 볼에는 하염없이 눈물이 흘러내렸다.

"당장 예임이와 예도는 짐을 싸거라. 너희는 나를 따라 한양으로 가야 할 것이다." 시량은 예임의 등을 한껏 밀치며 말했다.

정윤은 휘청거리는 예임의 어깨를 꼭 잡아주었다. 시량은 그런 정윤을 매서운 눈으로 바라봤지만 예임은 한 걸음도 움직이지 않았다. 시량과 예임 사이의 양보할 수 없는 긴장감이 맴돌던 그때, 별안간 벼울이 뛰쳐나와 예임 앞에 무릎 꿇었다.

"아가씨, 모두 제 탓입니다. 제가 마님께 모든 것을 고했습니다. 저를 죽여주십시오…." 벼울은 주먹으로 자기 가슴을 치며 이야기했다.

"너는 물러가거라! 어디 주인의 일에 끼어드는 것이냐!" 시량이 소리쳤다.

"이 모든 상황은 저로 인해 비롯하였습니다." 벼울은 자신의 불룩해진 배를 쓰다듬었다.

"…그저 이 아이만을 생각하며 저를 진심으로 아껴주신 아가씨를 배반하였습니다. 이 아이는 마님의 아이입니다. 저를 데리러 오신다 약조하셨는데 아무런 기별이 없으시어 아가씨와 훈장님의 관계를 빌미로 마님을 불러들인 것입니다. 허나 어리석은 저는 마님이 오시고서야 깨달았습니다. 아가씨에게 죄를 짓고서는 살 수 없을 것이라는 걸요."

벼울은 힘겹게 몸을 일으켜 시량 앞에 섰다.

"…마님, 뱃속의 아이를 봐서라도 아가씨를 용서해 주십시오. 저의 안위만을 생각한 어리석은 행동이었습니다. 제발 아가씨를 힘들게 하지 말아주세요."

시량은 화가 끝까지 난 것인지 벼울의 뺨을 때리기라도 할 태세로 손을 들어 올렸다. 예임은 성큼 다가가 그의 팔을 두 손으로 제지했다.

"그만하시지요. 이 어린아이가 가엾지도 않으십니까?"

예임은 시량 앞에 서서 천천히 무릎을 꿇었다.

"제 행동이 참으로 뻔뻔한 것 잘 압니다. 오라버니의 이름에, 집안의 명성에 먹칠을 할 마음은 추호도 없습니다. 소리 소문 없이 사라지겠습니다. 그것만은 허락해 주십시오."

예임의 말에 정윤은 그녀를 놀란 눈으로 바라봤다. 아직 그녀에게서 확답을 듣지 못한 상태였기에 더욱 뜻밖인 눈치였다. 그 사이 예도 또한 예임 옆에 나란히 무릎을 꿇었다.

"오라버니, 저도 이리 사정합니다. 제발 언니와 훈장님을 내버려두세요." 예도가 말했다.

"어림없는 이야기는 그만하고 어서 방에 들어가 짐을 챙기거라!

어머니와 내가 없는 사이 너희에게 무슨 일이 있었던 것이냐? 제정신이 아니구나!" 시량이 소리치듯 말했다.

시량의 말에 예도는 분한 눈빛으로 그를 바라보며 말했다.

"오라버니의 독단적인 행동, 참지 못하겠습니다."

예도는 몸을 일으켰다.

"어찌 이리 제멋대로이십니까? 윤성당을 팔아버린 것도 모자라 이제 우리 자매들을 오라버니의 손아귀에서 살게 하시려는 겁니까? 새언니의 계략으로 인해 예흔 언니의 혼인이 파탄 난 것을 오라버니도 아셨습니까?"

"그게 무슨 말이냐?" 시량이 물었다.

"새언니가 예흔 언니의 친모이신 정씨 부인의 과거를 김도령의 집안에 알렸습니다. 그로 인해 모든 것이 어긋나 지금에 이른 것이지요. 만약 지금 예임 언니의 인생마저 망치려 하신다면 저도 가만히 있지 않겠습니다."

시량은 처음 듣는 이야기에 놀라 한동안 아무런 말도 할 수 없었다. 그러나 다시 결심을 다지듯 눈을 부릅뜨고 말했다.

"만약 그것이 사실이라 하여도 내겐 누이들을 옳은 길로 이끌어야 하는 의무가 있기에 손을 놓고 있을 수는 없다. 내가 모질다고 여겨져도 훗날 내게 감사할 날이 올 것이다."

"감사도 후회도 저의 선택으로 하고 싶습니다." 예임은 흐트러짐 없는 단호한 얼굴로 말했다.

예도는 예임의 단호한 태도에 어쩔 도리가 없는 듯 조금씩 누그러지는 시량의 얼굴을 확인하고 그 틈을 타 그의 손을 꼭 붙잡았다. 그에게 간곡하게 빌었다.

"제발, 언니의 행복을 막지 마십시오. 새언니가 저지른 일과 오라버니께서 윤성당을 버리신 것을 더 이상 탓하지 않고 없었던 일처럼 여기겠습니다. 그러니 같은 실수를 반복하지 마세요. 오라버니가 저희를 위하는 마음을 잘 압니다. 언니가 얼마나 진중한 성격인지 모르십니까? 이토록 결연한 데에는 수없는 눈물과 질책의 과정이 있었습니다. 언니의 고단했던 마음을 헤아려 주세요…."

시량은 사실 그리 모진 사람이 아니었다. 그는 예임과 예도를 무조건 데리고 가겠다는 일념으로 성산댁에 왔지만, 누이들의 간절함에 자신의 결심이 서서히 무너지는 것을 느꼈다. 그는 아무 말 없이 큰 한숨을 쉬며 허공을 바라봤다. 마음이 복잡했다. 예임의 일을 비롯하여 심씨 부인의 과거 행적과 벼울의 향후 거취에 대한 고민으로 선뜻 어떠한 행동도 취할 수 없었다. 한참을 고민하던 그에게 성산댁 부부가 다가왔다.

"홍주부, 자네 마음을 이해하오. 허나 누이의 결심이 이리 단호하니 어찌할 방도가 있겠소? 분을 삼키고 방에 들어가 현실적인 방안을 생각해 보는 것이 어떤가? 권생원은 자네도 알다시피 참으로 자질이 우수하고 믿음직스러운 사람일세. 그러니 무조건 안 된다는 마음은 접고 함께 이야기를 나누어 보세." 운남이 시량을 달래듯 말했다.

시량은 어쩔 수 없이 운남의 말에 수긍하며 성산댁에게 이끌려 정윤과 함께 사랑채 안으로 들어갔다. 그는 정윤과 대화를 하는 것이 못마땅했지만 그의 차분한 태도에 더 이상 화를 내기도 곤란한 마음이었다.

그들의 대화는 한참 동안 이어졌다.

밖에서 기다리던 사람들의 입술이 바짝 말라가던 그때 방문이 열렸다. 시량은 체념한 얼굴로 말에 올라탔다. 그는 아무 말 없이 떠나려다 돌연 멈춰서는, 자신을 따라오는 예임과 예도를 향해 나지막한 목소리로 이야기했다.

"…잘했다는 말은 차마 못 하겠다. 그러나 예임이 네가 어릴 적부터 얼마나 속이 깊은 아이인지 잘 알기에 너의 선택을 믿어보겠다. 그러니 이제 뒤는 돌아보지 말거라…."

예임은 대답을 못 하고 흐느껴 울었다. 시량의 표정은 무심해 보였지만, 그의 진심이 마음에 닿았기 때문이다. 정윤은 그런 그녀를 토닥여 주었다.

그때 운남이 말을 꺼냈다.

"홍주부는 성주목에 볼일이 있어 떠난다. 이틀 뒤에 다시 이곳을 방문할 것인데 그때 예임이는 오라비와 함께 떠나거라."

"…네? 한양으로 떠나라는 말씀입니까?" 예임이 물었다.

"아니다. 홍주부가 너를 간성군으로 데려다줄 것이다. 고을 사람들은 네가 오라비를 따라 한양에 간다고 여길 것이니 아무 의심도 하지 못할 것이다. 그리고 권생원은 네가 가고 보름 정도 지나 이곳을 떠나려 한다. 그렇게 해야지만 사람들의 의심 어린 시선을 피할 수 있기 때문이다. 그리고 벼울이는 당분간 여기서 지내거라. 지금 경아어미가 둘째 아이를 가졌다고 하니, 당장 너를 데리고 갈 처지는 아니라고 하더구나. 둘째 아이를 낳고 난 후에 너의 거취를 정하겠다 하였다."

예임은 당장 이틀 후에 자신이 떠난다는 것이 믿기지 않았다. 기쁜 마음도 있었지만, 갑작스러운 소식에 어리둥절한 마음이 더 컸다.

그것도 잠시, 운남의 말을 듣고 엉엉 우는 벼울이 매우 안쓰러워 자신의 감정을 돌볼 여유가 없었다. 예임은 벼울이 한 행동에 실망한 것은 사실이나 눈에 띄게 부른 벼울의 배를 보니 그녀의 간절했던 그 마음을 이해할 수 있었다. 어린 벼울이 자신은 안중에도 없는 시량의 태도에 얼마나 큰 상처를 받았을지 걱정스러웠다. 예임은 벼울의 떨리는 몸을 어루만져 주었다.

"…다 잘될 것이다. 오라버니께서는 사정이 여의찮아 너를 살뜰히 챙기지 못하는 것일 뿐, 너와 아이를 생각하는 마음만은 진심일 것이라 믿는다. 만약 상황이 녹록지 않을 때는 나를 찾아오거라." 예임이 말했다.

"저를 용서해 달라는 말씀을 차마 못 드리겠습니다. 평생 아가씨의 은혜를 잊지 않을 것입니다…." 벼울은 예임의 품에 얼굴을 묻고 이야기했다.

시량이 돌아오기까지 이틀간의 시간은 예임이 먼 길을 떠날 준비를 하는 데 턱없이 부족했다. 예임은 최소한의 짐을 꾸려 출발해야 했기에 다음 날부터 예도의 도움을 받아 짐을 추리는 데 여념이 없었고, 정윤은 예임이 타고 갈 말과 짐을 운반할 차부를 구하기 위해 대구부로 향했다. 떠나는 날이 코앞이기도 하고 간성군까지 다녀온 사실을 비밀에 부쳐야 하는 상황이기에 정윤은 이 조건에 응할 사람을 구하기 위해 웃돈을 지불해야 했다. 그가 집을 비운 사이 성산댁 부부는 예임을 사랑방으로 불렀다. 그들은 시량의 갑작스러운 방문으로 모든 사실을 알게 되었지만, 어느 정도 예임과 정윤의 관계를 눈치채고 있었기에 예임의 여정을 묵묵히 응원하고 있었다. 운남은 예임에게 주머니 하나를 건네며 말했다.

"금화 석 냥이다. 권생원에게는 말하지 말고 지니고 있거라. 언제든지 필요한 때가 있을 거다."

"아닙니다. 제가 어찌 이 큰돈을 받을 염치가 있겠습니까? 저를 이리 격려해 주시는 것만으로도 감사하고, 또 죄송할 따름입니다." 예임은 운남이 건넨 주머니를 조심스럽게 밀어내며 답했다.

"예임아, 아무 생각 말고 받거라. 훈장님께서 어련히 잘하시겠지만 사람 일 아무도 모르는 거데이. 아무렴 우리 예임이가 그저 잘 살았으면 하는 바람이지만, 어떤 일이 닥칠지는 하늘도 모르는 거기 때문에 언제든 기댈 구석이 있어야 된다. 서로 아낀다고 해도 못 먹고 못 입으면 사랑하는 마음도 식기 마련이다. 또 아도 낳을 거 아니가? 그러니까 아 키울 돈도 마련해야 할 것이고, 아무 도움 없이 세상 사는 거 만만치 않데이. 그래도 훈장님이랑 예임이는 현명해서 잘 헤쳐나가리라 믿는다." 성산댁이 말했다.

성산댁은 예임의 두 손을 붙잡았다. 그리고 운남을 바라보며 미소 짓고는 다시 말을 이었다.
"우리 원님께서 결정하신 일이다. 예임아, 우리는 이제 다 늙어서 쓸 데도 없다. 그러니까 네가 잘 간직했다가 요긴하게 썼으면 한다."

성산댁은 예임의 손에 주머니를 쥐었다. 예임은 자신을 향한 성산댁 부부의 따뜻한 마음을 결국 받아들이기로 했다. 그들이 베푼 사랑을 보답하는 길은 정윤과 행복하게 잘 사는 것이라 되새기며, 자칫 몰염치하게 느껴지는 현재 상황을 긍정적으로 받아들이기 위해 애썼다.

예임은 별당으로 돌아가 예도와 함께 다시 짐 싸는 것을 마치고, 한양에 있는 한씨 부인에게 부칠 긴 편지를 써 내려갔다. 예임과 예도는 한씨 부인과 자주 편지를 주고받았지만 예흔의 일로 정신없이 시간이 지나면서 한동안 편지를 쓰지 못했었다. 긴 편지 속엔 예흔에게 일어난 일과 더불어 예임이 정윤과 간성군으로 떠나게 될 것이라는 소식도 담겨 있었다. 자신의 편지를 읽고 놀랄 한씨 부인이 염려되었지만, 다른 한편으로는 어머니의 진심 어린 격려가 필요한 시점이었다. 성산댁 또한 한씨 부인에게 예임과 정윤의 관계를 밝히며 그들을 응원해 줄 것을 당부하는 편지를 썼다. 물론 예임이 자기 집에 머무는 동안 일어난 일이기 때문에 이에 대한 미안한 마음도 전했다.

입추가 지나면서 저녁 식사를 들고 나면 해가 떨어지며 어두운 기운이 맴돌았는데, 오늘은 저녁상을 치우고 나니 유독 사방이 거

무직칙하고 고요했다. 그때 성산댁으로 다가오는 발소리가 들려왔다. 예임은 정윤이 벌써 볼일을 마치고 고령으로 돌아왔다고 생각해 반갑고 설레는 마음이 앞섰다. 그런데 대문이 열리는 소리와 함께 조용히 별당으로 들어선 사람은 정윤이 아닌 경산이었다. 경산은 여종 하나를 이끌고 예고도 없이 별당 문을 열고 들어왔다. 마침 예도와 서랑은 성산댁과 함께 곳간에서 예임이 떠날 때 챙겨줄 식재료를 골라 정리 중이었기에 예임은 영문을 모르고 자신에게 다가오는 경산을 홀로 맞았다.

"기어이 사달을 내셨더군요." 경산이 화가 난 얼굴로 말했다.

"이리 급작스럽게 어쩐 일이십니까? 감사 나리께서도 함께 오셨습니까?"

"훈장님과 부인의 소식을 듣고 황망하여 이렇게 갑작스럽게 방문을 드리게 되었습니다. 놀라셨다면 죄송합니다. 허나 그냥 넘어갈 수가 없었습니다. 부인은 양가의 부녀가 아니십니까? 어찌 부녀의 몸으로 혼인도 하지 않은 훈장님의 여인이 되겠다는 생각을 하신 겁니까? 그 마음이 훈장님의 앞길을 막는다는 생각은 해보지 않으셨습니까?"

"제 마음과 행동이 바른 것이라고는 말씀 못 드리겠으나 저희의 결정에 대해 이리 참견하실 자격은 없는 것이라 여겨집니다." 예임은 단호하게 자기 뜻을 전했다.

"자격이 없다니요? 저는 훈장님의 친형제나 다름없는 경상감사의 처입니다. 처음 만났을 때부터 기만하더니 끝까지 저를 아래로 보시는군요."

"그게 무슨 말씀입니까?" 예임이 물었다.

"제게 하신 말씀을 잊으셨습니까? 한양을 유람하고 온 저를 부럽다고 하셨지요? 제가 그 말의 속뜻을 모를 줄 아십니까? 정말 제가 부럽습니까? 천한 소실의 몸이니 이리저리 유람을 다닐 수 있는 것이라 업신여긴 것이겠지요."

경산의 말도 안 되는 억지에 예임은 아무런 대꾸도 할 수 없었다. 이제야 처음 만난 순간부터 자신을 삐딱하게 바라보던 경산에 대한 모든 의문이 풀리는 듯했다. 예임이 할 말을 잃고 주저하는 사이에 경산은 다시 말을 이어갔다.

"만약 훈장님이 과부와 도망간다는 것이 발각된다면 저희 원님께서 받으실 피해를 생각해 보셨습니까? 원님은 현재 자기 일처럼 훈장님의 계획을 돕고 있습니다. 그러니 이 문제가 관아에 알려진다면 원님에게 불똥이 튈 것이 분명하지 않습니까? 또한 먼 옛날 훈장님의 조부님께 받았던 은혜를 갚는다는 명분으로 우리 원님께서는 땅까지 팔아 훈장님에게 내어주셨습니다. 원래 그 땅은 원님이 한양으로 돌아갔을 때 제가 지낼 집을 마련하기 위해 쓰려고 했습니다. 헌데 지금 부인 때문에 모든 것을 망쳤습니다. 이를 어찌 만회하실 겁니까?" 경산은 감정을 주체하지 못하는 듯 예임에게 손가락질하며 따져 물었다.

"마음을 진정하십시오. 저는 그 땅에 대해 들은 바가 없고, 훈장님께서는 절대 금전을 요구하실 분은 아니십니다. 그러니 돌아가

서서 감사 나리와 상의를 하시는 것이 마땅하다 여겨집니다. 저에게 이리 무례하게 행동하지 마십시오."

"어떻게 이리 염치가 없을 수 있습니까? 그 짧은 판단으로 인해 훈장님이 겪을 고초는 염려치 않으시는 겁니까? 생각해 보십시오. 과부의 몸으로 재혼하여 뭘 어찌하려는 겁니까? 훈장님은 큰 자질을 가지고도 이제 영영 출세할 수 없을 것이고, 또한 둘 사이에서 나온 아이는 온 세상의 손가락질을 받으며 클 것입니다. 게다가 부인의 안 좋은 기운으로 인해 이미 부군을 잃은 경험이 있으면서 또 같은 길을 걸으려 하십니까? 가보지 않고는 알 수 없는 게 인생이지만 굳이 가볼 필요 없는 길도 있는 것입니다. 훈장님은 그저 부인을 동정하는 것입니다. 동정이 끝나면 사랑도 끝날 테지요."

예임은 저주와 다름없는 경산의 말에 정신이 혼미해졌다. 경산에게 당당히 맞서겠다 생각했지만, 애써 감추어 놓았던 두려움이 꾸역꾸역 다시 얼굴을 들이밀었다. 보이고 싶지 않았던 가장 연약한 부분을 경산이 어떻게 알았을까. 어떻게든 피해보겠다며 정윤이 주는 안정감에 숨어 감히 꺼내보지 못한 문제들이었기에 경산이 내뱉는 말들이 비수처럼 꽂혔다.

'무사안일, 내겐 어울리지 않는 말….'

예임은 더 이상 말을 잇지 못하고, 비틀거리며 마루에 걸터앉았다. 시량의 등장으로 솟아오른 패기와 생각보다 쉽게 얻은 그의 승낙이 합쳐져 들뜬 나머지 중요한 것을 간과했다. 가슴을 짓누르던 책망의 무게 말이다.

그때 모든 광경을 씩씩거리며 지켜보던 벼울이 다가와 경산을 밀쳤다.

"우리 아가씨께 당장 사과하시오!" 벼울이 외쳤다.

"이년이 내가 누구인지 알고 감히 손을 대는 것이냐? 아무리 종년이라 하여도 법도를 모르는 것이냐!" 경산이 말했다.

경산은 눈을 부릅뜨고 벼울의 뺨을 내리쳤다. 벼울은 똑같이 경산의 뺨을 때렸다. 경산은 놀라 입을 다물지 못하고 자기 뺨을 감쌌다.

"당신이나 나나 똑같은 천민이 아니오? 기생 출신 첩이나, 집종 출신 첩이나 같은 처지가 아니겠소? 내 배를 보시오. 나는 홍대감 댁 장남의 씨를 품고 있소. 그러니 어찌 보면 내가 더 귀한 몸이 아니겠소? 그리 좋아하는 법도를 어디 따져봅시다. 감히 천민 주제에 우리 아가씨께 어찌 이리 큰 무례를 범할 수가 있소? 말도 안 되는 저주까지 퍼붓다니 용서받지 못할 것이오. 당장 이 사실을 감사 나리께 알린다면 그쪽은 죽은 목숨이나 다름없소. 당신은 그저 외로운 객지 생활에서 조금이나마 외로움을 덜어주는 노리개 같은 존재, 그뿐이오. 조용히 돌아가 오늘 목숨을 부지한 것을 고맙게 여긴다면 나도 더 이상 입을 열지 않겠소. 어찌할 것이오?" 벼울이 말했다.

"이, 이년이…!"

자신이 홧김에 한 행동이 초래할 결과가 무서웠던 경산은 더 이상 말을 잇지 못했다. 잠시 눈치를 살피던 경산은 자신의 여종을 데리고 성산댁을 빠져나왔다. 밖에서 기다리던 사내종은 경산이 말을 탈 수 있게 급히 움직였다.

사실 경산은 한참 전에 도착하여 예임이 별당에 혼자 남기를 기다리고 있었다. 지난 경험에 비추어 보았을 때 예임은 자신이 강하게 나간다면 이길 수 있을 것 같았지만, 예도는 쉽게 기를 꺾을 수 없을 것이라고 느꼈기 때문이다. 그렇기에 별당에 홀로 남겨진 예임에게 강한 어조로 밀어붙이면 뜻을 꺾을 수도 있겠다는 희망을 품고 기세등등하게 발을 들인 것이다.

하지만 예임은 이전과 달랐다. 여린 성품을 가졌을 것이라 예상한 예임이 끝까지 뜻을 굽히는 태도를 취하지 않자 경산은 뱉지 말아야 할 말까지 해버렸다. 자기 말에 흔들리는 예임을 보고 어느 정도 승산이 있다고 생각한 순간, 벼울이 나타나 상황이 역전되었다. 경상감사 권치원은 평소 부드럽고 온화하지만 불의 앞에서는 한치의 자비도 없는 사람이라는 것을 누구보다 잘 알기에, 오늘 일이 그의 귀에 들어가면 오히려 자신의 입지가 더욱 위태해질 것 같은 불안감이 밀려왔다. 그렇기에 누구도 자신이 방문한 것을 알아채지 못하게 급히 자리를 뜬 것이다.

한편 예임은 다시 한번 엄습해 온 위구와 자조의 기운에 가쁜 숨을 쉬다, 구역질을 참지 못하고 저녁에 먹은 것을 모두 토해냈다. 벼울의 부축을 받고 방에 들어가 이부자리에 누운 그녀는 아무것도 생각하기 싫은 듯 눈을 질끈 감았다. 그때 벼울이 나가기 위해 조용히 문을 열었다. 예임은 고통스러운 와중에도 자신을 위해 위험을 감수하고 나서준 벼울이 고마워 어렵게 입을 뗐다.
"참으로 고맙구나. 벼울이 네가 아니었으면 내가 어찌 되었을지, 상상하기도 싫다. 너는 좋은 어머니가 될 것이야. 언제나 강하고 어진 마음을 가진 어머니 말이다."
"아가씨…." 벼울은 감격에 찬 눈물을 흘렸다.
"푹 주무시고 일어나셔요. 그러면 정신이 맑아지실 거예요."
예임은 벼울의 말을 듣고 끄덕이며 눈을 다시 감았다. 그녀는 지친 것인지 바로 잠들었다.

# 이별

　예임은 모든 기운이 빠져나간 듯 다음 날 아침까지 깊은 잠을 이루었다. 밝은 햇살에 겨우 눈을 떴을 때 그녀 앞에 정윤이 걱정스러운 표정으로 앉아 있었다. 예임은 마치 꿈이라도 꾼 모양인지 웃어 보였지만 이내 꿈이 아니라는 것을 알아차리고 놀란 얼굴로 몸을 일으켜 앉았다.

　"훈장님께서 어찌 이곳에…."

　"이제 좀 괜찮으십니까?" 정윤은 예임의 이마를 짚으며 말을 이어갔다.

　"오늘 새벽 이곳에 당도하여 부인께 일어난 일을 들었습니다. 다시는 이러한 불미스러운 일이 일어나지 않도록 제 선에서 조치를 잘하였으니 이 일은 걱정하지 마십시오. 제가 염려하는 부분은 부인에게 일어난 증세를 가벼이 여길 수 없다는 것입니다. 부인께 일어난 증세는 담습의 한 종류로 보이는데, 이러한 병세가 나타난 것은 어제가 처음이었습니까?"

"처음은 아니나 자주 있는 일 또한 아니니 염려치 마십시오." 예임은 힘 빠진 얼굴을 하고 어렵게 다시 입을 열었다.

"경산의 말을 듣고 나니 제가 얼마나 어리석은 일을 벌이고 있는지 깨달았습니다. 훈장님을 제 마음에 품는다는 것이, 어떠한 결과를 초래할 것인지 애써 모른척했습니다. 그러나 뻔히 보이는 불행을 알면서도 훈장님과 함께한다는 것은 제 욕심입니다. 너무나 큰 꿈을 꾼 것입니다. 그 꿈에서 깨야 할 때가 온 것 같습니다."

"부인께서 생각하는 불행은 무엇입니까?" 정윤은 고개를 내저으며 예임의 손을 살며시 잡았다.

"지금 제게 가장 불행한 일은 부인이 저의 삶을 비켜나가는 것입니다. 이 세상에 큰 꿈이란 것이 있습니까? 부끄럽지만…, 저는 삶의 여한이 없는 사람이었습니다. 그런 제가 부인을 만나고부터 잘 살고 싶어졌습니다. 사랑하는 사람과 가정을 꾸리고, 오래도록 살고 싶다는 꿈이 생긴 것입니다."

예임은 정윤의 말에 머리가 하얘졌다. 잠깐의 정적이 흐른 후, 예임은 다시 정신을 차리고 말했다.

"…두렵습니다. 죄스럽습니다. 훈장님처럼 모든 자질이 뛰어나신 분이 저라는 존재 때문에 모든 가망이 가로막히는 것이 아닙니까? 만에 하나 저의 불운한 기운이 훈장님까지 앗아간다면…."

예임은 북받치는 듯 말을 멈췄다가 어렵게 이어나갔다.

"…저희가 부부가 되어 아이가 생기면…, 그 아이는 제 자식이라는 사실만으로 평생 떳떳하지 못할 것입니다."

"부인의 두려움을 잘 알고 있습니다. 너무나 큰 고초를 겪으셨으니, 최악의 상황을 그려보는 마음을 가질 수 있습니다. 허나 일어나지 않은 일로 인하여 마음을 졸이지 마십시오. 설령 불안한 마음이 가시지 않는다 하여도 문제가 되지 않습니다. 전에 말씀드렸듯 제가 비 오는 날의 처마가 되어드릴 거라는 그 다짐, 꼭 지킬 것이니까요…."

"…또 만약 우리가 가는 길이 틀렸다 하여도 저는 부인과 나란히 그 길을 가고 싶습니다."

정윤의 눈에 간절함이 비쳤다. 그의 마음이 간절한 만큼, 예임의 가책은 커져만 갔다.

"훈장님의 그 소중한 마음, 저 같은 사람에겐 과분합니다. 동정 어린 마음을 받는 것도 분수에 넘칩니다. 저는 사실 그리 좋은 사람이 아닙니다. 서방님이 돌아가셨을 때, 제 머릿속에 가장 먼저 떠오른 생각은 저의 앞날에 대한 걱정이었습니다. 열녀는 되지 못할망정, 저의 처지를 살피느라 바빴습니다. 그러니 더 이상 이기적인 사람이 되고 싶지 않습니다."

"…부인께서는 고쳐야 할 점이 있습니다." 정윤이 말했다.

그의 말에 의아한 얼굴을 한 예임은 우선 대답하지 않고 기다렸다.

"왜 모든 화살을 자신을 향해 쏘는 것입니까? 정작 활촉이 향해야 할 곳은 따로 있는데요. 만약 다른 이에게 활을 쏘는 것이 어렵다면 차라리 저 하늘 위로 쏘아버리면 어떻습니까?"
 정윤의 말을 들은 예임은 그가 전하려는 뜻이 무엇인지 잠시 고민했다.
 "제가 모르는 척 하늘로 쏘아버린 화살이 떨어지지 말아야 할 곳으로 떨어지면 어찌합니까?"
 "만약 그 화살이 저에게 온다면 기꺼이 받겠습니다. 그땐 부인이 저를 치료해 주시면 되는 것 아닙니까? 가여이 여기는 마음 또한 애정에서 비롯된 것이니 개의치 않습니다."
 정윤은 예임의 손을 꼭 움켜쥐었다.
 "생각을 많이 한다고 결정이 쉬워지는 것은 아닙니다. 아까 눈을 떴을 때 저를 보시고는 웃음을 지으셨지요? 그 마음이면 충분합니다. 담습을 앓는 사람에게는 마음의 안정이 가장 우선이니, 더 이상 불필요한 걱정에 마음 쓰지 마십시오."
 예임은 정윤의 확신에 찬 눈빛을 바라보고 있으니 혼란한 생각들이 씻겨 내려가는 느낌이었다. 단꿈에서 깬 듯, 불확실한 미래에 흔들렸던 마음이 정윤과 대화를 하는 순간 다시 희망찬 꿈속을 감도는 것 같았다. 꿈은 막연하기 마련이기에 끝을 알 수 없는 미래에 초조했던 마음이 완전히 지워지진 않았지만, 반대로 꿈 없이 살아가는 삶은 더욱 비운할 것이라는 점은 분명했다. 정윤과 마찬가지로 예임 또한 기다려지지 않던 일상이 소중해지기 시작했기 때문이다.
 그 순간 예임은 항상 확신을 주는 정윤과 달리 흔들리는 갈대처럼 줏대 없는 자신의 태도가 부끄러워졌다.

"…제가 이리 나약한 사람인지 몰랐던 모양입니다. 하루에도 몇 번씩 마음이 흔들리는 저를 보고 있자면 얼마나 한심한지 모릅니다. 훈장님은 어찌 이리 마음이 단단하십니까?" 예임이 물었다.

"제가 부인보다 세 살 더 먹은 터가 아닐까요?" 정윤은 농담을 건네며 환하게 웃었다.

그는 자신 옆에 두었던 그릇을 예임에게 건네며 말했다.

"감초와 진피를 달였습니다. 담습에 좋은 것이니 한번 들어보십시오. 일단은 있는 재료로 만들어 보았는데 다음에는 천궁과 백출을 더하여 달여드리겠습니다. 다른 것보다 담습을 치료하는 것에 집중하여야 합니다. 최대한 생각을 비우십시오. 그것이 만병통치약입니다. 내일 먼 길을 떠나셔야 하니 아무 생각 말고 심신을 편히 하십시오."

정윤은 예임에게 휴식을 취할 것을 당부하고 방을 나갔다. 정윤이 나가자, 예도가 기다렸다는 듯이 예임의 방에 들어섰다.

"훈장님이 얼마나 걱정을 많이 하셨는지 모르오. 땀을 뻘뻘 흘리며 약을 달이시는데, 너무나 열중하셔서 도울 엄두도 나지 않았소. 이제 좀 괜찮아졌소?" 예도가 말했다.

"그래, 이제 괜찮다. 너도 걱정 말거라." 예임이 힘겹게 웃으며 말했다.

"무슨 이야기를 하였소? 낯빛이 어쩐지 좀 어두운 거 같소. 안 좋은 이야기였소?"

"아니다. 이제 다 해결되었으니 마음 쓰지 않아도 된다. 어젯밤 나도 모르게 깊은 잠에 들었구나."

"잠귀 밝은 언니가 누가 업어가도 모를 정도로 곤히 잠들어 걱정이 컸소. 헌데 그 경산이라는 자는 정말 왜 그러는 거요? 아니지, 이제 그 사람 얘기는 할 필요도 없소. 발바닥에 불이 난 듯 도망갔다고 하니 얼마나 속이 후련하던지, 벼울이를 크게 칭찬해 주었소. 고약한 이들 눈엔 여린 속을 가진 사람이 물로 보이는 게지…. 어디 가서 그런 쓸데없는 이야기를 듣더라도 절대 마음에 담아두지 마시오. 아버님이 한겨울 추위가 기승일 때 늘 하시던 말씀 기억나오? 겨울이 겨울처럼 추워야 죽을 것들은 죽고, 봄에 싹 틔울 것들은 살 것이라는 말. 나는 언니가 이제 그 시기를 지나온 것 같소. 꽁꽁 얼 듯 추워야 다가올 봄이 더욱 포근하게 느껴지는 법, 이제 훈장님이라는 따스한 봄이 왔다는 뜻이오."

예도는 예임의 마음을 달래주기 위해 미소 띤 얼굴로 이야기했지만, 문득 내일 당장 예임이 떠난다는 사실을 떠올리자 왈칵 눈물이 쏟아졌다.

"아직 언니가 떠난다는 것이 믿기지 않지만, 우리는 떨어져 있어도 함께 있는 것이나 마찬가지란 것을 잊지 마시오. 나는 언제든 어디에서든 언니의 행복만을 기원하는 동생이고, 언니는 언제나 나를 귀여워하고 그저 잘되기를 빌어주는 든든한 언니란 것을…."

"나는 참 복된 사람이다. 너를 포함하여 모두가 나를 이토록 위해주니 이제는 더 이상 약해지지 않을 것이다. 여태껏 스스로 불운하다 여겨왔지만, 그것은 내 착각이었다. 모든 것이 내 몫이라는 생각이 드는구나. 겨울과 봄이 있듯, 행복과 불행은 필히 함께 따르기에 두려움을 극복하여야 하는 것은 내 몫이다. 아득한 훗날 삶에 만족하거나 후회하는 것 또한 마찬가지…. 모든 것을 내 탓이 아닌, 내가 겸허히 받아들여야 할 몫이라 여기니 마음이 한결 가벼워지는구나." 예임은 예도를 껴안고 말을 이어갔다.

"예도야, 내일 내가 떠난다면 우리가 다시 만날 날을 쉬이 기약할 수 없지만 시간이 허락할 때마다 너에게 편지를 쓰겠다. 비록 곁에 없지만 너를 항상 생각하며 지낼 내 모습이 눈에 선하구나. 너를 홀로 두고 가는 것이 마음이 편치 않지만, 고모님과 고모부님의 보살핌을 받으며 네가 진정으로 가고 싶은 길은 무엇인지 고민해 보는 것이 어떻겠느냐? 이 못난 언니를 걱정하느라 정작 너의 마음을 들여다볼 시간은 없었던 것 같다."

"그리하겠으니 내 걱정은 마시오. 생애 가장 먼 여정을 떠나는 것이니 단단히 준비하여 다치지 말고, 무사히 잘 도착하면 안부 편지를 보내주시오."

이별의 시간은 너무나 빨리 다가왔다.

시량은 이튿날 아침 성산댁으로 돌아왔다. 그들은 사람들의 눈에 띄는 것은 좋지 않다고 판단하여 아직 어둠이 깔린 이른 시간이지만 바로 길을 나서기로 했다. 예임은 최대한 단출하게 짐을 꾸려 시량과 함께 성산댁을 떠났다. 남은 이들은 혹시나 누군가 이 광경을 보고 있을 수 있다는 생각에 떠나는 예임을 바라보며 애석한 마음을 숨기기 위해 애썼다. 특히나 정윤은 예임을 먼저 보내는 것이 무척이나 신경 쓰였지만, 시량과 함께하는 여정이기에 조금은 안심할 수 있었다. 벼울은 자신에게 어떠한 기약도 없이 떠나는 시량이 야속한 마음과, 예임의 행복을 진심으로 기원하는 두 가지 마음을 지닌 채 아득히 멀어지는 그들을 하염없이 바라봤다.

예임이 떠나고 난 뒤 예도는 며칠간은 그 사실을 실감하지 못했다. 예임이 어쩐지 다시 돌아올 것만 같은 막연한 생각에 빈자리가 느껴지지 않았는데, 어느 순간 예임이 이제 영영 곁에 없다는 걸 깨달은 것이다. 예임의 행복만을 빌어주던 지난날과 달리 그녀의 부재로 인한 상실감이 예고 없이 큰 파도처럼 밀려왔다. 그러나 예도는 아직 자신의 감정에 치우쳐 슬퍼하고 있을 단계가 아니라고 판단했다. 한창 간성군으로 향하는 험준한 길 위에서 고생하고 있을 예임을 걱정하며, 공허함에 사로잡힌 자신의 마음을 추스르기 위해 노력했다. 물론 예임이 시량과 함께 이동 중이기에 크게 걱정할 요소는 없었지만, 평소 허약한 체질의 예임이 북쪽의 차가운 날씨와 평탄하지 않은 길로 인해 병나지 않을까 초조했다.

예임을 먼저 보낸 정윤은 자신 또한 곧 고령을 떠나야 했기에 마무리 지어야 할 일이 산더미 같았다. 그의 일을 도와주던 월촌댁은 모든 친인척이 고령에 자리를 잡고 살았기에 간성군으로 함께 떠날 수 없는 처지였다. 강호 또한 노모를 홀로 두고 정윤을 따라갈 수 없었기에, 그들은 평생을 주인으로 모셨던 정윤과 더 이상 함께하지 못하는 것이 죄스러운 마음에 더욱 살뜰히 떠날 그를 챙겼다.

정윤은 떠들썩하지 않게 고을을 떠나기 위해 생도들을 개별적으로 찾아가 작별 인사를 하고 후임으로 들어올 생원 김만영을 소개했다. 정윤은 모든 사정을 사실대로 털어놓을 상황이 아니었기에 건강상의 이유로 어머님의 고향에 휴양을 간다는 명분을 만들었다. 자신을 따르던 제자들에게 거짓을 말했다는 사실에 가책을 느꼈지만, 모든 것을 비밀에 부쳐야만 하는 불가피한 상황이 그의 죄책감을 덜어주었다.

예임이 떠나고 보름 후 예정대로 정윤 또한 이른 아침 모두의 배웅을 받으며 고을을 떠났다. 며칠 전부터 비가 내린 탓에 평소보다 아침 기운이 더욱 싸늘한 날이었다. 월촌댁은 새벽부터 정윤을 위한 아침상을 차렸다. 마치 잔칫날을 연상케 하는 넉넉한 상이었다. 정윤이 가장 좋아하는 닭죽과 숭어탕, 머위나물 등 여러 가지 음식을 내놓기 위해 월촌댁과 강호는 친척들에게 돈을 빌려 식재료를 마련했다. 그들의 사정을 잘 아는 정윤은 풍성하게 차려진 음식들을 보고 마음이 편치 않았지만, 그릇을 다 비우기 위해 노력했다. 정윤 또한 주머니 사정이 넉넉하지 않았음에도 월촌댁과 강호를 위해 쌀 한 섬과 훗날 강호가 장가들 때 필요한 엽전을 남기고 떠났다.

성산댁 부부와 예도는 정윤이 속히 예임과 재회했으면 하는 마음이었음에도 그를 떠나보내는 일이 마냥 기쁠 수는 없었다. 성산댁은 정윤에게 직접 만든 연잎밥과 팥떡을 전해주며 눈물을 훔쳤다. 운남과 예도 또한 예임을 보냈던 날처럼 애처로운 마음을 숨기기 위해 애썼지만, 어느새 그들의 눈가에는 눈물이 가득 고였다.

월촌댁과 강호는 멀어져가는 정윤을 향해 큰절을 올렸다. 강호는 자리에서 일어나지 않고 엎드린 자세로 한참을 있었는데 그가 물러난 자리에는 눈물 자국이 그득했다.

정윤이 떠나고 얼마간의 시간이 흘렀다. 시량과 예임이 이미 도착했을 것이라 예상한 날이 지났음에도 아무런 기별이 오지 않아 성산댁 부부와 예도는 누마루에 앉아 근심 가득한 얼굴을 하고 있었다. 그때 세휘가 누마루로 다가와 자리를 잡고 앉았다.

"걱정이 많아 보이십니다." 세휘가 말했다.

"아이고, 나리 오셨네예. 나리는 먼 길을 많이 여행해 보셨지예? 간성군까지 가려면 며칠이나 가야 합니꺼?" 성산댁이 물었다.

"거리상으로도 한양보다 멀고, 가는 길 또한 험준한 편이기에 보름도 모자랄 것입니다. 시간을 넉넉히 잡고 소식을 기다려 보십시오."

"그래야겠지예?"

한숨을 쉬는 성산댁을 운남은 걱정하지 말라는 듯 쓰다듬어 주었다. 운남은 화제를 돌리기 위해 세휘에게 말을 걸었다.

"의겸께서 이곳에 온 지도 벌써 넉 달 아니 다섯 달이 지나지 않았습니까? 궁부에서는 아무 소식이 없었습니까?"

"네, 벌써 시간이 그리 흘렀습니다." 세휘는 예도를 흘끔 쳐다보고 다시 말을 이어갔다.

"그렇지 않아도 드릴 말씀이 있어 이리 찾아뵈었습니다. 소식을 전할 시기가 아닌 듯하여 망설였지만, 이제는 시간이 없어서…. 사실 별당 부인께서 떠나시던 날, 조정에 복귀하라는 소명을 받았습니다. 마지막 점고 절차를 밟았으니, 사나흘 뒤 한양으로 돌아갈 듯합니다. 그렇지 않아도 자식 같은 조카와 효재 선생을 보내시고 마음이 적적하실 것인데, 이렇게 고별을 전하는 것이 너무나 어렵게 느껴집니다."

"…어허, 이 소식을 좋다고 해야 할지 나쁘다고 해야 할지 모르겠습니다. 어느새 이리 깊은 정이 들어 떠나신다는 소식을 들으니 서운한 마음이 먼저 듭니다. 허나 귀양 생활이 끝난다는 것은 축하할 일이 아닐 수 없으니 이거 어떤 말을 건네야 할지 난감합니다."
잠시 말을 멈췄던 운남이 분위기를 환기하려는 듯 밝은 얼굴을 하고 질문했다.

"고령에서의 생활은 어떠셨습니까? 부디 좋은 기억을 가지고 가셨으면 합니다. 다른 건 몰라도 산세 하나는 자랑할 만한 곳이니 자연이 주는 평안함을 충분히 만끽하셨습니까?"

"판관어른의 말씀대로 산세와 운치가 매우 빼어난 곳이니 대자연 속에서 큰 위안을 얻고 갑니다. 하지만 저에게 더욱 큰 의미가 있는 일은 많은 분들과 귀중한 인연을 만들었다는 것입니다. 귀양살이가 예상보다 일찍 끝났다는 것은 흡족하나 이곳을 떠나는 것이 마냥 기쁘지는 않습니다. 한양에 가서 편지를 자주 드리겠습니다…." 세휘가 씁쓸한 미소를 지으며 말했다.

예도는 세휘가 전한 소식을 듣고 잠깐 동안 아무 말도 할 수 없었다. 예상치 못한 이야기에 시간이 멈춘 것처럼 그가 하는 말이 꿈인지 생시인지 분간이 가지 않았다. 한동안 멍하게 세휘와 운남이 주고받는 말을 듣고 있던 예도는 목소리를 가다듬고 세휘에게 물었다.

"며칠 후에 이곳을 떠나신다는 것입니까? 이리 급작스럽게 말입니까?"

"…그렇습니다. 갑자기 소식을 전해드려 죄송합니다. 언니분의 부재로 마음이 심란하실 터인데 저는 신경 쓰지 않으셔도 됩니다. 비복들과 조용히 짐을 꾸려 나가겠습니다." 세휘가 몹시 미안한 얼굴로 대답했다.

예도는 그가 떠난다는 사실을 덤덤하게 받아들일 수 없었다. 예임을 떠나보낸 후 그녀를 매일 찾아와 말동무가 되어준 그가 속절없이 사라진다는 것을 상상하기 싫었다. 그녀는 두 눈에 가득 고인 눈물을 들키고 싶지 않았기에 자연스럽게 이 상황을 모면할 방법을 궁리했다.

그때 아무 말 없던 성산댁이 흐느껴 울기 시작했다.

"…아이고, 나리. 생각지도 못했습니다. 안 그래도 예임이랑 훈장님이 떠나고 집이 텅 빈 것처럼 허전한데 작은 사랑채까지 텅 빈다고 생각하니 주책맞게 눈물이 납니다."

"우리 부인이 유난히 정이 많은 사람입니다. 너른 마음으로 이해해 주십시오. 그만하시오, 부인. 떠나는 분의 마음을 이리 불편하게 만들어서 되겠소?" 운남이 양해를 구하듯 이야기했다.

"…죄송합니다. 제가 이리 주책스럽습니다. 나리께서 이제 원래 자리로 돌아가신다는 거는 축하할 일이지요. 암, 그렇지요. 가서서

번거로우시겠지만, 이 늙은이들에게 꼭 안부 전해주시예…."

성산댁은 잠시 뒤돌아 코를 풀고 무언가 떠오른 표정으로 다시 말했다.

"그러면 이제 집 밖을 자유롭게 나가셔도 되는 겁니꺼?"

"네, 이제는 자유의 몸이 된 것이지요." 세휘가 대답했다.

"원님, 그러면 이리 슬퍼만 할 것이 아니라 어디 가까운 데라도 다녀오면 안 되겠습니꺼? 여기 계시면서 수용사 이외에는 아무 데도 못 가보셔서 얼마나 안타까웠는지 모릅니더." 성산댁이 말했다.

"그거 좋은 생각이오. 크게 멀지 않으면서도 좋은 구경을 할 수 있는 곳이 어디가 좋을지…. 어허, 그러면 소벌 구경을 가는 것은 어떻겠소?" 운남은 세휘에게 자세히 설명하기 위해 고개를 돌렸다.

"창녕현에 있는 소벌을 들어보셨습니까? 천지를 제하고 팔도에서 가장 큰 수택으로 명성이 자자한 곳입니다. 마침 소벌 동쪽에 있는 톳골이라는 촌락에 종조카가 살고 있어 종종 구경을 갔습니다. 하루 유숙하는 것도 문제가 없으니 함께 다녀오는 것이 어떻겠습니까?"

"창녕이면 이곳에서 수십 리는 떨어지지 않았습니까? 말을 타고 간다면 크게 힘들지 않겠지만 판관 부인과 예도 낭자는 어찌합니까? 특히 판관 부인께서는 무릎이 좋지 않다고 들었는데 저 때문에 이리 무리하실 필요는 없습니다." 세휘가 말했다.

"한동안 집 밖에 나가는 일 없이 휴식을 취했더니 무릎 통증이 많이 좋아졌습니다. 그리고 저는 보교를 타고 가다가 간간이 걷기만 하면 되니 걱정하실 필요 없습니다. 우리 예도는 워낙에 걷는 걸 좋아하니 걸어가다가 아무도 보는 이 없을 때는 말을 타기도 하고 그러면 됩니다. 조금만 고생하면 좋은 구경을 할 수 있으니 그 정도는 감수해야지예. 예도야 맞제?" 성산댁이 말했다.

"네, 고모님. 좋은 생각이십니다. 오래 걷는 것은 상관없으니 저는 개의치 마세요."

성산댁의 제안으로 갑작스럽게 짧은 유람을 계획하게 되었지만, 일사천리로 일이 진행되었다. 이튿날 동이 트면 바로 출발을 하기로 약속한 그들은 각자 필요한 것을 챙기기 위해 흩어졌다. 운남은 먼저 톳골 종조카에게 내일 오후에 도착할 것이라는 전갈을 보내고 그에게 선물할 장지와 말린 약초를 꾸린 뒤 오랜만에 먼 길을 가야 하는 말을 살뜰히 챙겼다. 성산댁은 한동안 사용하지 않은 보교를 정비하라 이른 뒤, 이동하는 길에 사람들을 먹일 음식을 마련하기 위해 서둘렀다.

한편, 예도는 자신이 가장 좋아하는 유람을 떠나게 되었지만 기쁜 마음보다는 세휘가 떠난다는 사실 때문에 상심하는 마음이 더욱 컸다. 사람들이 분주하게 움직이는 사이 예도는 빠른 걸음으로 대문을 나섰다. 집에서 어느 정도 멀어졌을 때, 비로소 흐르는 눈물을 내버려둘 수 있었다. 손등으로 눈물을 닦으며 하염없이 걷던 그녀는 자신이 종종 발을 담그곤 했던 냇가에 다다랐다. 이제는 발을 담그기 어려울 만큼 물이 차가웠는데, 그녀는 아랑곳하지 않고 바위에 걸터앉아 두 발을 담갔다. 차가운 물 때문인지 정신이 번쩍

드는듯했다.

'무엇이 나를 이리 괴롭게 하는 것인가…? 내 곁에 있던 이들이 모두 떠나간 탓인가…?'

예도는 자신의 감정을 읽기 위해 애썼다. 때가 되면 세휘가 떠난다는 사실을 알고 있었으나 불시에 그 소식을 접하니 그 여파가 더욱 크게 느껴졌다. 예임과 정윤이 떠난 지 얼마 지나지 않은 시점에서 세휘에게 크게 의지한 점이 원인이라는 생각이 들었다. 그녀는 무언가 결심한 듯 차가운 물에서 발을 빼고 물기를 닦았다. 얼굴에 남은 눈물 자국을 모두 지우기 위해 차가운 물로 세수를 한 그녀는 세휘는 어차피 떠날 사람이었다는 사실을 스스로에게 되뇌었다.

"소중한 사람들이 떠나고 잠시 헛헛한 마음이 드는 것은 어쩔 수 없는 일이다. 울지 말고 잘 보내드리자."

예도는 혼잣말하며 힘겹게 몸을 일으켰다.

그 시각 세휘는 급하게 집을 나서는 예도를 조심스럽게 따라와 냇가에 앉은 그녀를 지켜봤다. 그는 떠나기 전 예도에게 전할 것이 있어 자리가 파하고 그녀를 예의주시하고 있었는데 돌연 그녀가 어두운 표정으로 대문을 나가는 것을 보고 뒤따라 나간 것이다. 그는 예도를 찾았던 목적을 잠시 잊고 슬픔에 잠겨 있는 그녀를 바라볼 수밖에 없었다. 예임의 부재로 상실감이 컸던 예도를 곁에서 지켜보며 그녀의 마음을 누구보다 잘 헤아리고 있었기에 미안하고 안타까운 마음이 컸다. 이곳을 떠나며 아쉬운 마음이 드는 것은 세휘도 마찬가지였지만, 왠지 모르게 그녀를 홀로 남겨두고 가는 것 같아 마음이 무거웠다.

# 늦반디

　새벽 기운이 가시지 않은 이른 아침 성산댁 사람들은 집을 나섰다. 성산댁 부부와 세휘, 예도를 비롯하여 그들의 비복들까지 따라나선 모습은 사람들의 이목을 끌기에 충분했다. 이른 아침부터 밭일에 여념이 없는 농민들부터 사당에 참배를 가는 선비들까지 긴 행렬로 이동하는 성산댁 사람들을 수군대며 바라봤지만 곧 관심을 거두고 자신들의 갈 길을 갔다. 한나절 이상을 쉼 없이 이동해야 해가 지기 전 도착할 수 있었기에 일행은 중간중간 쉬는 시간을 줄였다. 세휘는 예도가 지친 기색이 보일 때면 사람들이 붐비지 않는 곳에서 말을 탈 수 있도록 했다. 그렇게 일행은 생각보다 빨리 톳골에 도착했다.
　운남의 종조카인 박승수는 현달한 인물은 아니었지만, 대대로 물려받은 비옥한 토지 덕분에 풍족하게 생활할 수 있었다. 그는 고을 관리, 낙향한 문인 그리고 어린 유생들과 두루두루 어울리며 취미인 낚시와 사냥을 즐겼다. 그는 집에 도착한 성산댁 사람들을 매우 반갑게 맞이하며 지친 기색이 가득한 가노들에게 술과 음식을 가득 내주었다.

한편, 성산댁 부부, 세휘 그리고 예도는 아직 기운이 남아 있었기에 집에서 쉬기보다 다시 발걸음을 옮겨 소벌로 향하기로 했다. 승수의 집에서 소벌을 가장 즐길 수 있는 억새 길까지는 반 시진가량 걸으면 됐기에 이들은 짐을 풀고 다시 집을 나섰다. 비록 새벽녘부터 서두르며 먼 길을 이동하여 몸이 고되기도 했지만 소벌 초입에 발 딛기 전부터 드러나는 색다른 풍경이 그들의 피곤을 싹 가시게 했다.

누렇게 익은 벼가 끝없이 펼쳐진 평지를 지나자 좁은 벌이 보이기 시작했다. 그곳엔 쪽배를 타고 잉어와 가물치를 낚는 어부들과 얕은 물에서 논고동과 대칭이를 채취하는 아낙네들이 많았는데, 그들을 비추는 가을볕과 맞물려 그 모습이 마치 한 폭의 그림 같았다. 어느덧 그들이 향하던 억새 길이 보이기 시작했고 일행들의 눈에 고요하게 펼쳐진 소벌이 들어왔다. 그때 고요를 깨는 사람들의 고함 소리와 귀를 따갑게 하는 갓난아기의 세찬 울음소리가 들려왔다. 승수는 갓난아기를 업고 있는 작은 아이에게 다가가 무슨 일인지 물었다.

"저기 벌에서 저희 어머니가 고디를 캐고 계셔요. 저희 아버지는 원래 밭일을 하시는 농부이신데 올해 밭에 물이 들어 쌀을 못 쓰게

됐다고 하셨어요. 수확한 벼들이 모두 쭉정이들밖에 없다고 하셨지요. 하여 어머니와 다른 아주머니들도 어쩔 수 없이 이곳에서 고디를 한가득 캐야 한다고 하셨어요." 아이가 말했다.

"헌데 어찌 저리들 다투고 있는 것이냐?" 예도가 쪼그려 앉아 아이의 눈을 맞추고 물었다.

"원래 이곳에서 고디랑 대칭이를 캐는 사람들이 저희 어머니와 아주머니들을 내쫓으려 하는 것이에요. 처음에는 그냥 봐주었는데 며칠이 지나고부터는 우리를 내쫓으려 안달이 나 있어요. 허나 어쩔 수 없는 걸 어떡해요. 마름 아저씨에게 소작료를 내고 나니 아무것도 없는 빈털터리가 되었다고 했어요. 마름 아저씨는 무서운 분이에요. 있는 것이라곤 쭉정이밖에 없는데 소작료는 그대로 걷으려 하니 말이에요. 말을 듣지 않으면 내쫓기 일쑤이니 우리 부모님이 고생하는 수밖에 없지요. 어머니는 아침부터 밤까지 고디를 캐고 새벽에는 베를 짜고 바느질을 하셔요. 아버지는 다른 고을에 밭일을 하러 가셨고요. 하여 제가 동생들을 돌보는 것이에요." 아이가 말했다.

예도는 고작 예닐곱 되어 보이는 아이가 갓난아기를 등에 업고 겨우 걷는 또 다른 아이의 손을 꼭 잡은 모습이 처음엔 귀엽게 보였지만 자세한 사정을 알고 나니 가련하게 느껴졌다. 그 모습을 지켜보던 세휘는 주머니에 든 엽전을 꺼내 아이에게 쥐여주었다. 사정이 딱한 아이에게 엽전 몇 푼을 주는 것밖에 할 수 없는 자신이 무력하게 느껴지는 순간이었다. 아이와 멀어진 일행은 한동안 말이 없었다. 그때 승수가 침묵을 깨며 입을 열었다.

"이곳 논밭은 비옥할 때는 그렇게 비옥할 수가 없다가 어느 해에 물이 한번 잘못 들면 힘들게 키운 벼가 아무 쓸모도 없게 되어버립니다. 비록 저의 토지에서 일어난 일은 아니지만 저 아이의 이야기를 듣고 나니 소작농들의 고충을 새롭게 알게 되었습니다. 농사가 잘되지 않은 해에는 지주들의 고충만 헤아렸지, 저들의 고된 삶을 알려고 하지 못한 저의 무지에 마음이 무겁습니다."

"작은 아이의 이야기를 듣고 스스로 뒤돌아볼 줄 아는 것은 필시 너른 마음을 가졌다는 것이니 크게 자책하지 말거라. 몇몇 곳에서 마름의 횡포가 문제가 되고 있다는 소식은 들었으나 이리 직접 목격하고 나니 마음이 편치 않은 건 어쩔 수가 없구나." 운남이 말했다.

무거워진 마음을 안고 도착한 소벌은 황홀한 광경을 자아냈지만, 일행은 즐거운 마음으로 그 모습을 만끽할 수 없었다.

"천고의 신비를 모두 간직한 듯합니다. 허나 사람의 마음이란 것이 참으로 기묘합니다. 어린아이의 말 한마디로 자연이 주는 큰 아름다움을 눈앞에 두고서도 다른 생각을 하게 되니 말입니다. 허나 어렵게 발걸음을 한 것이니 마음속 깊이 잘 담아두도록 하십시다." 운남이 말했다.

"…이리 멋진 경치가 사치스럽게 느껴지기는 처음입니더. 어쩔 수 없지예. 그저 다음 해에는 농사가 잘 지어지기를 기원하는 수밖에예…" 성산댁이 안타까운 목소리로 말했다.

"소벌은 새벽녘에 가장 신비롭고 운치가 뛰어납니다. 내일 새벽

여력이 되신다면 한 번 더 와보시기를 추천합니다." 승수가 말했다.

"…그리하겠습니다. 이렇게 좋은 곳을 안내해 주셔서 감사합니다. 조금씩 익어가는 가을 잎들과 고요하게 펼쳐진 벌의 모습을 잊을 수 없을 것입니다."

예도는 자칫 승수가 무안한 마음을 느낄 것이 걱정되어 애써 밝은 목소리로 이야기했다. 소벌의 고즈넉하고 아름다운 운치에 마음이 뺏긴 것 또한 사실이다. 하지만 소작농들의 고달픈 현실을 마주한 후라 감탄이 나오는 경치에 그저 들뜨고 기뻐할 수는 없었다. 세휘는 생각에 잠긴 얼굴로 승수의 집으로 돌아가는 동안 아무 말이 없었다.

뜻밖의 장면이 집에 도착한 이들을 놀라게 했다. 창녕 현감과 때마침 그를 방문한 함안 군수 그리고 의령 현감이 홍문관 교리인 세휘가 승수의 집에 유숙한다는 소식을 듣고 바로 달려온 것이다. 그들은 작은 향연을 베풀기 위해 관기 두 명을 비롯하여 술과 음식을 급히 준비해 왔는데 운남과 세휘는 풍류를 즐길 기분이 아니었지만, 그들의 성의를 무시할 수 없어 어쩔 수 없이 향연에 참여하게 되었다. 계획에 없었지만, 사내들은 사랑채 마당에서 기녀들의 연주를 들으며 술을 들었고, 여인들은 안채에 들어가 그들 나름대로 술과 음식을 즐겼다. 그렇게 노을이 지며 하루가 저물어 갔다.

예도는 서둘러 지는 해가 이토록 아쉬울 수 없었다. 그래서인지 멀리서 들려오는 끊임없는 풍악 소리에 어느샌가 반감이 들기 시작했다. 그녀는 일찍 잠자리에 든 성산댁을 방에 두고 집 밖을 나와 걷다가 어느 냇가와 논밭 사이에 자리 잡은 작은 누각을 발견했다. 그녀는 그곳에 홀로 앉아 붉게 지는 노을을 넋 놓고 바라봤다.

그때 점차 어두워진 누각 근처에 누군가 다가오는 소리가 들렸다. 바로 세휘였다. 그는 술을 몇 잔 기울인 듯 취기가 조금 오른 상태였다. 예도의 곁에 다가와 앉은 그가 말했다.

"한참 찾았습니다. 날이 어두워지고 있으니, 저와 함께 집에 돌아가시지요."

"그렇지 않아도 등불을 가지고 오지 않아 어찌 돌아갈까…, 걱정하던 참이었습니다. 헌데 왜 저를 찾으셨습니까?"

세휘는 품속에 넣어두었던 서책 하나를 꺼내 그녀에게 내밀며 등불로 책을 비추었다.

"기억하십니까?" 세휘가 물었다.

'『의유당관북유람일기』'

"…기억합니다. 공과 처음 마주한 날 제게 말씀하신 기행문이 아닙니까?"

다소 어두운 표정을 짓고 있던 예도의 얼굴에 한순간 들뜬 미소가 떠올랐다.

세휘는 자신의 감정이 고스란히 얼굴에 비치는 예도를 바라보며 그녀를 처음 봤을 때의 마음이 생각났다. 무척이나 기이한 모습에 관심이 가던 여인이 어느 순간 자신에게 막역하고 소중한 인연이 되었다는 것이 문득 신기한 마음이었다.

"이제서야 약속을 지키게 되었습니다. 필사본을 구하는 것이 쉽지 않았으나 떠나기 전 이렇게 전해드릴 수 있어 감개무량한 마음입니다."

"감사합니다. 진짜 이 귀한 서책을 구해주실 줄은 몰랐습니다. 제가 받아도 되겠습니까? 참으로 기대가 됩니다…."

예도는 서책을 받아 펼쳐보았다. 세휘는 그녀가 책을 읽을 수 있게 등불을 계속 비춰주었다. 그는 한동안 말없이 책을 읽던 예도에게 질문을 던졌다.

"금강산 이외에도 또 유람하고 싶은 곳이 있으십니까?"

"셀 수 없이 많지요. 저희 아버님은 금강산과 제주도를 직접 다녀오셨는데 평생 그 순간을 잊지 못한다고 하셨습니다. 그래서 금강산과 제주도는 죽기 전에 꼭 방문하고 싶습니다. 또, 한양에는 세책방이라는 곳이 있다고 들었습니다. 그곳에서 원 없이 독서를 해보는 것도 하나의 꿈입니다. 또 하나의 염원은 습열을 앓으시는 저희 어머님을 모시고 수안보에 온천욕을 가는 것입니다. 아, 동해 어느 바다 마을에서 힘차게 솟아오르는 일출을 관람하고 싶기도 합니다. 나열하자면 끝이 없으니…, 이쯤에서 그만두겠습니다. 참으로 하고 싶은 것이 많지요? 근방에 있는 가야산과 지리산도 못 가본 사람이 꿈만 방대한 것이지요." 예도가 쑥스러운 얼굴로 답했다.

"참으로 낭자다운 꿈입니다. 낭자라면 꼭 이룰 수 있을 것입니다. 감히 말씀드리자면 제가 봐온 여인들 중 가장 기백이 뛰어나십니다. 호연지기가 따로 없는 듯 말입니다." 세휘가 예도를 북돋아 주듯 말했다.

"좋은 말씀 감사합니다. 마음만 앞설 뿐, 꿈을 이룰 방법을 찾기란 어려울 듯합니다. 이처럼 소극적인 저의 태도를 보면 예임 언니의 용기가 참으로 대단하게 느껴집니다. 언니가 이리 자신의 감정에 솔직할 수 있는 사람인지 몰랐습니다. 훈장님 또한 이렇게 호기롭게 사랑하는 여인을 지켜줄 분이라는 것을 미처 알지 못했던 것처럼요. 그래서 두 사람의 마음이 참으로 소중하게 여겨집니다. 자신들이 살아온 방향이 아닌, 새로운 길을 함께 개척해 나가는 것이니까요." 예도는 줄곧 진지한 표정을 짓다가 밝게 웃으며 말을 이어갔다.

"그런데 신기한 것이 있습니다. 언니와 훈장님처럼 이어질 인연은 떡잎부터 다른 것 같습니다. 두 사람이 다시 재회했던 날이 똑똑히 기억나는데, 저는 첫날부터 두 사람의 인연을 감지했습니다. 서로 깨닫기도 전에 연심을 품은 그 시선을 제가 먼저 알아차린 것이지요. 언니에게 괜히 말을 꺼냈다가 호되게 꾸지람을 들었지만 말입니다."

"낭자께서는 참으로 신통한 능력을 지니셨습니다."

세휘는 예도의 말에 웃음을 지었다. 그리고 다소 긴장 어린 표정으로 말을 덧붙였다.

"…그렇다면 지금 제 마음은 어찌 보십니까?"

"공의 마음 말입니까? 그것은…."

예도는 무슨 말을 할지 몰라 망설였다. 둘 사이에 잠깐의 정적이 흘렀다.

그때 어색한 침묵을 깨며 그들을 에워싸는 연녹색을 띤 반딧불 여러 마리가 날아들었다. 세휘는 차가운 가을 공기를 휘젓고 다니는 반딧불이 신기하여 할 말을 잇지 못하고 놀란 눈을 하고 바라봤다. 예도는 그의 놀란 얼굴이 재밌는 양 조금 전 그의 질문에 답하지 못하고 우물거리던 자신을 잊고 웃음기 가득한 표정으로 말했다.

"늦반디입니다. 처음 보십니까? 한양에는 늦반디가 없습니까?"

"늦반디? 처음 들어봅니다. 반딧불이라면 초여름, 아주 늦은 밤에나 볼 수 있는 것이 아닙니까? 팔월대보름을 앞둔 다소 쌀쌀한 날씨에, 그것도 그리 늦은 시각이 아닌 지금 어찌 반딧불이 보이는 것입니까?" 세휘는 좀처럼 볼 수 없는 아이처럼 호기심 가득한 얼굴을 하고 예도에게 물었다.

"이곳에서는 늦반디를 종종 볼 수 있습니다. 입추 전후로 해가 막 졌을 때 주로 나타나지요."

예도는 늦반디 한 마리를 두 손으로 잡아 세휘가 가까이서 볼 수 있도록 했다.

"이것 보세요. 색이 참 곱지요? 노란빛을 띠기도 하고 이렇게 연녹빛을 띠기도 한답니다."

세휘는 늦반디를 신기하게 바라보다 명랑하게 웃으며 자신에게 가까이 다가온 예도에게로 눈빛이 향했다. 그녀가 늦반디에 관한 이야기를 들려주는 중에도 그의 눈빛은 그녀의 얼굴에 머물러 있었다. 예도 또한 그의 시선을 의식하고 잔뜩 긴장한 마음을 풀려는 듯 머릿속에 생각나는 말을 마구 뱉어냈다.

"이 반딧불을 보고 있자니 예흔 언니가 일러준 자등명 법등명이라는 말이 생각납니다. 자신을 등불 삼아 세상을 살아야 한다는 뜻이지요. 이 작디작은 미물도 자신을 등불 삼아 꿋꿋하게 나아가지 않습니까? 이 아이들이 저의 풀 죽은 말을 듣고, 제게 가르침을 주려고 한 것 같습니다. 공도 그리 생각하십니까…?"

순간 두 눈을 정면으로 바라보게 된 그들은 누가 먼저일 것도 없이 서로의 입술이 맞닿았다. 한순간에 일어난 일이었다. 예도의 두 손에 힘이 풀리며 반딧불은 유유히 먼 곳으로 날아갔다. 그들은 입술을 떼고도 한동안 아무 말을 할 수 없었다. 누군가 그들을 목격했을까 걱정하는 마음은 뒷전이었다. 불시에 벌어진 상황에 두 사람은 얼어붙어 어떠한 말도 섣불리 꺼내지 못했다.

예도의 심장이 요동치던 그때 세휘가 먼저 용기 내 말했다.

"…제가 드린 질문에 제가 답하겠습니다. 저의 마음은 언젠가부터 낭자를 향하고 있습니다. 낭자의 마음은 어떠하신지 알고 싶습니다."

"제 마음은…." 예도는 머릿속이 하얘진 듯 어떠한 대답도 할 수 없었다.

"사실 지금 상황이 너무 갑작스러워 아무 생각이 나지 않습니다."

예도는 대답을 망설였다. 당장 드는 마음으로는 그에게 긍정적인 답을 건네고 싶었지만, 어느 때보다 신중하게 생각할 시간이 필요했다.

"내일 동이 트면 이곳에서 만나 오늘 갔던 억새 길을 함께 걸으시겠습니까? 즉시 대답을 드리기는 어려울 것 같습니다." 예도가 말했다.

그들은 내일 오전에 다시 만날 것을 기약했다. 바짝 긴장한 얼굴을 한 두 사람은 집으로 돌아가는 동안 말없이 헛기침만 몇 번 할 뿐이었다. 그들에게 일어났던 일은, 마치 금기어라도 된 것처럼 누구도 입 밖으로 꺼내지 않았다.

예도는 깊은 잠을 자는 성산댁 옆에 누워 들썩이는 마음을 가라앉히려 애썼다. 늦은 시각이 되어서도, 잠이 오지 않았다. 항상 자신을 바른길로 이끌어 주던 예임이 간절하게 필요한 순간이라 생각했다. 그녀는 조금 전의 일을 떠올리며 입술을 매만졌다. 그리고 최대한 침착하게 세휘의 마음에 응했을 때 벌어질 일들을 떠올려 보았다.

분명 좋은 점들도 많겠지만 그녀가 포기해야 할 것들이 더 많은 것처럼 느껴졌다. 누군가의 아내로서, 어느 집안의 며느리로서 짊어져야 할 것들이 자신이 추구해 온 자유로운 삶과는 거리가 있기 때문이다. 특히나 명성이 높은 집안의 자제인 세휘와의 혼인은 더 많은 책임감이 따를 것이 분명했다. 예도는 대화가 잘 통하고 서로 마음이 맞는 사람과 함께 사는 것은 더없이 행복한 일이란 걸 알지만, 부녀라는 이름 아래 보이지 않는 끈으로 결박된 채 살아가는 여인이 되지 않겠다는 마음을 굳게 다지고 있었기에, 신념을 뒤로 하고 세휘를 선택할 만큼 그를 향한 마음이 굳건한 것인지 확신이 서지 않았다. 한참 생각을 거듭하던 예도는 옆에서 곤히 잠든 성산댁을 깨워 답을 내려달라고 하고 싶은 심정이었다. 답답한 마음에 조심스레 창문을 열자, 별빛마저 새까맣게 비치는 깊은 새벽 공기가 온몸을 휘감았다. 찬 공기를 마시며 복잡한 머릿속을 잠재우려던 예도는 끝내 결정을 내리지 못한 채 선잠에 들었다.

다음 날, 예도와 세휘는 약속대로 누각에서 만났다. 둘 다 깊이 잠들지 못한 듯 피곤한 얼굴이었지만 은은한 서광이 비치는 눈빛만은 밝게 빛났다. 말없이 걷다 보니 물 위를 나는 새들의 울음소리가 가득 울려 퍼졌다. 짙은 물안개가 스며든 공기를 마시며 걷던 이들은 어느새 소벌에 다다랐다. 이른 아침 그들을 맞이하는 억새 길은 마음을 안정시키는 젖은 기운으로 가득했고, 막 솟아오른 그윽한 햇살은 어제와는 또 다른 매력을 선사했다.

"겨울 철새가 줄지어서 이곳을 향하고 있습니다. 벌써 먼 북녘에서는 추운 겨울이 시작되었나 봅니다." 예도가 말했다.

하늘을 바라보던 예도는 잠깐 생각에 빠진듯했다. 다시 침묵이 흘렀다.

"긴 겨울이 지나면 이곳을 찾은 철새들도 또다시 떠날 준비를 서두르겠지요? 철새들의 북방 행렬이 끝이 날 때면 봄을 알리는 따뜻한 봄비가 내릴 것이고요."

읊조리듯 이야기하던 예도가 발걸음을 멈추고 세휘를 바라봤.

"밤새 저의 마음을 들여다보았습니다. 저도 분명 공을 무척이나 위하는 마음을 가졌다는 것을 깨달았습니다. 공이 없는 집을 상상하기 싫을 만큼…. 함께 보낸 지난 순간들, 제게 너무나 따뜻하고,

소중합니다. 하지만 딱 여기까지가 좋을 것 같다는 결론을 내렸습니다."

"그 연유가 무엇입니까?" 세휘가 다소 낙담한 얼굴로 물었다.

"공께서는 조정 대신으로서 나아갈 길이 천리만리 펼쳐져 있습니다. 이루어야 할 일도 가득하시지요. 반면에 저는 한양을 떠나 낙향한 집안에서 자랐습니다. 어디든 같겠지만 한양은 사람들의 시선에서 벗어날 수 없는 곳이라 들었습니다. 저는 복잡한 한양의 저잣거리보다 자연을 벗 삼아 살아가는 삶에 더욱 익숙한 사람인가 봅니다. 작은 촌락에서도 지켜야 할 의무가 속박처럼 느껴지는 철없는 저에게 이보다 더 무거운 책임과 의무가 생기는 것은 도저히 엄두가 나지 않습니다."

예도의 침착한 태도에 세휘는 그녀를 설득하고자 하는 마음을 꺼내 보일 수 없었다. 어젯밤 술기운을 빌려 전할 수 있었던 대담했던 마음 또한 아침이 되니 크게 위축되어 있었다. 하지만 그는 그녀와의 인연을 완전히 단절하고 싶은 마음은 추호도 없었기에 착잡한 기분이었다.

"편지를 써도 되겠습니까?" 세휘가 물었다.

"저도 물론 공의 안부가 몹시 궁금할 것이 분명하나, 편지를 주고받는 것이 온당한 일인지는 잘 모르겠습니다. 겨울이 지나면 제자리로 돌아갈 저 철새들처럼, 제각기 자기 자리로 돌아가는 것이 어떻겠습니까? 공께서도 본래 위치에서 바쁘게 시간을 보내다 보면 이곳에서의 시간들이 까마득하게 여겨질 것입니다. 저 또한 그리될 것이라 믿고 싶고요."

예도는 담담하게 말했지만, 씁쓸한 마음을 숨길 수 없었다. 그녀는 애써 미소를 지으며 말을 이었다.

"공께서 주신 서책을 읽을 때마다 함께 보낸 즐거웠던 때를 떠올리겠습니다. 공께서는 참으로 모두에게 잘해주셨습니다. 특히 예흔 언니가 곤경에 처했을 때, 공이 아니었다면 그 시련을 어찌 극복하였을지 생각만으로도 아찔합니다. 평생 그 은혜를 잊지 않겠습니다."

예도는 소벌을 향해 날아오는 철새들을 보고 밤새 내리지 못한 결단을 매듭지을 수 있었다. 문득 세휘가 자기 삶에 잠시 머물다 떠나는 철새 같은 존재라고 여겨졌기 때문이다. 그와 자신이 향하는 삶이 확연히 다르다는 것을 상기하자 결정이 쉬워졌다.

한편 세휘는 어젯밤 자신이 느낀 감정이 비단 '나만의 것이 아닐 것'이라 생각했다. 하지만 예도의 확고한 의지는 기대에 찬 그의 마음을 차게 식히는 데 충분했다. 한동안 머릿속에 예도가 아른거릴 미래가 훤히 그려졌지만, 떠나는 날을 이틀 앞둔 그는 아무런 손을 쓸 수 없었다.

그렇게 그들은 어젯밤 일어났던 작은 소동을 마음속에 묻기로 했다.

# 팔월대보름

　청명한 가을 하늘이 유독 더 빛나는 날이었다. 예도는 별당 대청 마루에 앉아 하늘을 물끄러미 바라보고 있었다. 그때 벼울과 서랑이 그녀 옆에 앉았다. 벼울의 배는 어느새 또 더 커져 있었다. 예도는 그런 벼울의 배를 한번 쓰다듬고는 다시 하늘을 바라봤다.
　"저 구름을 보아라. 파란 하늘에 명주실로 새하얀 천을 짠 듯 하늘을 빼곡하게 채우고 있다. 또 그 옆의 구름은 하얀 연기를 몽실몽실하게 하나로 뭉쳐놓은 듯하지 않으냐? 하늘은 어찌 이리 새파란 것인지 맑은 가을 하늘을 보고 있자면 딴 세상에 와 있는 듯하다." 예도가 말했다.
　"그렇습니다. 입추 이후로는 매일 같이 어여쁜 하늘에 넋을 놓고는 합니다." 벼울이 말했다.
　"사시사철 자연은 저마다 다른 색으로 사람의 마음을 들뜨게 한다. 자연의 고혹에 빠지면 헤어 나올 수 없는 것 같구나." 다시 한참 하늘을 보던 예도가 자리에서 일어나 옷매무시하며 말했다.

"교리 나리께서는 떠날 채비를 다 하셨느냐?"

"네, 아까 보니 떠나시기 전 말에게 물과 먹이를 주시는 것 같았습니다. 아가씨, 괜찮으시지요?" 서랑이 말했다.

"괜찮지 않을 이유는 또 무엇이냐? 어차피 갈 사람이니 웃으며 보내주어야지. 함께 나가보자꾸나." 예도가 미소를 지으며 말했다.

별당을 나가니 모든 준비가 끝나고 대문 밖에서 말과 짐꾼들이 대기를 하고 있었다. 성산댁 부부와 세휘는 마당에 서서 한창 이야기를 나누고 있었다. 그들에게 가까이 다가간 예도는 성산댁이 흐느껴 울고 있는 것을 발견했다. 예도는 자신의 아쉬움은 돌아볼 새 없이 성산댁의 어깨를 감싸안고 그녀를 토닥였다.

"고모님 울지 마셔요. 나리께서 가시는 길 불편한 마음 없이 가뿐하게 가셔야지요."

"나는 이런 거 잘 못한다. 이리 정이 들었는데 그 먼 곳에 가시면 내 죽기 전에 한번은 볼 수 있겠나? 너거 고모부랑 나는 몸이 성치 않아서 한양에 가는 것은 꿈도 못 꾸니 말이다." 성산댁이 흐르는 눈물을 닦으며 다시 말을 이어갔다.

"나리, 저는 작별 인사는 영 소질이 없습니다. 추석이라도 함께 보내고 가셨으면 아쉬운 마음이 덜했을 텐데 팔월대보름을 며칠 앞두고 이리 가시니 참으로 안타까운 마음입니다. 아이고, 조정 사람들은 야속하게 추석에 사람을 오라고 하면 우쩝니까?"

"저도 발길이 떨어지지 않습니다. 귀양객인 제게 허물없이 대해 주시고 이렇게 각별히 여겨주시니 참으로 감사한 마음입니다. 절 한번 올리고 가겠습니다."

세휘는 옷이 더럽혀지는 것을 전혀 개의치 않으며 흙바닥임에도 불구하고 정성스럽게 절을 올렸다. 성산댁은 그의 절을 받고 더욱 감정이 북받치는지 입을 틀어막고 맞인사를 했다.

"우리 부인이나 나나 의겸을 자식처럼 생각했나 봅니다. 막상 작별하려고 하니 쓸쓸한 마음을 숨길 수 없습니다. 한양에 도착하면 꼭 편지를 부쳐주십시오." 운남 또한 잠긴 목소리로 작별 인사를 했다.

"떠나는 날을 조금 더 지체할 수 있었다면 좋았을 것인데, 괜히 불편한 마음을 안겨드린 것 같습니다."

성산댁 부부에게 인사를 마친 세휘는 예도에게 몸을 돌려 허리 숙여 인사했다.

"낭자께도 마찬가지로 감사드립니다. 제 마음이 헛헛할 때마다 참으로 좋은 말벗이 되어주셨습니다. 그 순간들이 제게 얼마나 큰 위로가 되었는지 모르실 겁니다."

"그런 말씀 마세요. 저야말로 공께 감사한 일이 많았지요."

예도는 세휘에게 작은 보자기를 하나 건넸다. 보자기를 받아 든 세휘는 궁금한 얼굴을 하고 예도를 바라봤다.

"부디 아무 일 없이 잘 도착하셨으면 좋겠습니다. 부족한 솜씨지만 어젯밤 급히 정과와 다식을 만들었습니다. 여행이 고단하실 때 하나씩 드시면서 가세요." 예도가 말했다.

"감사합니다."

세휘는 복잡한 얼굴로 보자기를 어루만졌다.

그는 모든 인사를 마치고 겨우 발걸음을 뗐다. 말에 올라 터덜터덜 앞으로 나아갔지만 마치 보이지 않는 벽이라도 있는 듯 멈춰 서고 싶은 마음이 가득했다. 성산댁에서 쌓은 커다란 추억을 뒤로하고 떠나는 자기 모습이 작게만 느껴졌다.

그가 대문을 나선 뒤 말을 타고 멀어지자, 운남은 씁쓸한 표정으로 평소 잘 피지 않던 담배를 꺼내 물었다. 성산댁은 기력이 빠졌는지 운남의 곁에 앉았다. 예도는 여전히 그 자리에서 멀어지는 세휘의 뒷모습을 바라보며 홀로 손을 흔들어 보았다. 예도의 시야에서 그의 모습이 사라지자, 그녀의 얼굴에 꾹꾹 눌러 담은 눈물이 흘러내렸다.

그날 밤 예도는 문갑에서 한동안 쓰지 않았던 일기책을 꺼냈다. 그녀는 하루 동안 있었던 일을 빼곡히 적은 지난 일기와 다르게 다소 짧은 글을 남겼다.

*8월 11일 신유년 맑음*

  북쪽 하늘을 시간 가는 줄 모르고 바라보니 어느새 반쯤 차오른 달이 눈에 들어왔다. 올 대보름 보름달은 꽤 높이 치솟을 듯하다.

  날이 좋아서 참 다행이라고 생각한 하루였다. 따스한 햇살이 아니었다면 참으로 쓴 하루가 되었을 것이다.

  달이 꽉 찼을 때 부디 잘한 것이기를 빌어볼 작정이다.

팔월대보름 기간 성산댁의 시간은 폭풍처럼 지나갔다. 수많은 접객들을 맞이하고 그들을 위한 음식과 술을 마련하느라 예도까지 팔을 걷어붙이고 일을 도왔다. 모든 방문이 끝났다고 생각한 어두운 저녁이 되었을 때, 현감 곤과 영소가 성산댁을 찾았다.

곤 역시 바쁜 하루를 보낸 후였다. 고을 수령을 만나기 위해 줄지어 선 사람들과 인사를 주고받고 나니 어느새 늦은 시각이 된 것이다. 영소는 바쁜 아버지를 귀찮게 하지 못하고 하루 종일 홀로 시간을 보냈다. 영소 옆을 항상 지켜주던 송이마저 하나뿐인 오라버니를 만나기 위해 옆 고을로 이동했기에 영소는 매우 쓸쓸한 추석을 보낼 수밖에 없었다. 영소는 곤이 어느 정도 여유가 생긴 것을 확인하고는 성산댁에 들르고 싶다 간절히 청했다. 곤은 외로웠을 어린 딸이 가련하여 그 청을 거부하지 못했고, 마지못해 영소를 데리고 성산댁을 방문한 것이다.

성산댁 부부는 그들을 반갑게 맞이했다. 특히 성산댁은 아버지를 묵묵히 기다린 영소를 기특하게 여기며 맛있는 간식을 아낌없이 내놓았다. 그때 곤과 영소가 방문했다는 소식을 들은 예도가 사랑채로 다가왔다.

"오랜만에 뵙습니다. 평안하셨습니까?" 곤이 물었다.

"네, 나리께서도 평안하셨지요?"

예도는 곤에게 간단한 인사를 건네고, 간식을 맛있게 먹고 있는 영소에게 다가갔다.

"못 본 사이 많이 큰 것 같구나."

"언니! 왜 요즘 저를 찾지 않으셨어요? 몹시 보고 싶었습니다. 스승님은 한양으로 가셨다 들었습니다. 허면 언니 홀로 별당에 지내시는 거예요?" 영소가 간식을 내팽개치고 예도에게 안기며 말했다.

"그렇다. 언니는 한양에 계신 어머님의 부름으로 당분간 한양에서 지낼 듯하구나. 너에게 인사를 하지 못하고 가서 너무나 아쉬워했다."

예도는 영소에게 미안한 얼굴로 머리를 쓰다듬었다.

"미안한 마음 가지지 마셔요. 어른이나 아이나 어머님을 그리워하는 마음은 모두 같으니 말입니다. 스승님도 어머님이 깊이 그리우셨겠지요." 영소가 웃으며 말했다.

영소의 말이 기특한 듯 모두 크게 웃었다. 특히 예도는 천진난만한 영소에게 미안하고 고마운 마음이 들었다. 곤과 있었던 일로 인해 영소를 멀리한 자신이 괜히 부끄러워졌다.

"영소야, 보름달에 소원을 빌었느냐?" 성산댁이 물었다.

"그럼요! 보름달이 뜨자마자 소원을 빌었지요." 영소가 답했다.

"소원이 무엇인지 말해줄 수 있겠느냐?" 예도가 미소 띤 얼굴로 물었다.

"음, 다 말씀드릴 수는 없지만 하나는 말할 수 있어요. 바로 오늘 예도 언니와 함께 자는 것이에요." 영소가 곤의 눈치를 보며 말을 꺼냈다.

"어허, 영소야. 어른들을 곤란하게 하여서는 안 된다."

곤은 당혹스러운 얼굴로 예도에게 말했다.

"아직 어린아이이니 너그러이 생각해 주십시오."

"그게 정말 너의 소원이니?" 예도가 물었다.

자신 없이 고개를 끄덕이는 영소가 안쓰러워 예도는 영소의 손을 어루만지며 귀에 속삭였다.

"함께 자는 게 어려울 것이 무엇 있겠느냐? 아버지께는 내가 잘 말씀드리마."

하룻밤 머물고 가기로 한 영소는 사흘간 성산댁에 지내게 되었다. 예도는 자신과 헤어지기를 아쉬워하는 영소에게 애처로운 마음이 들었다. 마치 곁에 있던 사람들을 보내고 쓸쓸한 마음이 가득한 자기 모습을 보는 듯했기 때문이다. 그들은 하루 종일 함께 독서하고, 산책하는가 하면 곤에게 비밀로 한 채 수용사에 다녀오기도 했다.

그렇게 집에 돌아가는 것을 미루다 사흘이 지나서는 곤이 직접 영소를 찾으러 왔다. 그는 영소를 몹시 아껴주는 성산댁 사람들에게 고마운 마음에 우차 하나에 선물을 가득 실어서 왔는데, 예도는 그 모습을 발견하고 모골이 송연해지는 듯했다. 또다시 자신의 마음을 오해받기 십상인 상황이 만들어진 것이다. 곤이 선물한 노리개를 서둘러 돌려줘야 할 때가 온 것 같았다. 예도는 곤을 조용히 불러내 함께 후정으로 향했다.

"이것을 돌려드리려 이렇게 뵙자는 요청을 하였습니다."

예도는 기대 가득한 얼굴을 한 곤에게 노리개를 건넸다.

"애초에 받지 말아야 할 선물이었습니다. 제가 나리의 선의를 거절하지 않은 것이 사람들에게 큰 오해를 불러일으킬 줄은 꿈에도 몰랐습니다. 제 불찰입니다….”

"이 상황이 너무나 급작스럽습니다."

곤은 당황한 기색을 감추지 못하고 말을 이었다.

"보령 스님 일 때문입니까? 그래서 마음이 바뀐 겁니까?"

예도는 곤의 말을 이해할 수 없다는 듯 눈을 동그랗게 뜨고 잠시 생각한 뒤 찬찬히 대화를 이어나갔다.

"…그 일과 상관없이 저는 제 마음을 그대로 전달하였을 뿐입니다. 나리께서 어떤 오해를 하셨는지 모르겠지만, 저는 나리를 고을 수령 그 이상으로 생각한 적이 일절 없습니다."

"하….” 곤은 이 상황을 받아들일 수 없는 듯 반문했다.

"혹시, 집안의 차이 때문입니까?"

곤은 다소 상기된 얼굴을 하고 있었다.

"그게 무슨 뜻입니까? 집안의 차이라뇨…?" 예도가 물었다.

"낭자의 오라버니인 한성부 주부께서 누이에게 어울리는 배필을 찾으려 수소문한다는 이야기는 들었습니다. 제가 한미한 집안 출신이라는 것은 부인할 수 없지만, 제힘으로 이까지 올라왔고 이제는 승승장구할 일만 남았습니다. 조정에서나, 백성들에게나 좋은 평판을 유지하고 있으니 말입니다."

"…잘 압니다. 나리께서는 덕망이 높은 분이시죠. 허나 그것은 저와 상관없는 일입니다. 작은 노리개 하나가 너무나 큰 파도를 몰고 온 것 같습니다. 제 뜻을 분명히 전했으니, 더 이상 제 마음을 곡해하지 마십시오." 예도는 부드럽지만 단호하게 뜻을 전했다.

"분명, 제가 틀리지 않았습니다. 낭자께서도 저와 같은 마음이었습니다. 영소를 친히 대하는 모습에서, 또 저를 바라보는 눈빛에서 그 마음을 느꼈습니다." 곤은 목소리를 가다듬고 침착한 태도로 다시 말을 이어갔다.

"…그렇다면 지금 다시 고려해 보십시오. 낭자와 저는 많은 조건들이 부합하는 짝이 될 수 있습니다. 이미 온 고을에 저희의 관계에 대해 말이 많다는 것을 잘 알지 않습니까?"

"조건이든, 소문이든 저는 고려하고 싶지 않습니다. 그러니 그만하십시오. 계속 이런 말씀을 하신다면, 앞으로 영소마저 만나기 어려울 것 같습니다. 나리의 여식이어서가 아니라, 저는 그 아이가 그저 기특하고 귀여웠을 뿐입니다."

"비록 저는 아이가 딸린 사내이지만, 다른 조건들은 그리 부족하지 않습니다."

곤은 자기 말에 수긍하지 않는 예도가 답답한 듯 조금 격해진 목소리로 말을 이었다.

"송구스러우나, 낭자의 집안에도 아쉬운 부분이 있지 않습니까? 친정에 돌아와 사는 과부, 사내 때문에 절로 들어간 비구니…. 그 결점까지 제가 다 감수하고 저의 여인이 되어달라는 것입니다. 낭자께서는 영소에게 좋은 어머니가 될 수 있을 것입니다."

예도는 곤의 일방적인 이야기에 기가 막혔다. 그가 대체 어떤 생각을 지니고 사는 것인지 가늠할 수 없을 정도였다.

"저와 나리는 단 한 번도 제대로 대화를 나눈 적이 없습니다. 그 뜻은, 마음이 오고 간 적이 없었다는 것이지요. 너무나 당황스러워 말이 제대로 나오지 않습니다." 예도는 깊은숨을 몰아쉬고 다시 말을 이어갔다.

"…저희 언니들을 모욕하지 마십시오. 언니들에 대해 얼마나 많이 아신다고 그렇게 쉽게 입에 올리시는 겁니까? 언니들이 제 결점으로 보이신다면, 저와 어떠한 조건도 부합하지 않는 것이니, 이제 그 말도 안 되는 생각은 완전히 접으십시오. 나리의 조건에 부합하는 여인을 만나 부디 행복하셨으면 합니다. 이만 물러나겠습니다."

예도는 재빨리 인사하고 자리를 떠났다. 계속 그 자리에 있다가는 돌이킬 수 없는 일을 저지를 것 같았다. 그녀는 곧과 대화하는 것이, 마치 벽을 마주 보고 이야기하는 것처럼 느껴졌다. 그가 이렇게 일방적이고 독단적으로 사고하는 사람이라고는 상상하지 못했다. 보령 스님의 일로 그를 찾았을 때, 그가 명분을 중시하는 사람이라는 것은 느꼈지만, 이토록 자기 위주로 생각하고 행동할 줄은 몰랐기에 그와 독대하는 순간을 어서 벗어나고 싶은 마음뿐이었다.

그에 대해 생각을 거듭할수록 영소가 딱하게 여겨졌다. 모든 일에 있어 자신이 옳다고 여기는 아버지 밑에서 클 영소가 얼마나 갑갑한 마음을 가지고 살아갈 것인지 그려졌기 때문이다. 하지만 이제는 영소를 아끼고 연민하는 마음을 접어두고, 그들과의 인연을 완전히 차단해야 할 때가 온 것 같았다. 아이에 대한 순수한 애정

하나로 너무나 큰 값을 치러야 했기에, 그저 영소가 지금 이대로 잘 자랐으면 하는 작은 소망을 품는 수밖에 없었다.

# 노씨 부인

　스산한 안개가 자욱한 어느 아침, 예도는 모처럼 성산댁과 아침 식사를 하기 위해 일찍이 안채에 들었다. 따뜻한 바닥에 앉아 몸을 녹이던 그때 서랑이 밝은 얼굴로 조반상을 들고 내실로 들어왔다. 김이 모락모락 나는 잣죽과 잣즙으로 무친 사태 오이지 냉채가 놓인 상을 받아 든 성산댁과 예도의 입엔 절로 군침이 돋았다. 서랑 또한 성산댁이 베푼 잣죽을 맛보기 위해 자기 방으로 서둘러 돌아갔다. 성산댁과 예도는 잣죽의 고소하고 깊은 풍미에 할 말을 잃고 단숨에 한 그릇을 비워냈다. 냉채까지 곁들여 먹고 나니 배가 두둑해진 기분이었다.

　"가리산 잣이랑 설악산 잣은 몇 번 먹어보았는데, 지리산 잣은 처음이다. 알이 조금 작아 보여서 맛이 덜할 것 같았는데, 어찌 더 향긋한 느낌이다. 역시 음식은 제철 싱싱할 때 바로 먹는 것이 최

고인 듯하구나." 성산댁이 말했다.

 성산댁 사람들이 모두 맛볼 수 있을 만큼 많은 양의 잣을 선물한 사람은 바로 늙은 기생 금화였다. 금화는 얼마 전 성산댁 부부에게 여름 고뿔을 앓은 뒤 기침이 가시지 않아 고충이 크다는 소식을 전했다. 운남은 소식을 접한 즉시 아껴두었던 홍삼 반 근과 감초, 말린 대추를 금화 편에 보내주었다. 약재를 사흘 이상 달여야 한다는 당부도 잊지 않았다. 다행히 금화는 얼마 뒤 쾌차했다는 소식을 전해왔고, 감사의 의미로 주인집에서 갓 수확한 잣을 두 되 보낸 것이다. 귀한 식재료는 두고두고 먹는 것이 일반적이지만, 성산댁 부부는 가노들에게까지 잣이 가득 든 잣죽을 베풀었다. 곧 다가올 겨울을 대비하여 원기 회복과 기력 향상에 좋은 잣을 모두 함께 맛보고 싶었기 때문이다.

 특히나 한 달 전 해산한 벼울을 위하는 마음도 컸다. 소리 없이 어두운 밤에 시작된 벼울의 진통은 동창에 빛이 스며드는 샐녘이 되어서야 잦아들었다. 기진맥진한 벼울에게서 자그마한 사내아이를 받아낸 서랑은 아이의 우렁찬 울음소리를 듣는 순간 꾹꾹 눌러놓았던 긴장이 풀린 듯 눈물이 온 얼굴을 적셨다. 땀에 절여진 채 정신을 차리지 못하던 벼울의 입가에도 옅은 미소가 지어졌다.

 무사히 건강한 아이를 낳은 것에 온전히 기뻐하는 순간도 잠시, 한양에서 애통한 소식을 전해 왔다. 산달이 다 되어가던 심씨 부인이 아이를 사산했다는 소식이었다. 시랑은 벼울에게 모질게 대한 것을 사죄하며, 그녀가 낳은 아이를 한양으로 데려오겠다는 의중을 표했다. 벼울은 품에 안겨 곤히 잠든 아이를 바라보며 시량의 뜻에 따르지 않겠다는 의지를 굳게 다졌지만, 하루가 다르게 커가는 아이가 이대로라면 좁고 어두운 행랑방에서 자랄 수밖에 없다는 현실에 억장이 무너졌다.

"나를 어미로 둔 너는 세상에 나오면서부터 사나운 팔자를 타고 났구나. 너는 나처럼 박복한 인생 살지 말거라."

벼울은 아이의 아명을 만복이라고 지으며, 만복을 한양으로 보내겠노라 결심했다. 성산댁 부부는 자식과 이별하는 것이 얼마나 큰 고통인지 알기에 벼울에게 만복과 함께 성산댁에서 지낼 것을 권유했지만, 벼울은 끝내 그들의 제의를 받아들이지 않고 시량에게 봄이 오면 만복을 한양에 보낼 것이라 답신했다. 아이와 함께할 시간이 얼마 남지 않은 벼울은 성산댁의 배려로 일을 하지 않고 모든 시간을 아이에게 할애할 수 있었다. 성산댁은 비록 여종이지만 벼울을 보면 해산병을 얻어 죽은 소온이 생각났다. 그렇기에 좋은 음식과 약재를 아낌없이 베풀고, 몸조리를 할 수 있도록 물심양면 도운 것이다.

식사 후 흡족한 얼굴로 상을 정리하던 성산댁과 예도에게 운남이 불쑥 찾아왔다. 그는 매우 들뜬 얼굴을 하고 있었다.

"드디어 예임이가 보낸 편지가 도착했소." 운남이 소리쳤다.

예임이 떠난 지 두 달이 넘어가는 시점이었다. 물론 예임과 정윤이 잘 도착했다는 소식은 들었지만, 예임에게서 제대로 된 편지를 받아볼 수 없어 조금은 불안한 마음을 가지고 있었다. 정윤이 보낸 편지에는 무사히 잘 도착했다는 짧은 소식만이 있을 뿐, 자세한 사정은 적혀 있지 않았기 때문이다.

예임이 보낸 서통에는 간성군 대강리 노씨 부인이 보낸 편지라고 표기돼 있었다. 모두 노씨 부인이라는 호칭이 의아한 마음이었지만, 편지를 받아 든 성산댁은 반가운 얼굴로 서통을 열어 편지를 읽어 내려갔다.

고모님, 고모부님 모두 강녕하셨지요? 우리 예도도 잘 지내고 있지요? 벼울이의 해산 소식도 몹시 궁금합니다.

그간 시간이 어떻게 흘러갔는지 모를 정도로 경황이 없어 안부를 전하지 못한 탓에 죄송한 마음입니다. 이곳은 벌써 겨울에 접어든 듯 이른 아침에는 바람이 매우 차갑고, 땅에는 살얼음이 깔려 있습니다. 깊은 겨울이 되면 얼마나 추울지 걱정이 앞서지만, 매서운 추위에도 적응할 날이 오겠지요?

훈장님과 저는 매일 분주한 하루를 보냅니다. 훈장님은 서당일이 바쁜 와중에도, 이따금 고기잡이를 나가시곤 합니다. 부송 어르신의 자제들께서 고기잡이를 업으로 하고 계신 덕에 평생 먹어보지 못한 생선들을 매끼 상에 올릴 수 있게 되었습니다. 저 또한 집안일을 홀로 돌보다 보니 눈코 뜰 새 없이 하루가 지나갑니다. 지친 몸을 이끌고 따뜻한 방에서 함께 저녁상을 드는 작은 행복에 모든 피곤이 물러가곤 하지요. 잡념에 빠질 겨를 없이 몸을 누이면 바로 잠에 드는 저의 모습이 낯설 때도 있지만, 노동의 수고로움과 가치를 절실히 느끼는 나날입니다.

　어제는 훈장님을 따라 바다 구경을 다녀왔습니다. 훈장님께서는 제게 알이 가득 찬 심퉁이라는 고기를 맛보게 해주신다며 바위에 올라 직접 만든 낚대를 부지런히 당기셨습니다. 아무 수확 없이 시간이 흐르자, 훈장님은 오지도 않는 어신이 손끝에 느껴지는 기이한 경험을 하셨다며 멋쩍어하셨지요. 홀로 애쓰시는 훈장님께 죄송하지만, 저는 흥겨운 마음으로 바위에 부닥치며 들어왔다 나가는 바닷물을 마음껏 구경했습니다. 한쪽으로는 푸른 바닷물이 넘실거리고, 또 한쪽으로는 설악의 능선이 굽이치는 모습이 장관을 이루었습니다. 그러나 어째서인지 마냥 기쁘지 않았습니다. 훌륭한 광경을 바라보고 있으니, 그제야 두고 온 가족들이 몹시도 그리워졌습니다. 이 좋은 것을 함께 나누고 싶은 마음이 간절하였지요. 생활이 바빠 미처 알아차리지 못하였나 봅니다. 아마 제가 평생 감당해야 할 그리움이지 않을까 생각합니다.

　하지만 너무 염려 마세요. 제게도 마음씨 좋은 벗이 생겼으니 말입니다. 부송 어르신의 둘째 며느님과 이웃으로 지내며 함께 빨래터를 가거나, 베를 짜고 바느질하며 부쩍 가까워졌습니다. 웃음이 많고 인정이 많은 분이시며, 아무런 편견 없이 저를 대해주십니다. 훈장님께서도 항상 밝은 기운으로 저를 북돋아 주시니 침울한 마음을 품을 겨를이 없는 듯합니다.

　참, 아직 전해드리지 못한 소식이 있습니다. 제게 새로운 이름이 생겼습니다. 훈장님께서 떠나시기 전 교리 나리께 제게 새 신분이 필요할 것 같다는 고민을 털어놓으셨다 합니다. 감사하게도 나리께서는 잊지 않으시고 한성에 도착하는 즉시 노연화라는 새 이름을 구해주셨지요. 이 은혜를 어찌 갚아야 할지 모르겠습니다. 덕분에 고을 사람들은 저를 먼 진주에서 시집온 노씨 부인으로 알고 있습니다. 부모님께 받은 제 이름을 쓰지 못한다는 점은 매우 애석하지만, 불안에 떨지 않고 새 삶을 살아갈 저를 하늘에 계신 아버님께서도 이해해 주실 것이라 믿고 싶습니다.

벌써 밤이 깊었습니다. 편지를 쓰다가 잠들기를 여러 차례, 이제야 편지를 완성하였군요. 작은 것, 사소한 기쁨에 벅차도록 행복하고 감사하며 지내고 있으니, 이제 제 걱정은 마십시오. 추위 조심하시고 매일매일이 평안하시기를….

편지를 다 읽은 성산댁 부부의 얼굴에 흡족한 미소가 떠올랐다. 이제껏 예임의 부담이 아니었던 가사가 힘에 부칠 것 같아 염려스러우면서도, 편지글을 통해 그려지는 그녀의 생기발랄한 모습은 그들을 안심하게 해주었다. 그들이 기억하는 밝고 쾌활했던 예임의 어린 시절이 머릿속을 스쳐 지나갔다. 한편, 예임의 소식을 가장 달가워할 거라 여긴 예도의 얼굴에는 다소 어두운 기색이 비쳤다.

"예도야, 너거 언니 잘 지낸다는 소식을 듣고 어찌 표정이 좋지 않노? 예임이 몸이 고될까 봐 그러나?" 성산댁이 물었다.

"아닙니다. 참으로 기쁘지요. 언니가 행복하게 지낸다는 소식은 제게 최고로 반가운 말이지요."

"아이고, 니 마음 이해한다. 매일 같이 붙어 있던 언니가 멀리 떠나서 새 삶을 시작한다는 것이 기쁜 일이기도 하지만, 쓸쓸한 마음이 드는 건 어쩔 수 없지." 성산댁은 예도를 끌어안으며 토닥여 주었다.

성산댁의 말에도 일리는 있었지만, 예도의 마음을 더욱 무겁게 만드는 점은 따로 있었다. 세휘에게 또다시 도움을 받았다는 뜻밖의 소식은 마음을 짓누르는 돌덩이처럼 다가와 그냥 지나칠 수 없었다. 그가 곁에 있을 때도, 떨어져 있는 현재도, 모두에게 변함없이 든든한 존재가 되어주는 이 상황이 고마우면서도 한편으로는 가슴 깊숙한 어느 지점에서부터 찌릿한 감각이 올라오기 시작했다.

그가 떠나고, 예도는 머릿속에서 그의 얼굴을 지우려 애썼다. 그의 이름이 거론되는 순간에는 대화를 피하거나, 그와 함께했던 기억이 있는 장소는 발길이 가지 않도록 노력했다. 그런데 성산댁이 예임의 편지를 읽어가는 순간, 예상치 못한 그의 등장에, 부단히 묻으려 했던 그리움 그리고 후회라는 감정이 불현듯 얼굴을 내민 것이다.

"고모님, 누군가를 향한 그리움은 작아지기 마련이지요? 후회하는 마음도 시간이 지나면 가시겠지요?"

예도의 두 뺨에 눈물이 흘러내렸다.

성산댁은 안고 있던 예도의 얼굴을 보기 위해 그녀의 몸을 살짝 밀어냈다. 예도의 눈물을 보고 놀란 성산댁은 운남을 바라봤다. 성산댁 부부는 안타까운 표정으로 예도가 눈물을 그치기를 기다렸다.

"예도야, 예임이가 행복하다니 마음이 놓인다, 그자?" 성산댁이 말했다.

예도는 고개를 끄덕였다.

"그리운 마음은 말이다, 시간이 지나면서 작아지기도 하지만 어떤 때는 하염없이 커지기도 한데이. 그리움은 자꾸 커지고, 내 선택을 후회하는 마음도 커져만 가는데 아무것도 할 수 없는 상황이면 그게 제일 괴로운 일이다. 근데 예도 니처럼 이리 어리고, 할 수 있는 일이 무궁무진한 사람한테는 그게 괴로울 일이가?"

예도는 다소 놀란 표정으로 고개를 들었다.

"아직 안 늦었다. 예도 네가 한양으로 간다고 뭐라고 할 사람 아무도 없다. 너거 고모부나 내나 원래 둘이 잘만 살았는데, 우리 걱정은 말고 네가 원하는 대로 하면 되는 거데이. 예흔이도 마찬가지고. 우리가 예흔이 살뜰히 챙길 테니, 이제 무거운 짐은 내려놓거라."

"고모님…."

예도는 자기 마음이 투명하게 비치는 듯 지금껏 말한 적 없는 마음속 고민을 꿰뚫고 있는 성산댁의 말에 놀라 입을 틀어막았다.

"나이가 들면 구태여 알려고 하지 않아도 보이는 게 있기 마련이다. 그렇게 신중한 예임이도 사랑 앞에서는 과감해지는데, 씩씩하던 우리 예도가 우예 저래 생각을 많이 하는가, 의아하기는 했다. 네가 걱정할 게 뭐 있노?" 성산댁이 웃으며 말했다.

성산댁 부부는 예도와 세휘가 서로 호감을 가지고 있다는 것을 이미 알아챘었다. 그들 사이에 흐르는 묘한 기류를 몸소 느끼던 차에 세휘가 떠난 것이 몹시 안타까운 마음이었다. 특히, 그가 떠나고 눈에 띄게 말수가 줄고, 안색이 어두워진 예도를 보는 것이 애처로웠지만, 아무 일 없는 듯 행동하는 예도에게 그들의 의견을 내비치기는 어려웠다. 혹여나 예도가 어른들의 눈치를 보며 솔직하게 마음을 표현하지 못한 것은 아닌지, 무거운 마음에 선뜻 세휘에 대한 이야기를 꺼낼 수 없었다. 그런데 마침 도착한 예임의 편지가 예도에게 자기 마음을 돌아볼 계기가 된 것 같았다.

예도는 예임의 소식을 궁금해하던 예흔을 위해 편지를 들고 수용사로 향했다. 양손 두둑이 잣을 비롯한 각종 식재료와 밀랍초를 들고 수용사로 향하는 그녀의 마음은 그지없이 혼란스러웠다. 세휘의 이름을 듣는 순간 잔잔히 흐르던 물결에 누군가 돌을, 그것도 묵직한 주춧돌을 던진 것 같았다.

'공께서는 나를 아득히 잊으셨다면…?'

너무 늦게 자신의 마음을 깨달은 것은 아닌지 몹시 불안했다. 모래알을 삼킨 듯 목구멍에서부터 먹먹한 감정이 솟구쳤다. 문득 예도는 어리석은 실수를 반복하는 자신이 미워졌다. 성산댁에서 보낸 지난날들을 돌이켜 생각하니 시간을 되돌려 섣불리 판단하고, 경솔하게 행동했던 자신을 나무라고 싶은 마음이었다. 계속되는 실수가 습관이 되어 결국에는 돌이키지 못하는 상황에 이를까 두려웠다. 사랑한다는 것, 더 나아가 산다는 것이 거창한 것이 아닌 것을, 편지 속 예임처럼 그저 좋은 사람과 편안한 시간을 보내는 것만으로 충분하다는 것을 알지 못했다. 처음부터 세휘가 마음속에 불쑥 들어온 것은 아니지만, 그는 힘든 시간 자신의 곁을 지켜줬고, 그와 함께한 시간은 한없이 따뜻했다. 소중한 것은 항상 눈앞에서 멀어져야 애타게 반짝이며 마음에 닿는 것일까? 세휘가 떠나고 나서야 그와 함께했던 시간이 너무나 아깝고 귀하다는 것을 깨달았다. 그리고 그가 곁에 없어서 빛을 잃은 자신의 마음이 선명하게 보이기 시작했다.

그때 예도의 눈에 숲속의 작은 배롱나무 하나가 들어왔다. 산세 깊이 자라난 작은 배롱나무가 차가운 날씨를 이겨낸 채 아직 꽃을 피우고 있다는 사실이 놀라웠다. 별당 뜰에 옹연히 자리한 배롱나무는 지난 여름날 산뜻한 분홍빛을 자랑하는 꽃을 빼꼭히 수놓았지만, 지금은 화려한 때를 뒤로하고 앙상한 뼈만 드러내고 있었기 때문이다. 때마침 마주친 숲속의 작은 배롱나무는 마치 처연해진 자신의 마음을 달래주기 위해 기다리고 있었다는 듯, 가느다란 가지에 꽃들이 아슬아슬하게 매달려 있었다. 예도는 멍하니 작은 꽃들을 바라보던 순간 '픽' 하고 웃음이 났다. 울다가도 웃고, 웃다가도 우는 자신의 변덕스러운 마음이 기막히면서도, 아직 늦지 않았다는 작은 희망이 보였다.

수용사에 도착한 예도는 어김없이 똑같은 자리에서 경문을 외고 있는 노승 보천 대사를 바라보며 천천히 합장했다. 그를 무심코 지났던 지난날과 달리, 어느 것에도 눈길을 주지 않고 오직 수행에만 매진하는 그의 모습은 마음이 어수선한 그녀에게 경외심을 불러

일으키기에 충분했다. 여러 계절을 지날 동안 그를 봐왔지만, 그에게서 달라진 점은 옷차림이 조금 두터워진 것과 조금씩 더 야위어 간다는 점밖에 없었다. 그는 어떠한 비바람이 불어와도 한 치의 흔들림 없이 그 자리에 있을 것만 같았다. 그를 지켜보는 것만으로도 들쑥날쑥했던 자신의 마음까지 덩달아 차분하게 가라앉는 듯했다.

사찰 안은 겨울 준비로 분주했다. 한쪽에서는 모양이 잘 잡힌 메주를 동여맬 짚을 묶기에 바빴고, 또 한쪽에서는 잘 익은 무를 모지게 썰어 송송이를 무치고 있었다. 예도는 비록 먼 거리지만 사람들과 웃고 떠들며 짚을 이리저리 꼬고 묶는 데 열중하는 예흔을 한숨에 찾을 수 있었다. 예도는 한구석에 앉아 티 없이 맑은 얼굴로 뭐가 그리 우스운지 방긋 웃고 있는 예흔을 흐뭇하게 지켜봤다. 그때 예도 곁으로 보령 스님이 다가왔다.

"참으로 무해한 웃음이지 않습니까?" 보령 스님이 말했다.

"오셨습니까? 이리 와서 앉으세요." 예도는 반가운 듯 보령 스님을 자신의 곁에 앉혔다.

"무해하다, 그 말이 딱 들어맞습니다. 예흔 언니가 이곳에서 큰 평안을 찾은 것 같습니다. 그간 아무 탈 없으셨지요?" 예도가 물었다.

"그렇습니다. 그저 보시는 바와 같이 할 일이 조금 많아진 것밖에요."

"많은 일을 겪으며 제 마음도 많이 달라진 것 같습니다. 이전에는 어린 마음에 예흔 언니가 수용사에서 느끼는 행복이 커질수록 저와는 더욱 멀어지는 것 같아 온전히 기쁘지만은 않았습니다. 그러나 지금은 그런 서운함이 하나도 없습니다. 언니가 밝게 웃으니, 제 마음도 밝게 빛나는 듯합니다."

"보선 스님을 진정으로 받아들이신 거지요. 자매의 정이 옅어진 것이 아니라, 자신에 대한 확신이 커진 것입니다. 자기 삶에 더욱 집중할 수 있다는 것은 어른이 되어가는 과정에 있는 것이 아니겠습니까?"

보령 스님은 미소를 머금고 예도의 눈을 바라봤다.

"…혹시, 스님께서는 누군가를 연모하신 적이 있으십니까?" 예도가 물었다.

보령 스님은 예도의 다소 엉뚱한 질문에 웃음이 터졌다. 잠시 고민하던 보령 스님이 고개를 끄덕이며 말했다.

"한때 누군가를 사랑한다고 믿었던 적이 있습니다. 헌데 지금 돌이켜보면 그 사람은 그 시절 저를 지나가던 한 인연이었달까…? 그때 알았더라면 마음을 조금 덜 다쳤을 것 같다는 작은 미련은 있습니다."

"모든 사랑이 그런 겁니까? 그 순간 불 피웠다가 서서히 사그라지는 것입니까?"

"…저의 그릇된 믿음 때문이었습니다. 저는 그 사람이 내가 갖고 있는 힘듦을 모두 해결해 줄 것이라 믿었습니다. 가장 중요한 것은 나에 대한 믿음이라는 것을 한참 뒤에야 깨달았지요. 허나 모든 것을 떠나 서서히 식어가는 게 사람의 마음이 아니겠습니까? 사그라드는 자체로 아름답다고 생각합니다."

보령 스님은 속기를 벗어난 초연한 눈빛을 하고 있었다.

예도는 보령 스님의 손을 잡았다. 예혼의 곁에 보령 스님처럼 마음 깊은 사람이 있다는 것이 다행으로 느껴졌다. 예전에 예혼이 보살님 그리고 부처님과의 인연을 놓지 못하겠다고 말했던 것이 떠올랐다. 실로 그들은 큰 인연으로 닿아 있는 듯했다. 말 못 할 상처와 시련을 지닌 채 이곳에 모인 이들은 부처님의 제자가 될 수밖에 없는 운명이었던 것이다. 그 운명을 받아들이는 데는 분명 긴 시간이 필요했지만, 결국은 한 곳을 바라보게 되었다. 그 끝엔 무엇이 기다리고 있을지 아무도 모른다. 하지만 그들은 운명은 그저 오는 것이 아닌, 자기 발끝이 향한 곳이란 것을 받아들였다.

예도는 예혼과 함께 시간을 보낼 날이 얼마 남지 않은 것을 직감했다. 불과 얼마 전까지는 예혼의 손을 놓고 싶지 않은 마음에 간신히 손끝을 붙잡고 있는 마음이었다면, 이제는 웃으며 예혼의 손을 놓아줄 수 있을 것 같았다. 그 누구도, 그 어떤 일도 예혼을 불행하게 만들 일은 없을 것이라 믿으니 마음이 놓였다. 자기 삶의 길잡이는 자기 자신이 되어야 한다는 것을 몸소 느꼈기 때문이다.

"보살님, 보선 스님께 이 편지를 전해주시겠습니까? 공연히 바쁜 사람 시간만 뺏을 것 같습니다. 바쁜 시기가 지나면 다시 들를 테니 마음 쓰지 말라고 해주세요." 예도가 말했다.

# 봄

　겨울 추위는 언제나처럼 매섭고 차가웠다. 이번 겨울, 예도는 매일 아침이면 손발이 얼어붙을 듯 차가워져 미처 방 안에 해가 들지 않았음에도 단꿈에서 벗어나지 못한 상태로 눈이 떠지곤 했다. 그러나 오늘은 달랐다. 모처럼 꿈에서 마음껏 노닐다가 아침 햇살을 받으며 상쾌한 기분으로 기상했다. 요 며칠 내린 비가 봄을 알리는 따뜻한 봄비임이 틀림없었다.

　"봄이 왔다는 소식을 내 몸이 가장 먼저 전해주는구나."

　예도는 창문을 열어 별당 뜰을 내다보았다. 우수 이후 촉촉이 젖은 땅과 조금씩 얼굴을 내밀기 시작하는 들꽃들은 지난 가을 소벌에서의 기억을 떠올리게 했다.

　'긴 겨울이 지나면 이곳을 찾은 철새들도 또다시 떠날 준비를 서두르겠지요? 철새들의 북방 행렬이 끝이 날 때면 봄을 알리는 따

뜻한 봄비가 내릴 것이고요.'

　세휘에게 했던 말이 머릿속을 맴돌았다. 그때 이야기를 전했던 자신의 마음가짐과 현재의 마음가짐은 매우 달랐다. 그때는 철새를 떠나보내는 심정이었다면, 지금은 철새를 쫓아가고 싶은 심정이니 말이다. 예도는 지난 몇 달간 날이 따뜻해지면 한양에 가겠다는 마음을 단 한 번도 바꾸지 않았다. 물론, 추운 날씨 때문에 굳게 다진 결심을 바로 실천하지 못해 안타까운 마음은 있었다. 시간이 지체되는 탓에 너무 늦진 않을까, 조급함이 밀려올 때도 있었지만 자신과 마찬가지로 세휘의 마음도 쉽게 변하지 않을 것이라는 믿음이 있었기에 차분히 때가 오기를 기다릴 수 있었다.

　만복이는 얼마 전 무럭무럭 자라 모두의 축하를 받으며 백일잔치를 치렀다. 이제는 몸을 뒤집는 것은 식은 죽 먹기인 듯 굴러다니거나, 아주 잠깐이지만 자기 힘으로 앉아 버티는 재주를 부리기도 했다. 벼울은 그런 만복을 보며 마음껏 기뻐하지는 못했지만 여간 흐뭇한 듯 입가에 미소가 떠나지 않았다. 하지만 작은 미소마저 앗아갈 이별의 시간이 코앞으로 다가왔다. 시량이 우수 경칩 즈음 한양에서 사람을 보낼 것이라 통보했기 때문이다. 예도는 만복이 한양으로 떠나는 여정을 함께 하기로 결정했다.

　그리고 며칠이 지난 어느 새벽 밤, 성산댁에서는 누군가의 처절한 울음소리가 들려왔다. 예도는 그 소리에 잠에서 깨 서둘러 겉옷을 챙겨입고 소리가 나는 곳으로 뛰어갔다. 그곳엔 차가운 바닥에 엎드려 흐느끼고 있는 벼울과 그 곁을 지키는 서랑이 있었다.

"벼울아, 이 새벽에 무엇 하느냐?" 예도가 물었다.

"흑…. 아가씨, 추위가 잦아들고 있습니다. 온몸이 얼어붙어도 추운 겨울이 좋습니다. 날이 왜 이리 온화한 것입니까?"

벼울 곁에서 어쩔 줄 모르던 서랑은 벼울을 끌어안고 함께 울었다.

"벼울 언니, 이제 방에 듭시다. 고뿔이라도 걸리면 어쩌려고 하오." 서랑은 예도를 위로 쳐다보며 말을 이었다.

"자고 있는데 옆에서 벼울 언니가 서럽게 우는 것이 아니겠습니까? 곤히 잠든 만복이를 보면서 말입니다."

예도는 벼울이 안쓰러운 듯 함께 쪼그려 앉아 그녀를 품에 안았다. 벼울은 들썩이는 몸을 일으켜 예도에게 기댔다.

"아가씨, 저 작은 아이를 어찌 한양에 보냅니까? 그 먼 길을 우리 만복이가 버틸 수 있겠습니까? 절대 마음이 바뀐 것은 아닙니다. 헌데 아직 너무 작은 아이이니 걱정을 떨칠 수가 없었습니다. 아가씨께서 잘 살펴주십시오. 부탁드립니다." 벼울이 예도의 눈을 바라보며 말했다.

"당연한 것을. 너의 아이기도 하지만, 내 조카이기도 하다. 나와 서랑이가 있으니 그 걱정은 말거라. 내 한양에 가서도 만복이를 잘 살피겠다. 그리고 마음이 바뀌어 아이를 보고 싶다면 언제든 오거라."

"…미천한 어미를 반기지 않을 것입니다." 벼울이 말했다.

"그런 말 말거라. 신분을 막론하고 어미의 존재만으로 큰 힘이 되는 것이다. 스스로에게 떳떳하면 무엇인들 너를 두렵게 하겠느냐?"

예도는 벼울의 차가운 볼을 쓰다듬었다. 그녀의 손등으로 뜨거운 눈물이 흘러내렸다.

"고맙습니다, 아가씨…." 벼울은 눈물을 닦고 숨을 고른 뒤 다시 말을 이었다.

"만복이에게 부끄럽지 않은 어미가 되겠습니다. 만복이의 안녕을 위해서는 무엇이든 하겠습니다. 이런 제 마음을 만복이가 언젠가는 알아주겠지요?"

예도는 말없이 고개를 끄덕이며 벼울의 한껏 움츠러든 등을 토닥였다.

예도가 모처럼 가벼운 몸으로 아침을 열었던 날 오후가 되자 시량이 보낸 유모와 짐꾼들이 성산댁에 도착했다. 예도는 봄의 시작과 함께 시량의 비복들이 한 치 어김없이 만복을 데리러 왔다는 사실에 놀란 눈치였다. 아직 날씨가 온전히 풀린 것은 아니었기에 어느 정도 따뜻해질 때까지 계획이 늦춰질 것이라 예상했기 때문이다. 시량이 아이를 하루빨리 만나고 싶은 마음이라는 것을 알 수 있었다.

반면 벼울은 단 하루라도 만복을 보내는 날이 미루어졌으면 하는 마음이 간절했지만, 그녀의 바람은 이루어지지 않았다. 시량의 비복들은 성산댁에서 이틀간 짧은 휴식을 취한 뒤, 다시 출발하기 위해 분주하게 움직였다.

예흔은 예도가 떠나는 날에 맞춰 모든 것을 제쳐두고 성산댁을 방문했다. 그녀는 산골짜기 외진 바위에서 어렵게 채취하여 말려둔 석이버섯과 곱게 빻은 햅쌀, 꿀물을 섞어 놋쇠시루에 찐 석이병을 만들어 왔다. 말린 대추와 잣으로 정성스럽게 장식한 석이병을 건네받은 예도는 눈물이 멈추지 않았다.

"내 너에게 고마운 것이 참 많은데, 이것밖에 줄 것이 없구나…."

예흔이 말했다.

예흔은 눈가에 눈물이 가득 고인 채 예도를 껴안았다.

"우리 세 자매 비록 멀어질지언정 언제나 서로의 행복을 빌어주자. 그 마음만은 평생 변치 않을 것이다."

말을 마친 예흔은 흐느끼는 예도의 눈을 따뜻하게 바라봤다. 흰 납의를 입은 그녀는 자신의 손을 감싼 넓은 소매 깃으로 예도의 뺨에 흐르는 눈물을 천천히 닦아냈다.

그 모습을 안타깝게 지켜보던 성산댁 또한 울먹이는 얼굴로 예도의 치마허리에 노리개 하나를 달아주었다. 붉은 수술 위에 금으로 만들어진 나비 장식이 있었고, 나비의 날개 부분에는 작은 옥구슬이 여러 개 박혀 있었다. 예도는 한눈에 봐도 귀해 보이는 노리개를 놀란 눈으로 바라보며 성산댁에게 말했다.

"고모님, 이 귀한 것을 어찌 저에게 주시는 겁니까?"

"귀한 걸음을 하는 것이니, 귀한 노리개 하나쯤은 하고 가야지. 내랑 너거 고모부 이리 행복하게 만들어줘서 고맙데이. 우리 조카들이 여기서 좋은 추억, 인연을 만들었다는 사실이 얼마나 감격스러운지 모른다. 그것만으로도 우리 부부 살아가는 데 큰 힘이 될 것 같다."

성산댁은 비록 목소리는 잠겼지만, 얼굴에는 밝은 미소가 비쳤다.

벼울은 방에서 홀로 만복이를 재운 뒤 요로 곱게 감쌌다. 시량이 보낸 작은 옥교를 타기 위해 기다리던 예도는 벼울이 데리고 나온 만복을 조심스레 품에 안았다. 벼울은 곤히 잠든 만복이 깰까, 만지지도 못하고 눈에 고스란히 담고 싶은 듯 한참을 바라봤다.

"아가씨, 우리 만복이는 발이 찬 편입니다. 제가 만든 발감개인데, 잘 때는 꼭 발을 감싸주세요. 깨어 있을 때는 자꾸 벗으려고 해서…"

벼울은 곧게 다린 무면천 위에 만복이의 띠를 본떠 붉고 큰 벼슬을 가진 닭을 수놓았다. 흔하디흔한 누런 무면천이지만, 벼울의 야무진 솜씨로 침자질한 문양 덕분에 특별한 발감개처럼 보였다.

"참으로 어여쁘구나. 만복이의 발을 각별히 신경 쓰겠다." 예도가 말했다.

갈 길이 먼 예도 일행은 그들의 뒷모습을 끝없이 바라보는 성산댁 사람들을 뒤로하고 서둘러 출발했다. 예도는 옥교에 올라 떠나는 순간까지 남은 이들을 안심시키기 위해 노력했다.

"중간중간 쉬어갈 때마다 전갈을 보내겠습니다. 그러니 모두 걱정 마셔요."

성산댁에 남은 이들의 귓가에 예도의 씩씩한 목소리가 울려 퍼졌다. 성산댁은 운남에게 안긴 채 울음을 터뜨렸고, 예흔은 예도가 탄 옥교가 보이지 않을 때까지 한자리에 서서 손을 흔들었다. 벼울은 털썩 주저앉아 목 놓아 울었다.

"만복아…!"

남은 이들은 대상과 형태는 다르지만 헤어지는 슬픔 뒤에 떠나는 이들의 빛나는 앞날을 응원하는 마음이 더 크게 자리 잡은 것만은 틀림없었다.

　이제 백일을 넘은 갓난아기를 데리고 한양으로 향하는 여정은 여자 세 명이 번갈아 가며 아이를 돌봄에도 쉽지 않았다. 특히 얼마 전부터 낯을 가리기 시작한 만복은 예도와 서랑이 아니면 그 누구에게도 안겨 있지 않으려 했다. 게다가 항상 곁에 있던 벼울과 떨어져서인지 평소와 달리 하루 종일 울음을 그치지 않았다. 그 정도가 심할 때는 이동을 멈추고 가까운 객주에 하루 머물기도 했기에 예상보다 긴 여정이 되었다. 본래는 안전을 위해 미리 연통해 둔 양갓집에서만 묵을 예정이었지만, 기분을 종잡을 수 없는 갓난아기를 동반한 여행은 부득이 계획을 수정할 수밖에 없었다. 하지만 다행히 만복에게도 매우 고단한 일정이었을 텐데 아이는 스무 날이 넘는 기간 동안 탈 없이 건강했다.

　보통 사내의 걸음으로는 열흘이 조금 넘고, 마필로는 사나흘이면 가는 길이었지만 예도 일행은 스무날이 넘게 걸렸다. 가는 길이 고되기만 했던 것은 아니다. 예도는 만복이 자는 동안만큼은 그토록 염원한 전국 유람을 하는듯한 기분을 만끽했다. 때마침 초록빛 새싹들과 형형색색의 작은 들꽃들이 피어나는 시기였기에 눈이 심심할 겨를이 없었고, 여러 고을을 드나들며 사람들의 얼굴과 옷차림새, 고을을 가득 채운 각기 다른 집들을 구경하는 것은 큰 즐거움으로 다가왔다.

　긴 여정의 끝에 다다랐을 때는 유람의 즐거움도 심한 노독을 이기지 못했다. 예도는 경기 땅에 들어서며 성산댁을 떠나온 것을 잠시 후회했다. 오가는 사람은 많은데 아는 사람은 없는 새로운 길에서, 보이는 것이라고는 첩첩한 산천뿐이었던 순간, 이제껏 온 길을 돌아가고 싶은 마음이었던 것이다.

그러다 한양이 멀지 않다는 것을 알려주듯, 먼 북쪽에 웅장한 기세로 뻗은 눈 덮인 삼각산이 흐리게나마 보이기 시작했다. 그렇게 심산을 지나 평지에 다다르자 빽빽한 인가와 반듯한 전답이 시야에 들어왔다. 예도는 홍진사를 통해 한양에 관한 이야기를 많이 들었던지라 그곳의 번화한 거리를 보아도 크게 놀라거나 동요하지 않을 것이라 생각했다. 하지만 동대문에 들어서자 좌우로 즐비한 상점들과 그곳을 채운 진귀한 물건들이 그녀의 시선을 단박에 사로잡았고, 넓은 길을 빼곡히 지나는 인파에 섞여 이리저리 치이다 보니 정신이 아득해지는 것 같았다.

어지러운 틈바구니 속, 예도는 약속한 장소에서 자신을 기다리던 시량을 만났다. 그를 따라 북촌 가회방에 위치한 스무 칸 남짓한 기와집에 무사히 도착할 수 있었다. 그들이 이전에 살았던 윤성당과는 비교할 수 없을 만큼 소박한 집이었지만, 한눈에 들어오는 성곽과 그 주변을 빽빽하게 채운 크고 작은 기와집들이 장관을 이루는 명당에 자리 잡고 있었다. 집에 들어선 예도는 버선발로 뛰쳐나와 자신을 반기는 한씨 부인을 발견하자 풀 곳 없던 노독이 한번에 몰려온 듯 정신을 잃고 쓰러졌다. 쓰러진 예도는 나흘간 일어나지 못했고, 한씨 부인은 앓아누운 딸 곁을 애태우는 마음으로 지켰다.

# 목심재

"종로에서 구해 온 약 세 첩이 효험을 보이는 듯하구나." 한씨 부인이 말했다.

"네, 어머님. 아가씨가 새벽에 기운을 차려서 죽을 한 그릇 다 비웠다고 하니 곧 일어나겠지요. 열도 거의 다 떨어져 다행입니다." 심씨 부인이 예도의 이마를 짚으며 말했다.

예도는 나흘간 약만 겨우 삼키며 누워 있다가 나흘째 되는 새벽 한층 가벼워진 몸으로 일어나 죽으로 빈속을 달랬다. 그리고 다시 깊이 잠든 예도는 한씨 부인과 심씨 부인의 목소리에 몸을 뒤척이며 서서히 정신을 차렸다.

"어머님, 그 소식 들으셨습니까? 삼청 자락에 있는 목심재에서 혼사가 있을 거라는 소식 말입니다."

심씨 부인이 다소 호들갑스럽게 이야기를 시작했다. 한씨 부인은 그다지 궁금하지 않은 표정이었지만, 예도의 머리를 쓰다듬으며 심씨 부인의 말에 귀 기울였다.

"글쎄, 목심재 안주인인 경씨 부인이 명례방 비단집에서 혼주복을 맞추었다고 사람들이 떠드는데, 거기서 맞춘 저고리가 어디에서도 본 적 없는 모양이었다고 합니다. 소매 바깥 면에 꽃잎을 연상케 하는 골을 파서 선홍빛 속 면을 비치게 했다지 뭐예요. 어떤 이들은 망측하다 말하고, 어떤 이들은 똑같은 저고리를 만들어 달라 성화였다고 합니다. 어머님도 궁금하지 않으십니까?" 심씨 부인이 말했다.

예도는 눈을 감고 희미하게 들리는 심씨 부인의 이야기를 듣다가 목심재라는 단어에 눈이 번쩍 뜨였다. 말을 마친 심씨 부인을 놀란 얼굴로 쳐다보던 예도는 어렵게 몸을 일으켰다.

"…목심재라면 이조판서를 지낸 이세열 대감댁이 아닙니까?" 예도가 물었다.

한씨 부인과 심씨 부인은 어느새 일어나 앉아 있는 예도를 발견하고 깜짝 놀랐다.

"아가씨…! 이제 좀 괜찮으셔요?"

"네 새언니, 괜찮습니다. 헌데 이대감댁 어느 분의 혼사가 있을 예정입니까?" 예도가 말했다.

"그것까진 잘…."

"예도야, 다시 눕거라. 왜 이리 급히 일어난 것이냐?" 한씨 부인이 걱정스럽게 물었다.

"어머니, 서랑이를 불러주십시오…. 나갈 채비를 해야 합니다."
예도가 혼비백산이 된 얼굴로 한씨 부인의 손을 잡고 부탁했다.

가족들의 만류에도 예도는 망설임 없이 집을 나섰다. 자신을 따라나선 서랑까지 집으로 돌려보낸 후 홀로 발걸음을 재촉했다. 서랑은 집 안에 들어서서야 예도의 장옷을 자신이 들고 있다는 것을 알아차리고 큰 목소리로 예도를 불렀지만, 예도는 듣지 못했는지 빠른 걸음을 멈추지 않았다. 예도는 장옷을 걸치지 않고 홀로 걸어가는 자신을 의아한 눈빛으로 바라보는 행인들의 시선을 아랑곳하지 않았다.

목심재를 찾는 것은 어렵지 않았다. 북쪽으로 무작정 반 시진 가량 걷자 화려하고 웅장한 가옥들이 보이기 시작했고, 길을 물을 때마다 목심재를 모르는 사람이 없었다. 목심재는 다른 가옥들과 조금 떨어진 곳에 자리 잡고 있었는데, 대문 앞에 다다르자 빼어난 필체가 돋보이는 입춘첩이 예도를 반겼다. 분명 세휘의 필체였다.

"국태민안 가급인족. 나라는 태평하고 백성은 편안하며, 집안은 넉넉하고 사람은 충족하라."

입춘첩을 다 읽은 예도의 가슴이 뛰기 시작했다. 막상 세휘의 집 대문 앞에 서 있자니 아무 생각이 나지 않았다. 대책 없이 이곳까지 와 버린 자신이 황당하기 짝이 없었다. 대문을 두드릴까 잠시 고민했지만, 장옷도 걸치지 않은 채 흐트러진 머리를 한 자신이 문득 부끄러워졌다. 예도는 그대로 뒷걸음질 치며 근처 아름드리나무 뒤에 몸을 숨겼다.

"이제 어쩐담…."

나무 곁을 서성이며 시간을 흘려보내던 예도는 전에 본 적 없는 호화스러운 옥교가 대문 앞에 서는 것을 발견했다. 그곳에서 내린 여인은 금실로 치장한 장옷을 덮어쓰고 있었다. 작은 틈 사이로 창백하도록 흰 피부를 가진 아리따운 여인의 얼굴을 엿볼 수 있었다. 예도는 마치 고귀한 왕실 여인처럼 곧은 자세와 가벼운 발걸음을 가진 그 여인을 넋 놓고 바라볼 수밖에 없었다. 그때 장옷 사이로 비치는 여인의 눈길이 나무 뒤에 숨은 예도에게 닿았다. 예도는 깜짝 놀라 뒤돌아섰다. 가슴이 터질 것처럼 뜀박질하며 그 소리가 귀까지 들리는 것 같았다.

"…홍대감댁 소저가 아니십니까?"

예도는 뒤에서 들리는 말소리에 화들짝 놀라며 소리가 나는 쪽으로 몸을 돌렸다. 그곳엔 방금 본 여인이 서 있었다. 장옷을 벗고 얼굴을 드러낸 여인은 생각보다 나이가 있어 보였지만, 미소를 머금은 그녀의 모습은 여전히 아름답고 한층 더 기품 있어 보였다.

"저를 아십니까…?" 예도가 물었다.

"까치를 닮은 여인이라더니…." 여인이 새어 나오는 웃음을 참으며 말을 이어갔다.

"송구합니다…. 저희 도련님께 말씀 많이 들었습니다. 얼굴을 뵌 적은 없지만 신기하게도 소저를 보는 순간 바로 알아봤습니다."

"아…." 예도는 짧은 탄식을 뱉어냈다.

"교리 나리의 형수님…. 저도 말씀 많이 들었습니다. 이렇게 예의 없이 찾아와 죄송합니다. 나리께 급히 드릴 말씀이 있었습니다. 부디 무례를 용서해 주십시오."

"아닙니다. 직접 만나 뵈니 어찌나 반가운지요. 일단 안으로 드시지요." 세휘의 장부, 경씨 부인이 말했다.

예도는 얼떨결에 경씨 부인을 따라 목심재 안으로 들어섰다. 경씨 부인을 누가 볼 새라 속히 마당을 가로질러 안채 문을 열었다. 안채에 들어선 경씨 부인은 밖에서 봤던 모습과 달리 허물없이 해맑은 웃음을 굳이 숨기지 않고, 예도의 팔을 끌고 따뜻하게 데워진 방으로 들어갔다.

"보는 눈이 많아 조심스러웠습니다." 경씨 부인은 예도의 두 손을 꼭 잡으며 말했다.

"도련님이 집에 돌아오시려면 꽤 오래 기다리셔야 합니다. 아직 바람이 제법 쌀쌀하니 여기서 기다리십시오. 괜찮으시면 함께 차라도 한잔하는 게 어떻겠습니까?"

예도는 아직 상황을 파악하지 못한 얼굴로 고개를 끄덕였다. 그녀는 어느 여종이 찻상을 들여온 후에야 정신을 가다듬고 경씨 부인을 똑바로 바라봤다.

"실례지만 저를 어떻게 알아보셨습니까? 제가 한성 사람이 아닌 것이 바로 티가 났습니까?" 예도가 물었다.

경씨 부인은 예도의 엉뚱함에 웃음을 터뜨렸다.

"그런 것은 아닙니다. 도련님은 제게 친동생, 아니 아들 같은 분입니다. 그러니 자연스레 많은 이야기를 나누지요. 유배지에서 만난 홍대감댁 여식의 이야기를 어찌나 많이 하던지, 이미 만난 사이나 다름없었습니다. 격식을 따지지 않고, 궁금한 것이 많은 여인. 나무 뒤에서 저를 몹시나 궁금한 얼굴로 바라보는 소저를 보는 순간 그 여인이라는 것을 알 수 있었지요."

"제가 너무 빤히 쳐다봐서 송구합니다. 놀라셨지요? 다른 뜻은 없었습니다. 처음엔 화려한 옥교를 보고 놀랐고, 그다음엔 부인의 아리따운 자태에 같은 여인으로서 감탄하던 중이었습니다." 예도는 경씨 부인의 눈치를 살피며 다시 말을 이었다.

"목심재에 혼사가 있을 것이라는 소식을 들었습니다. 혹시나 저 아름다운 여인이 혼사의 주인공은 아닐까, 홀로 상상해 보았습니다."

경씨 부인은 예도의 조심스러운 추측을 듣고서야 그녀가 치맛자락이 진흙투성이 된 것도 모른 채 목심재 근처를 서성이던 이유를 알아챌 수 있었다. 자신의 의중이 들키기라도 할까, 떨리는 손으로 찻잔을 잡고 천천히 차를 음미하는 예도가 안쓰러우면서도 귀엽게 느껴졌다.

"시집을 가기엔 몸이 너무나 쇠퇴하지 않았습니까?" 경씨 부인이 말했다.

"아닙니다. 얼마나 기품이 넘치시는지요."

"농입니다. 곧 혼사가 있는 건 사실입니다. 제 장남이 드디어 장가를 가는 것이지요. 작은아버지가 장가를 들지 않으니, 혼사를 미루고 미루다 더 이상 미룰 수 없어 혼례를 올리게 되었습니다."

"아…." 예도는 안도하듯 말했다.

"그분의 혼사가 아니었군요…."

예도는 자신도 모르게 흘러나온 말에 놀라 입을 틀어막았다.

"그러게요, 우리 도련님은 언제쯤 장가를 가시려나…."

경씨 부인은 아무 일 없는 듯 구석에 있던 헝겊으로 바닥에 쌓인 먼지를 쓸어냈다. 그러다 갑자기 하던 것을 멈추고 예도를 바라보며 말했다.

"주변에 도련님을 차갑고 매정한 조정 관료라고 생각하는 사람이 많더군요…. 소저도 그리 생각하십니까?"

"아뇨, 나리는 마음이 관대하고 연민이 많은 분입니다." 예도가 망설임 없이 대답했다.

경씨 부인은 예도의 말에 따뜻한 미소를 지었다.

"역시, 사람을 볼 줄 아는 분이시군요…."

"부끄럽지만 저도 처음엔 그분을 권세를 이용하는 분으로 오해했습니다. 그러나 함께 시간을 보낼수록 정직하고 따뜻한 심성을 가진 분이란 걸 깨달았지요."

"…도련님은 마음 여는 것을 어려워합니다. 그래서 종종 오해를 사기도 하지요. 이는 도련님이 사람들의 생각과 달리 고달픈 어린 시절을 보냈기 때문입니다."

예도는 놀란 얼굴로 경씨 부인을 쳐다봤다.

"…작고하신 아버님은 존경받아 마땅한 분이시지만, 도련님께는 매정하셨습니다. 뿌리 깊은 유학자셨던 아버님은 장남과 스무 살 차이 나는 막내아들을 수치스럽게 여기셨고, 어머님께서 도련님을 낳는 과정에서 근골이 망가져 한쪽 다리가 불인하게 되셨으니, 그 원망이 도련님에게 향한 것이지요…. 의원은 작고 허약하게 태어난 데다 울음소리까지 미약한 도련님이 며칠 못 살 것이라고 했습니다. 시집온 지 삼 년이 지나서도 아이를 가지지 못했던 저는 아버님께 외면받는 아이가 너무나 가여워서 산후병을 심하게 앓는 어머님을 대신하여 밤낮없이 아이를 보살폈습니다. 그렇게 도련님은 의원의 말과 달리 건강하게 자랐습니다. 하지만 아버님은 돌아가시기 직전에야 열 살이 다 된 어린 아들을 품어주셨지요. 조금만 더 일찍 마음을 주셨다면 도련님의 마음이 덜 다치셨을 터인데…."

경씨 부인은 옛 감정에 북받치는지 말을 멈췄다.

"…나리께 그런 사연이 있을 거라곤 상상도 하지 못했습니다. 이제 어머님과 형수님을 각별하게 생각하는 까닭을 알 것 같습니다…." 예도가 말했다.

"이 방은 어머님과 제가 부처님께 기도를 드리던 방입니다. 특히 거동이 힘드셨던 어머님은 부정을 느껴보지 못한 도련님이 바르고 건강하게 자라길 이곳에서 빌고 또 비셨지요."

경씨 부인이 손끝이 가리킨 곳엔 작은 불상과 언뜻 보아도 진귀해 보이는 불화와 빛바랜 화엄경이 진열돼 있었다.

홍진사의 사랑을 듬뿍 받고 자란 예도는 어린 세휘가 받았을 깊은 상처를 가늠할 수 없었다. 아버지에게 받은 설움을 비롯하여 어머니에 대한 죄책감을 짊어졌을 그가 유배 생활 동안 보여준 진솔한 모습은 큰 용기에서 비롯되었을 것이 틀림없었다. 경씨 부인이 들려준 이야기는 예도의 마음을 더욱 동하게 했다.

"저희 대감께서는 도련님을 매우 아끼십니다. 그래서 어린 도련님이 어머님의 병세를 지켜보는 것이 안타까워 혼사를 추진하였죠…. 결과는 좋지 않았지만, 결코 도련님을 위하지 않았던 것은 아닙니다. 도련님은 아직 형님에 대한 오해를 다 풀지 못하셨지만, 귀양을 다녀오신 뒤 형님을 대하는 태도가 눈에 띄게 달라지셨습니다. 저는 이것이 소저의 덕이라 생각합니다." 경씨 부인이 말했다.

"아닙니다. 제가 무엇을…." 예도가 손사래 치며 말했다.

경씨 부인은 예도의 두 손을 꼭 잡고 쓰다듬었다.

"도련님이 사람들과 정을 나누는 법을 배우신 것 같습니다. 소저와는 더욱 각별한 정을 나누신 듯하고 말입니다."

경씨 부인은 예도의 손을 놓고 민망한 듯 웃으며 말했다.

"나이가 드니 말이 많아집니다. 처음 뵙는 분을 붙잡고 혼자 많이도 떠들었지요. 아무쪼록 이곳을 찾은 소기의 목적을 꼭 이루셨으면 합니다…."

바로 그때 누군가 안채로 들어서며 소리쳤다.

"혜신아…!"

어느 사내의 외침에 놀란 예도는 눈을 동그랗게 뜨고 경씨 부인을 쳐다봤다. 어째서인지 경씨 부인은 놀란 눈치는 아니었지만, 쑥스러운 모양인지 얼굴이 달아올랐다.

"아휴…. 저희 대감님입니다. 부디 망측하다 욕하지 마십시오. 저희는 어릴 적부터 벗으로 지내다 혼인을 한 것이기에 부부끼리 있을 때는 이리 허물없이 지냅니다. 제 이름을 부르지 말라 그리 말씀드렸는데, 습관은 고치기 어려운가 봅니다. 소문은 안 내실 것이지요?" 경씨 부인이 웃으며 말했다.

예도는 경씨 부인의 이름을 외치며 안채에 들어선 사내가 세열이라는 사실이 믿기지 않았지만, 전혀 망측하다는 생각은 들지 않았다. 오히려 한 번도 본 적 없는 그에게 품었던 편견이 사라지는 것 같았다. 때론 엄격하게 규율을 따지거나 위계질서를 중시할지 몰라도, 적어도 자기 부인에게는 이렇게나 친근하고 다정할 수 있는 점이 놀라웠다.

"저는 나가봐야 할 것 같습니다. 더 기다려 보시겠습니까?" 경씨 부인이 말했다.

"아닙니다. 오늘만 날이 아니니 다음을 기약하겠습니다."

"바로 집에 돌아가실 겁니까? 도련님께는 어떻게 말을 전하는 것이 좋겠습니까?"

"한양에 오면 꼭 들르고 싶었던 장소가 있습니다. 저는 그곳에 갔다가 집에 돌아갈까 합니다. 교리 나리께는 제가 따로 전갈하겠으니 기다려 달라고 전해주십시오."

경씨 부인은 방을 나서며 금실로 수놓인 장옷을 예도에게 건넸다. 예도는 한사코 사양했지만, 경씨 부인은 손수 예도에게 장옷을 입혔다.

"꼭 다시 오셔서 장옷을 돌려주십시오. 제가 매우 아끼는 것이니 말입니다." 경씨 부인이 미소 지으며 말했다.

목심재를 나온 예도는 품속에 지니고 있던 약도를 펼쳤다.

지난해 세휘가 떠난 날, 예도는 그가 지냈던 방에 들어가 보았다. 모든 짐들이 빠져나가고 불도 때지 않은 방은 얼음장처럼 차갑고 쓸쓸한 기운이 감돌았다. 방을 나가려던 예도는 세휘가 쓰던 작은 궤상 위에 종이 하나가 놓여 있는 것을 발견했다. 바로 '명주 세책방'이라는 장소로 가는 길을 그려놓은 약도였다. 뒷면에는 이렇게 적혀 있었다.

낭자가 이루시려는 꿈을 미약하게나마 응원하고 싶습니다. 한성에서 진귀한 서책들을 가장 많이 가지고 있는 세책방입니다. 한성에 오신다면 꼭 한번 들러보시기를 추천합니다.

세휘가 남긴 글을 확인한 예도의 눈가가 촉촉해졌다. 마지막까지 자신이 장난스레 늘어놓았던 말을 잊지 않은 그의 배려에 고마우면서도 뾰족한 가시가 가슴을 콕콕 찌르는 것처럼 아팠다. 가슴팍을 문지르던 그녀는 눈물을 닦고 허리춤에 항상 차고 다니는 작은 주머니를 꺼냈다. 바위와 파도가 수놓인 작은 비단 주머니 속에 약도를 고이 접어 넣은 뒤 한동안 꺼낼 생각조차 하지 않았다. 하지만 오늘은 산뜻한 마음으로 약도를 꺼낼 수 있었다.

목심재에서 세책방으로 가는 길은 까다롭지 않았다. 시량의 집으로 돌아가는 길에 위치해 있었기에, 초행길인 예도도 약도를 따라 곧잘 찾아갔다.

세책방에 들어서자 거리에서 쉽게 찾아볼 수 없었던 양갓집 규수들과 부인들이 북적이고 있었다. 예도는 토끼 눈을 뜨고 세책방 안을 둘러보았다. 그 누구도 홀로 이곳을 찾은 그녀를 주목하지 않고, 자기가 보고 있는 서책에 집중할 뿐이었다. 예도 또한 서서히 그 분위기에 젖어갔다. 평생 보지 못한 서책들을 이곳에서 모두 보는듯 했다. 관심이 가는 서책들이 너무나 많아 책을 고르는 데 하루, 아니 몇 날 며칠도 부족할 것 같았다. 그렇게 한참을 한글 소설이 진열돼 있는 칸에서 시간을 보내고 있던 예도 곁에 누군가 다가왔다. 그녀는 인기척을 느꼈지만 굳이 돌아보지 않고 책에 집중했다.

"한글 소설에 관심이 많으신가 봅니다."

양손 가득 서책을 들고서 이야기에 빠져들어 있던 예도는 익숙한 목소리에 놀라며 소리가 나는 쪽으로 고개를 획 돌렸다. 그곳엔 이마에 구슬땀이 송글송글 맺힌 채로 빠른 숨을 내쉬고 있는 세휘가 서 있었다.

"공께서 어찌 이곳에…?" 예도가 물었다.

"형수님께 들었습니다. 한양에 오면 꼭 가고 싶은 곳이 있으시다고…." 세휘가 헐떡이며 말했다.

"왜 이리 숨을 가삐 쉬십니까?"

"낭자를 놓칠까 싶어 서둘렀습니다." 세휘가 웃으며 말했다.

조용한 세책방에 대화소리가 나지막이 울려 퍼지자, 세휘와 예도에게 원치 않은 이목이 쏠리기 시작했다. 이를 알아챈 예도는 세휘의 팔을 끌고 어두운 층계를 함께 올라갔다. 세책방 건물을 이례적이게도 이 층으로 이루어져 있었는데, 층계를 따라 올라가자 여러 사내들이 둘러앉아 필사에 열중하고 있었다. 한 사내가 예도와 세휘를 발견하곤 대수롭지 않은 표정으로 턱으로 바깥을 가리켰다. 그곳엔 작은 누마루로 향하는 문이 있었다. 그들은 사람들의 눈치를 살피며 조용히 그 문을 열고 나갔다.

천천히 마주 보고 선 그들 사이에 잠깐의 적막이 흘렀다.

"…무슨 일로 저를 찾아오셨던 겁니까?" 세휘가 먼저 말을 꺼냈다.

"음…." 예도는 어떤 말을 할지 망설였다.

"감사의 말씀을 전하고 싶었습니다. 저희 언니에게 도움을 주셨지요. 어떻게 보답해야 할까요?"

"보답이라니요…. 제가 받은 것이 더 많은데요. 그나저나 별당 부인은 잘 지내시지요? 요즘 통 효재 선생에게서 편지가 오지 않아 궁금했습니다." 세휘가 말했다.

"덕분에 아주 잘 지내지요."

예도는 예임과 정윤을 떠올리자 입가에 미소가 떠올랐다.

"너무 잘 지내서 탈입니다. 훈장님은 언니가 자는데 혹시 춥기라도 할까 깜깜한 새벽에 나가 장작을 태우시고, 언니는 그런 훈장님이 출출하실까 곧장 부엌에서 아침상을 준비한답니다. 참으로 그들답지요? 서로를 너무나 배려하는 탓에 기상 시간이 점점 당겨지고 있답니다."

"그렇습니다. 두 분 모습이 머릿속에 생생히 그려집니다." 세휘 또한 미소를 머금은 얼굴로 대답했다.

또다시 조용해졌다. 예도와 세휘는 서로에게 궁금한 것이 넘쳐 났지만 선뜻 말을 꺼내는 것이 어려웠다.

이번엔 예도가 먼저 침묵을 깼다.

"…사실 목심재를 찾은 까닭이 또 있습니다."

이야기를 시작한 짧은 순간 예도는 지난 가을을 떠올렸다.

처음엔 시간이 흘러 그 시간에 익숙해지면 불타오르는 마음이 사그라들 것이라 믿었지만, 마음의 불씨를 꺼보려 부단히 노력해도 소용없었다. 그리고 중요한 것을 깨달았다. 선택의 순간은 짧지만, 후회의 시간은 그 끝을 알 수 없을 만큼 길 수도 있다는 것.

예도는 불현듯 자신의 마음이 흘러가는 시간에 속지 않은 것에 감사한 마음이 들었다. 한발 느리게 온 사랑을 알아채지 못했다면, 세휘와 재회할 수 있는 기회를 움켜쥐지 않았다면, 생각만으로도 아찔했다. 경씨 부인과의 대화는 예도에게 큰 용기를 불어넣었고, 이로써 그를 향한 마음은 더 이상 의심의 여지가 없었다.

"목심재에 혼사가 있을 것이라는 소식을 들었습니다. 그게 만약 공의 혼사라면…."

"저의 혼사라면…?" 세휘는 반짝이는 눈으로 예도를 바라봤다.

"축하는 못 해드릴 것 같았습니다. 아니, 어떻게 해서든 막아야겠다 생각했습니다. 그래서 무턱대고 찾아간 것입니다." 예도는 용기 내 말을 하고 눈을 질끈 감았다.

예도가 눈을 떴을 땐 앞에 선 세휘가 방긋 웃고 있었다. 그는 무척 기쁜 표정으로 지체 없이 예도를 껴안았다. 그녀는 순간 놀라는 바람에 손에 쥐고 있던 서책을 떨어뜨렸지만 크게 개의치 않았다.

세휘는 예도의 어깨를 잡고 살짝 떼어낸 뒤 그녀와 눈을 맞췄다.

"낭자를 기다렸습니다. 정말 다행입니다. 하마터면 엇갈릴 뻔했으니 말입니다."

"…엇갈리다니요?"

"저는 곧 한양을 떠납니다. 황해도 도사로 제수되었기 때문입니다. 황해도 관찰사의 비리로 어수선한 민심을 살피라는 전하의 뜻이기도 하지만, 저 또한 외직을 요청하였던 차였습니다."

세휘는 말을 마치고 예도의 손을 잡았다.

"저와 함께 가주시겠습니까? 비록 낭자가 가고 싶었던 금강산과 제주도와는 멀리 떨어져 있지만…."

"혹시 저 때문입니까…? 외직을 맡고 싶으셨던 이유가요?" 예도가 물었다.

세휘는 예도의 염려 가득한 추측에 웃음이 났지만, 다시 진지한 태도로 이야기를 이어갔다.

"그건 아닙니다. 유배를 가기 전엔 한양에서 조금만 떨어져도 문명이 뒤떨어진 곳이라 여기는 좁은 식견을 가지고 있었습니다. 안목에 뒤처지지 않기 위해서, 또 큰 뜻을 이루기 위해서는 한양에서 벗어나지 않아야 한다는 헛된 믿음을 가지고 있었지요…. 하지만 귀양지에서 많은 것을 보고 겪으며 제가 우물 안의 개구리였다는 것을 깨달았습니다. 세상 돌아가는 것을 제대로 알지 못하고 세상을 바꾸고 싶다는 동떨어진 꿈을 가지고 있었던 겁니다."

"…저도 마찬가지입니다. 저는 한양에 살고 싶어 하는 사람들을 속된 사람이라 여겼습니다. 자연 속에서 초연하게 사는 것만이 참된 삶이라 생각한 것입니다. 더구나 모든 부녀자는 오로지 희생 속에서 살아간다고 믿었습니다. 직접 겪어보지 못한 제가 섣불리 내린 결론이라는 것을 이제 알았습니다. 행복은 거창한 것이 아닌, 작은 것에서부터 비롯된다는 것을요. 사랑하는 사람을 위해 불을 지핀다거나, 고슬고슬한 새 밥을 짓는 것처럼….”

손을 맞잡은 세휘와 예도 너머 먼 산기슭에선 붉게 타는 노을이 지고 있었다. 석양이 비치는 빼곡한 가옥들 사이사이 한창 밥을 짓는 모양인지 홍연이 아지랑이 피듯 넘실댔다.

"…한 가지 물어보고 싶습니다. 지금 하고 계신 노리개는… 선물 받으신 겁니까?”

세휘의 시선은 예도의 노리개를 향해 있었다. 예도는 곤과 있었던 일이 떠오르며 세휘가 미심쩍게 물어보는 것에 웃음이 새어 나왔다.

"사내에게 받은 것이 아니니 걱정 마십시오. 고모님께서 떠나는 날 제게 주신 선물입니다. 귀한 노리개를 주시며 공에게 가는 길, 그 발걸음이 귀하다고 말씀해 주셨지요.” 예도는 바깥으로 시선을 옮기며 말을 이었다.

"정말이었습니다. 돌고 돌아 먼 길을 왔지만, 참으로 귀한 시간이었습니다. 화사하게 핀 저 들꽃들도 뿌리에서부터 차근차근 올라온 것처럼, 두 사람이 따로가 아닌 우리가 되는 과정 또한 거저 이루어지는 게 아니라는 것을 배웠습니다."

말을 마친 예도는 세휘의 어깨에 살포시 머리를 기댔다.

'이토록 온 마음이 충족되는 순간이 있었던가….'

예도는 편안한 얼굴로 바삐 움직이는 사람들을 바라보며 생각했다. 그들을 둘러싼 세상은 변함없이 돌아가고 있지만, 두 사람 사이에는 시간이 멈춘 듯 평화로운 고요가 깃들었다.

## 홍대감댁
### 여인들

초판 1쇄 발행 2025. 5. 14.
   2쇄 발행 2025. 8. 11.

**지은이** 이지원
**펴낸이** 김병호
**펴낸곳** 주식회사 바른북스

**편집진행** 박경원
**디자인** 김효나
**마케팅** 송송이 박수진 박하연

**등록** 2019년 4월 3일 제2019-000040호
**주소** 서울시 성동구 연무장5길 9-16, 301호 (성수동2가, 블루스톤타워)
**대표전화** 070-7857-9719 | **경영지원** 02-3409-9719 | **팩스** 070-7610-9820

•바른북스는 여러분의 다양한 아이디어와 원고 투고를 설레는 마음으로 기다리고 있습니다.
**이메일** barunbooks21@naver.com | **원고투고** barunbooks21@naver.com
**홈페이지** www.barunbooks.com | **공식 블로그** blog.naver.com/barunbooks7
**공식 포스트** post.naver.com/barunbooks7 | **페이스북** facebook.com/barunbooks7

ⓒ 이지원, 2025
ISBN 979-11-7263-376-9 03810

•파본이나 잘못된 책은 구입하신 곳에서 교환해드립니다.
•이 책은 저작권법에 따라 보호를 받는 저작물이므로 무단전재 및 복제를 금지하며,
이 책 내용의 전부 및 일부를 이용하려면 반드시 저작권자와 도서출판 바른북스의 서면동의를 받아야 합니다.